U0133959

献给抗美援朝保家卫国的全体志愿军将士们

—— 铭记历史／崇尚英雄／振兴中华 ——

顾志坤 著

阻击英雄
沈树根

人民出版社

中国人民志愿军"一级战斗英雄"沈树根。 （王养吾摄）

1949年4月中国人民解放军华东军区颁发给沈树根的渡江战役胜利纪念章。

1951年沈树根获得的中国人民政治协商会议全国委员会颁发的抗美援朝纪念章

1951年10月沈树根参加志愿军战斗英雄国庆观礼代表团时获得的纪念章。

1951年10月沈树根受邀列席全国政协第一届三次会议时的会徽。

沈树根获得的朝鲜民主主义人民共和国银质勋章

1952年朝鲜民主主义人民共和国授予沈树根的三级国旗勋章。

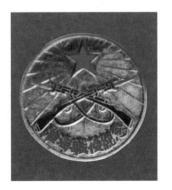

1949年1月10日，为纪念淮海战役的胜利，华东野战军向沈树根等全体参战官兵颁发的纪念章。

1953 年 10 月 25 日中国人民赴朝鲜慰问团向沈树根颁赠的"和平万岁"纪念章。

1954 年 2 月 17 日全国人民慰问解放军代表团赠送给沈树根的纪念章。

1956 年 4 月 2 日沈树根获得由中华人民共和国国防部颁发的解放奖章。

1958 年朝鲜民主主义人民共和国颁赠给沈树根的朝中友谊纪念章。

1995 年 7 月中共浙江省委组织部、中共浙江省委老干部局赠给沈树根的抗战胜利 50 周年纪念章。

2000 年 10 月上海新四军历史研究会、中国人民解放军第二十集团军委员会赠给沈树根的抗美援朝 50 周年纪念章。

2010 年 11 月上海新四军历史研究会、中国人民解放军第二十集团军委员会赠给沈树根的抗美援朝 60 周年纪念章。

老团长——藏在我记忆深处的人生坐标

（代序）

在纪念中国人民志愿军赴朝作战 70 周年前夕，由国家一级作家顾志坤同志创作的关于抗美援朝鹫峰阻击英雄沈树根的传记文学作品——《阻击英雄沈树根》由人民出版社出版发行，我感到由衷的欣慰。

沈树根是我的老团长。1968 年 1 月我应征入伍时，他是我们新兵团的团长。后来到部队，我又刚好分到他所在的 178 团，慢慢地知道他是一名抗美援朝时的"一级战斗英雄"，他率领的排因在抗美援朝战斗中英勇善战，荣立特等功。

事有凑巧，1970 年初，20 军政治部组织编写战斗英雄故事，从各单位抽人。我当时已从连队调到团报道组，曾在报上发表过一些小故事，团里就推荐我去军部参加编写组。我去后，宣传处负责此事的徐坤副处长召集各师抽来的同志开会分工，基本上是各师来的人承担自己所在师英模的事迹编写。确定我们 60 师有 5 个英模事迹都交给我来编写，其中就有我们 178 团的沈树根团长。

那时我入伍才两年，对军队的许多常识都不太了解，对 60 师的战斗历程更是不甚了了。但我把这次任务当作一次学习的机会，高兴地领受了。当时我们编写组集中在军部招待所，首先是看材料，这些材料都是从各师团收集来的，有些在战地简报上宣传过，有些在报纸上发表过，有些是战史资料。读完这些材料，我就开始构思编写。大概就两个来月，我领受的 5 个人物故事就写成了。沈团长故事的题目就叫《鹫峰阻击英雄沈树根》（其他几篇有写毛张苗师长，也是抗美援朝"一级战斗英雄"的《尖刀猛插五马寺》；有写神枪手、一江山岛战役战斗英雄的《吕有库和他的重机枪》；有写英雄通信排的《打不断的电话线》；有写新战士当突击手的《第一次战斗》等），然后大家讨论，提出意见再做修改。那时特别重视政治性，如有无体现毛泽东主席的某个战略战术思想，有无体现集体英雄主义等，至于写作技巧倒不怎么讲究。经过多次讨论修改后，最后由徐坤副处长统稿，审改通过后再返回各单位领导和写作对象本人征求意见。最后，整个故事集收进了 22 个英模故事，定名为《战地黄花分外香》，用毛体书法书写的书名。书发到部队后，听说深受官兵喜欢，对当时"学英雄，讲传统"起了一定作用。

但在我心里，总感到有点儿愧对英雄。沈树根当时率领的 179 团 8 连 3 排 33 名战士，根据上级命令，在朝鲜鹫峰阻击敌人整整 3 天 3 夜，打退了无论数量和装备都远远胜过他们的美军、李伪军 13 次进攻，仅以 1 人牺牲、3 人重伤的代价，歼敌 300 余人，为我军取得华川阻击战的胜利做出了重大贡献。他的事迹是非常过硬和鼓舞人的，是应该写好也是能够写好的，但鉴于当时我的阅历和写作水平，我总觉得没有写好。后来我调到报社工作，学会了如何采访、挖掘人物的内心世界后，更感到当时编写那些英雄的故事时缺了很重要的采访环节。看第二手材料所编的东西，是写不出灵性来的，尤其对他们的成长过程、内心世界，不可能很好表达；所编故事不可避免地存在脸谱化、雷同化的问题，写作形式也流于格式化，缺少技巧和韵味。所以我后来一直想，如能有机会，我一定要把这些英雄人物写得丰满一些，更好地呈现出这些英雄的本色来。

这个遗憾现在由顾志坤作家代我完成了，所以我感到十分欣慰！顾志坤同志也是个老兵，当年他任上海警备区某部新闻干事时曾经采访过"南京路上好八连"，对军队老英雄有一种特殊情结；回到地方后他以浙江省四明山革命老区的斗争历史和仁人志士为题材，创作了《北撤》《突出重围》等许多有影响的作品。顾志坤与老团长沈树根曾同在一个县机关工作，当他了解到老团长不平凡的事迹之后，便产生了强烈的创作欲望。在当地政府的支持下，他以满腔的热情和不惧艰苦的勇气，对老团长战争年代当英雄、和平时期做模范的事迹进行了广泛深入的采访挖掘，足迹遍及浙江省四明山老根据地以及老团长工作过的单位驻地河南省信阳县明港镇、陕西省西安市临潼区、辽宁省丹东市等13个省市，行程8000余公里，采访了诸多与老团长一同战斗过、工作过的老同志、老部下，参观了相关的革命历史纪念馆和抗美援朝纪念馆，掌握了大量的第一手资料，最后，经过两年多时间的辛勤创作，终于完成了这部20余万字的作品。通读全书，既有对沈树根在战场上面对强敌不怕牺牲、敢打必胜的生动描述，又有对他在和平环境下为建设现代化军队不懈努力、为社会做公益等的翔实记录。尤其是鹫峰阻击战一章，对沈树根沉着机智的指挥和全排战士英勇杀敌的英雄气概、战斗场面等，描写得生动、形象，读来让人有一种身临其境、血脉贲张之感。可以毫不夸张地说，这是一部爱国主义和革命英雄主义的颂歌，是一部难得的"学英雄、讲传统"的好读物。

我从入伍到提干调出，在老团长沈树根手下工作了整7年，后来我人虽然调出了，但心里却经常记挂他。从老团长身上我感到可学的东西很多，不仅仅是他在阻击战中所表现出来的灵活机动、勇敢顽强、敢打必胜的作风和精神，还有许多更可贵的令人敬佩之处。例如：其一，他从不居功。从未听他在任何场合讲过他自己立大功之类的话题，即便把写他的稿件送他审阅时，他也总说都是我排里几个班长打得好！其二，他对抓训练十分较真。"文化大革命"初期，林彪大搞"突出政治"，鼓吹"政治可以冲击一切"时，老团长顶住压力，仍让司令部下达年度训练任务，要求分散在各地的"三支两军"部队都要落实"天天练"指标，并亲自带司令部同志下去考核，奖优罚劣。后来毛主席发出"野营拉练好"的指示，无论是冬季还是夏季，部队拉练队伍中总有他与战士们一起徒步行军的身影。他下基层，经常强调的一句话是："部队是要打仗的，不搞好训练怎么打仗！"其三，他善于与人团结共事。团老政委叶万里是机关下来的，老团长称他是秀才政委，说叶政委理论水平高，要落实好叶政委指示；他们两家同住一幢房子，是邻居，平时生活中谁家缺什么，总不分彼此相互补缺。他们工作上互相支持、生活中互相关照，是师里公认的一对好主官。在他俩团结精神的影响下，团党委形成了坚强的领导核心。其四，他对政治工作很重视。对官兵反映好的政治课和新闻报道，他总要提出表扬，给予鼓励。并经常到报道组来，给我们推荐该写的典型。其五，他对子女要求严。他的孩子老大沈武红去当兵了；老二沈萍萍高中刚毕业，他又送她去诸暨老家插队当农民，临走送给女儿的礼物是一副箩筐、一条扁担、一把锄头，让她好好接受贫下中农再教育。对另外两个小点儿的儿子，一个起名武斌，一个起名武忠，意在希望他们长大后精忠报国。其六，他生活很清廉。他不收礼，我在58师任政委时，他带老伴寿阿姨来看我，我按当时对老同志来队时的相关规定，给他准备了一些地方特产，他坚决不收，并对我说："我什么都不缺，不用为我操心，把工作干好！"这番话，使我汗颜，也使我永远铭记。

有关老团长转业的事，我是后来才知道的，当时我已调武汉军区政治部机关工作。听说他转业不能回诸暨老家，被异地安置在上虞县某委员会任副主任。后又听说他不计职务、不计待遇，干工作乐此不疲，多次被评为省、市、县的先进工作者。我叹道：这是真正的英雄本色！2019年8月，当我从《解放军报》上看到老英雄张富清的事迹，尤其读了习近平主席对张富清的事迹所做的重要指示：老英雄张富清60多年深藏功名，一辈子坚守初心、不改本色，事迹感人。在部队，他保家卫国；到地方，他为民造福。他用自己的朴实纯粹、淡泊名利书写了精彩人生，是广大部队官兵和退役军人学习的榜样。……我仿佛又看到老团长沈树根的身影，一个与张富清相同的身影。老团长沈树根到地方工作至1983年离休，从未与人提过自己战场上立功之事，直到1997年，他离休14年后，上虞市的一位企业家到朝鲜访问，参观朝鲜军事博物馆时，发现馆内与黄继光、杨根思等英雄的铜质塑像一起摆放着的还有沈树根的铜像！那个企业家回来告诉市里的领导，大家这才知道，这位身材高大的转业军人，原来是位大英雄！这是老共产党人不忘初心真正的自我坚守！我由此想到，大凡经过战争硝烟的人，看来都有这样的自我坚守！在他们看来，与那些共同战斗牺牲的战友相比，自己的荣誉是多么的微不足道！自己唯一的义务就是为实现党的奋斗目标多贡献一份力量、多办一些对人民群众有益的事。

几十年来，老团长的精神境界已经深藏在我的记忆中，无论是顺境还是逆境，在我的潜意识里，老团长的形象就是我的人生坐标，无论何时何地，他都会给我以灵魂的指引和坚定的信念。这种潜意识的指引，就如一首歌中唱的：从来不需要想起，永远也不会忘记！

我最后一次见到老团长是2006年的春天，是我到南京理工大学任政委不久。转业到江苏信息产业厅工作的60师师长陈为保也是178团的老兵，他招待老团长时把我也叫去了。去后才知道，老团长和老伴这次来宁，是看望二女儿沈萍萍一家的。沈萍萍在恢复高考后考学，毕业后分配到江苏省政协机关工作，她爱人也是部队的。老团长的身体一直不错，近80岁的人了，看上去还那么硬朗，身躯高大，腰杆笔挺，谈笑风生；喝酒也很爽快，但不多喝，很有度，我们都祝他健康长寿。不久我调总参政治部工作，从此再没有见过老团长。2010年12月28日，我正患重感冒发烧，躺在病床上挂水，突然接到沈萍萍电话，说她父亲突发脑溢血去世，因马上要过元旦了，追悼会定在 31 日上午。我当时虽十分哀痛，但连床都下不了，根本不可能从北京赶到上虞参加追悼会。无奈之下，我打电话给杭州的浙江省军区副政委范匡夫，让他代我致悼。老范是我在 178 团报道组时的组长，他当即答应，以他和我的名义写了挽联："岁月吹散了硝烟，勇士功绩与江河长在；白雪覆盖了碧血，英雄浩气和日月同辉"，这副挽联高度概括了老团长的英雄业绩。尽管如此，我仍对自己未能参加老团长的追悼会深感遗憾！今年是老团长仙逝 10 周年，恰逢举国抗疫取得重大胜利，并在清明节举行全国哀悼，鸣笛默哀 3 分钟。我写下此文，也以此告慰老团长的在天之灵：老团长本色不变，精神永存！

冯寿淼

写于 2020 年 4 月 4 日

（作者为中国人民解放军原总参谋部政治部主任，第十七届中央纪委委员，少将军衔。）

目　录

引 子

1950 年 6 月 25 日（星期日）拂晓，夜色浓重，大雨滂沱。

位于朝鲜半岛西端海州湾最深处的三八线附近，一片平静，从这里向北延伸，在三八线两侧对峙的分别是北朝鲜的第 7 警备旅和南朝鲜[①]的陆军第 17 团。

倾盆般的大雨，很快使朝鲜半岛这处盛产稻米的湿润洼地成为水乡泽国，但这是朝鲜半岛梅雨季节的常态，年年如此，因此，没有人对这天晚上的大雨引起特别的关注和警觉。

突然，一道刺眼的橘红色光柱划破稠密的雨帘，在黎明前的黑暗中升了起来。随即，炮弹的爆炸声、坦克的轰鸣声和士兵的厮杀声盖过了雨声和风声，在三八线两侧的旷野中蔓延开来，一场震惊世界的第二次世界大战后最大规模的国际局部战争——朝鲜战争，由此拉开了序幕……

这一天，离中华人民共和国成立还不到 9 个月。"百废待兴"的新中国迫切需要有一个和平建设的环境，但因美国政府及所谓的"联合国

---

① 南朝鲜，即韩国（全称"大韩民国"）。东汉末年，朝鲜半岛南部有三个名人：马韩，辰韩，弁韩；也是因为如此，当时称为韩国，这个名称传入朝鲜后就断断续续地被保留了下来。第二次世界大战后，朝鲜半岛以北纬 38 度线（简称"三八线"）为界南北分治，1948 年南北方先后独立建国，北边仍叫朝鲜，南边于 1948 年 8 月 15 日正式成立"大韩民国"（简称韩国）。1992 年中国和韩国建交之前，中国是不承认韩国的；1992 年建交后，我们开始逐步改变对其的称呼，由南朝鲜转为韩国。

军"武装干涉朝鲜内战，又派兵阻挠中国人民解放自己的领土台湾，并将战火烧到了我国东北边境。在朝鲜民主主义人民共和国危急、新生的中华人民共和国受到严重威胁之时，由中国各族优秀儿女组成的中国人民志愿军，牢记祖国人民的嘱托，高举爱国主义、革命英雄主义和国际主义的旗帜，满怀为正义、和平而战的坚强决心，高唱着"雄赳赳，气昂昂，跨过鸭绿江；保和平，卫祖国，就是保家乡；中国好儿女，齐心团结紧，抗美援朝，打败美帝野心狼"的战歌，开赴朝鲜战场，在三千里江山上，与朝鲜人民一起，同以美国为首的侵略军展开浴血奋战……最后，粉碎了美军不可战胜的神话，捍卫了朝鲜民主主义人民共和国，保障了中国的安全，维护了亚洲和世界的和平。

我们这部作品中的主人公沈树根，就是百万抗美援朝志愿军中的一员。在抗美援朝二次战役和五次战役中，担任排长的沈树根率全排战士英勇杀敌，屡立战功。尤其是在五次战役中，沈树根率全排 33 名战士在南朝鲜华川以东地区的鹫峰担任阻击，面对数十倍于己的敌人，他们发扬英勇顽强、不怕牺牲的精神，机动灵活、沉着应战，坚守阵地 3 昼夜，击退了敌人 13 次进攻，最终以己方仅 1 人牺牲、3 人重伤的代价，歼敌 300 余人，其中沈树根一人就歼敌 100 余人。他们的这场战斗也成为抗美援朝战争中以少胜多的经典战例。

1952 年 10 月，沈树根所在部队奉中央军委命令，从朝鲜凯旋回国，接受担负保卫祖国海防的新任务。8 个月后，即 1953 年 7 月，抗美援朝战争结束。

战后，沈树根被志愿军总部授予"一级战斗英雄""鹫峰阻击英雄"等荣誉称号，荣立"特等功"，并受到毛泽东主席、周恩来总理等党和国家领导人的亲切接见和签名留念，朝鲜民主主义人民共和国授予他三级国旗勋章一枚。

沈树根于 1979 年从部队转业，但他回地方后从不向他人谈及自己过去的战功和荣誉，更没有以过去的功劳自居，而是默默地在新的工作岗位上兢兢业业、勤奋工作，为国家做着新的贡献。直至多年后，沈树根转业后所在的浙江省上虞市的一位企业家赴朝鲜访问，在朝鲜平壤的军事博物馆里看到了一组为抗美援朝战斗英雄所塑的铜像，里面有一个居然是沈树根！他听了博物馆讲解员的介绍，才知道自己家乡的这位在工作中一直默默奉献，多次被评为市、省及全国先进的沈树根还是一位在抗美援朝枪林弹雨中浴血奋战、威震敌胆、功勋卓著的战斗英雄！也就是从那以后，沈树根在抗美援朝战场上的英雄事迹才渐渐为他所在家乡的人们所了解。

　　我们这本书，就是纪念这样一位英模人物，并以此书献给抗美援朝、保家卫国的全体志愿军将士们。

第一章
抉　择

第一节　离　家

1929 年 11 月，沈树根（亦称沈如根）出生在浙江省诸暨县同山乡沈宅村（今属诸暨市同山镇同源村）村东头一幢以"京十公"名字命名的屋子里。"京十公"其实是一个人，是沈宅村沈姓大族的第十位太公，因名字中间有一个"京"字，故被人尊称"京十公"。

沈树根的父亲叫沈惠水，是沈宅村一位老实木讷的农民。沈树根 3 岁时，母亲就去世了，那年他弟弟友根刚 2 岁，妹妹兰花才 1 岁。

沈树根家的房子共两层，为 1950 年土改时所分，是一幢呈四方形围成的大宅院中的两间，其中一间由沈树根一家居住，另一间由沈树根的大伯沈乔水一家居住。因家里可以说是空

沈树根的父亲沈惠水。

（沈树根亲属供图）

空如也，无物可分，故沈树根的父亲和大伯兄弟两家就一直住在一起，没有分家。他们兄弟两家虽共有一块荒山、两亩薄地，但产下的粮食，只够两家人吃 8 个月，还有 4 个月的空缺，都要各自寻食。因此，他们两家人经常忍饥挨饿。

沈树根故居。沈树根童年时，他们一家与大伯沈乔水一家就合居在这两间老房子里，现老房子因长时间无人居住，已破败荒芜。
（周德潮摄）

由于家里贫穷，加上母亲早逝，父亲一人养活他们年幼的兄妹三人，生活过得很艰难。沈树根七八岁时就开始吃"百家饭"，为了报答人家，谁家给他饭吃，他就给人家放牛；没有牛放的时候，他就给人家砍柴、挖蕃薯、干杂活；没活干的时候，他只好到溪里摸螺蛳充饥。除了经常吃不饱外，沈树根还经常衣不蔽体。有村民告诉笔者，沈树根 12 岁那年，有一次要与村里的小伙伴们去诸暨城里玩，因为身上穿的唯一的一条短裤已破洞百出，只好穿着妹妹兰花的花短裤，跟大家到城里。

1942 年，浙赣战役爆发，日寇的铁蹄很快踏上了诸暨的土地。有一天，沈树根正在地里干活，听到有人大喊"东洋鬼子来了——"沈树根一听，忙扔掉手中的农具，跑回了家里，拉起弟弟妹妹的手就往村旁的西湖山岗上跑，然后躲进山岗上的一座空坟洞里，待天黑日本鬼子走了，才胆战心惊地回到家里。

苦难对一个人的成长来说也并非都是坏事，就拿沈树根来说，因为童年和少年的苦难，使这个在苦水里泡大的孩子从小就显得耐苦、胆大、机敏和早熟，当然，还有一点点的"野"。

据沈树根老家沈宅村的老人们回忆，沈树根小时候似乎并没有上过学。尽管沈宅小学离他的家不过几十米，学校里孩子们朗朗的读书声每天都会传进他的耳朵里，隔壁丽坞底村寿家祠堂内办的那所有名的琢成小学也接纳穷人家的孩子，但一家人的肚子都填不饱，他父亲是不会借钱送儿子去读小学的，况且，在沈惠水看来，一个命里注定的红脚梗农民，识字与不识字，其实都是一样的。

在沈树根 14 岁那年，有天晚饭后，父亲对他说："树根，这样下去大家都得饿死，你是老大，我已与你舅舅说好，你跟他去学穿棕绷①吧。"其实在前一年，沈树根就已经跟村里的一个棕绷匠学过摇棕线，他还和那个棕绷匠一起到附近的乡村和集镇，走街串巷做生意。但沈树根为那个棕绷匠做工做了快一年，不仅没拿到一分工钱，还常常被那个棕绷匠打。有一次那个棕绷匠叫沈树根拿一个穿棕的铁钩，沈树根稍稍慢了点儿，那个棕绷匠就拿过铁钩狠狠地砸在了他的手背上，顿时鲜血直流，从那以后，沈树根的手背上就留下了一个大大的疤痕。就这样，学徒还不到一年，沈树根就回到了家里。而这次，父亲是叫他跟着舅舅穿棕绷，他答应了。就这样，14 岁的沈树根挎着一只小包裹，被父亲

---

① 穿棕绷是用从棕榈树上剥下来的壳，采成丝，再打成绳、线，然后用棕绳加工成棕绷床。这种工艺在江南已经有几百年的历史。

送到了义乌县东塘乡杜门村的舅舅家。

但沈树根跟着舅舅学手艺没过几个月，竟又突然回来了，这让沈惠水产生了疑惑，便问儿子是怎么一回事，沈树根支支吾吾地没回答，最后只好说："最近没生意。"这件事直到1952年，已"失踪"8年多的沈树根突然回家后，谜底才揭开，原来那时候沈树根正在为隔壁丽坞底村琢成小学的金老师送情报；金老师是中共地下党员，他与浙东游击纵队金萧支队的"小三八部队"有联系；在沈惠水对儿子的举动产生怀疑前，沈树根已为金老师送过好几次情报了。

沈树根在15岁那年正式参加了由陈福明为大队长的诸义东抗日自卫大队，当地百姓习惯称该部队为"小坚勇大队"。

当时沈树根因为年龄的问题差点儿没参加成。事情的经过是这样的：有一天沈树根穿棕绷回来经过义乌的街头，看到有一支新四军部队正在公开招兵，上去一问，才知招兵的是金萧支队"小坚勇大队"，他也没与舅舅商量，当场就报了名。在填表格时，负责招兵的一位干部边在一张纸上写着什么，边问沈树根姓名、年龄，沈树根想也未想就回答："沈树根，15岁。"

那干部头也不抬说："回去吧，我们不招小兵，两年后再来报名，下一个。"沈树根刚要解释，后面上来的几个年轻人一下把他挤开了。沈树根退出人群后，在街上兜了好几个圈，心里越想越懊恼，明明知道当兵的年纪不能小于17岁，自己怎么能说15岁？唉！正在自责时，沈树根的脑海中突然跳出一个念头：他说我15岁太小，那我就说是17岁，他难道会去沈宅村查我的年龄？这么一想，原本垂头丧气的沈树根顿时打起了精神。于是，他背起穿棕绷的工具，又在街上漫无目的地兜了几个圈，他的目的是想拖延一下时间，以免马上去报名，会被那位干部认出来。约摸兜了一两个时辰，沈树根重又挤到了那位负责招兵的干部面前，那干部依然低着头在一张纸上写着什么，边写边问沈树根："几岁？姓名？"

沈树根狂跳的心这时差点儿要从喉咙口钻出来，声音颤抖着回答："我叫沈树根，17岁。"

"沈树根？沈树根？"，那干部一听这名字，嘴里自言自语地嘟囔着，他觉得这名字好像在哪儿听到过，但一时又想不起在哪儿听到的，于是便抬起头，打量了一下面前这位瘦削的报名者，说："不会说谎吧，你的个子倒不矮，你真有17岁？"

沈树根连忙说"我是17岁、是17岁。"

那干部笑着说："你别紧张，如果你真是17岁，我现在就答复你，我批准了。不过，你可得想好，当兵不是去玩的，当兵是会死人的，你怕不怕？"干部神情严肃地说。

"怕什么？你们不怕，我也不怕。"沈树根说。

"好。"那干部说，"这样，你先回去，三天后到这里正式报到。"

"好!"

第二节　从　军

因虚报了两岁年纪而"蒙混过关"的沈树根在招兵处报完名后回到了舅舅家，粗心的舅舅并没有从外甥躲躲闪闪的眼神中发现什么端倪。次日，沈树根谎称要去家里拿点儿衣服便告别了舅舅，自这次告别直至8年后沈树根回家探亲时才与舅舅重逢，而此时，舅舅印象中那位瘦削黝黑的小外甥已是闻名全军的志愿军"一级战斗英雄"。那天，当身着军装的外甥英姿勃发地站在舅舅面前时，一直以为外甥已不在人世的舅舅简直不敢相信自己的眼睛，而当他确定面前这位年轻的军官真的就是自己的外甥时，老人竟高兴得哭了起来。

舅舅后来才知道，那天外甥离开义乌后，就回到了诸暨的老家。不过那天沈惠水对儿子的突然回家却并不感到特别惊奇和疑惑，因为儿子以前也经常在没有事先告知的情况下回家。

沈树根那次在家里只待了一天，没有人知道他在这一天中干了什么，只是到了第二天中饭后，当父亲沈惠水准备问问儿子在舅舅处学穿棕绷手艺的情况时，才发现儿子不见了，而同时不见的还有侄子的童养媳小芬花的那双还没有穿破的绣花鞋。

沈根根故居。 (周德潮摄)

据说，有一个村民那天曾远远见到过沈树根，说沈树根当时正在村旁黄家湾的西湖山上砍山柴，后来有支队伍从山下过来了，沈树根见到后，就扔掉柴刀，跟着这支队伍走了。但次日这说法又得到了那个村民的更正，说他昨天看到的那个人，最后证实并不是沈树根，而是另外一个人。

但看到也好，没看到也罢，总之，这个年仅15岁的小伙子，在毫无征兆的情况下从其父亲沈惠水、弟弟沈友根、妹妹沈兰花和伯伯沈乔水的视线中消失了，也从他舅舅的视线和沈宅村村民的视线中消失了。之后漫长的 8 年中，这个突然失踪的曾穿走了堂哥童养媳小芬花女鞋的 15 岁少年的面容，在他的亲人中、在沈宅村的村民中，渐渐模糊了。

直至 8 年后，1952 年春节临近的那一个上午，一个身着崭新军装英姿勃发的年轻军官站在略微有些驼背且正在剧烈咳嗽着的沈惠水面前时，当年那个已经模糊的 15 岁少年的面容，才渐渐清晰起来，当然，这是后话了。

后来大家才知道，这位因无鞋可穿而在情急之下穿了堂哥童养媳女鞋的 15 岁少年当时其实并没有走远，他就在浙江省的金华、义乌、浦江、诸暨一带活动，只不过，他当时的身份已不是一位挑着箩筐走街串巷的棕绷匠，而是新四军浙东游击纵队金萧支队诸义东抗日自卫大队即"小坚勇大队"的一名战士。

据一位年轻时曾与"小坚勇大队"打过交道的沈宅村老者告诉笔者，沈树根所在的这支部队在最困难的时候，曾住在离沈树根义乌舅舅家很近的普济寺院里，他还听说沈树根当年曾下山向当地农民讨过蕃薯和大米，因为他年纪小，不会引起敌人的注意。但这只是一些未经考据的说法，真实情况如何，只有当事者才能说得清楚了。

沈树根入伍后，就跟随部队在新开辟的诸义东抗日游击根据地活动，当时根据地的总面积约 850 平方公里，人口约 20 万。"小坚勇大队"在诸义东县委的领导下，发动和依靠人民群众，有力地打击日本侵略者和汪伪汉奸，一次次粉碎日伪军的"扫荡"和顽军的"围剿"。同时对国民党顽固派本着"人不犯我，我不犯人，人若犯我，我必犯人"的自卫立场，采取"有理、有利、有节"的斗争策略。①

---

① 参见浙江省东阳市委党史研究室：《诸义东抗日根据地的建立与巩固》，《东阳日报》2015 年 7 月 18 日。

自 1944 年 5 月参加金萧支队诸义东抗日自卫大队（亦称"小坚勇大队"）至 1945 年 8 月 15 日日本宣布无条件投降，短短 1 年零 3 个月时间，沈树根共参加大小战斗不下 10 余次。在 1960 年 4 月由中国人民解放军第 17 速成中学撰写的一篇《英雄沈树根事迹》一文中，就有着这样的记载：

> "1945 年春天，农历大年初一的晚上，他奉令送一份密件到 15 公里外的地方去，在敌伪军碉堡、据点林立，土匪及敌杂牌军多如牛毛的情况下，他一个十五六岁的孩子去执行这样一个艰巨的任务，是很危险的，但勇敢的沈树根同志却愉快地接受了这个任务，他把自己化装成一个放牛娃，通过敌伪军好几层封锁线，圆满完成了任务。从此，他就被首长们所器重、同志们所爱护，担当起便衣通信员的任务，来往于敌伪据点之间……"

沈树根在诸义东抗日自卫大队待的时间尽管并不长，但这却是他以后漫长战斗生涯的开端——他在这里第一次真正参加了战斗，第一次用手中的枪向敌人进行射击，第一次看到自己的战友在身边倒下，再也没有醒来……而这所有的第一次，都为沈树根以后成为人民的英雄打下了基础。

第三节　北　撤

沈树根和他所在的诸义东抗日自卫大队，在 1945 年的 9 月底，即日本宣布无条件投降 45 天后，随浙东游击纵队的大部队，渡过杭州湾北撤。这次北撤是党中央、毛泽东主席根据当时的政治军事形势做出的战略部署，为了保密起见，当时除纵队的支队以上干部和地方县委书记以上的干部参加了会议，其他干部和全体战士，都是到了船上以后才知道部队要向北撤退、到苏北集结。

实际年龄只有 16 岁的沈树根也是这支北撤大军中的一员，他肩扛着一支破旧的中正式步枪，背着一床小棉被和一套备换洗的旧军装，跟随着大部队，时而行军、时而宿营、时而作战……对北撤部队的这种高强度行军，沈树根倒并未表现出不适或畏苦。坦率说，对于苦，他的承受能力并不会比其他战友差，因为他也是从小吃过苦的人，什么饥饿、冻寒、劳累等等，对他来说，都是家常便饭，根本不在话下，就是再饿、再冷、再累点儿他也能承受。

但是想到要远离家乡、远离父亲和兄弟姐妹，到很远很远的北方去，而且还不知道什么时候能回来，甚至不知还能不能回来，他的心里确实有点儿不舍和伤感的。由此，他很后悔没有把参军的事告诉父亲、弟弟和妹妹。虽然他知道，父亲因为自己年纪小，是不会同意自己去参军的，但不管怎么说，他事后是应该告诉父亲的，他心里也确实这么想过。有一天，他还请班里的一位老兵给父亲写了一封信，但是这封信已寄不出去了，因为此后部队不断地打仗、转移。同时他也担心这封信万一被敌人发现，自己参加新四军的事就会暴露，敌人就会去家里迫害家人。这样一想，他也就打消了要将自己参军的事告诉父亲的念头，以至于他的父亲很长时间都不知道他在哪里、究竟还在不在世上。

沈树根知道，他"失踪"后，父亲是不会放弃对他的寻找的，在整个沈宅村，父亲是一个最苦命、最操劳的人，母亲去世后，家里的重担全压在了父亲的肩上，因为当时他和弟弟、妹妹都还小，每天除了张着嘴要吃的，几乎什么忙都帮不上父亲；而现在，父亲又要为他的事担惊受怕，还要风里来、雨里去，四处寻找他这个不知是死是活的大儿子……想到这里，沈树根深感内疚和自责。

那天，在大部队纷纷登船时，沈树根的脚步稍稍迟缓了，他频频地往家的方向望去。

此时夜幕降临，风浪渐大，沈树根站在杭州湾畔余姚县泗门镇楝树下村的大丁丘渡口的堤岸上，远处的群山、房舍、树木……在他的视线中渐渐模糊了。他想：这时候，父亲和弟弟妹妹在干什么呢？怕是已经吃过晚饭了吧？父亲一定还在着急地等我回去吧？……

想到这里，沈树根感到有两行热热的东西，顺着自己的脸颊，滴到了脚下的土地上。

"沈树根，愣着干什么，快上船啊！"

第四节 战友救了他一命

沈树根所在的 6 支队（金萧支队）[①] 在浙东游击纵队政治部主任张文碧、司令部参谋长刘亨云及 6 支队政委杨思一等领导的率领下，与浙东游击纵队 3 支队等部队一起，于 1945 年 10 月 6 日傍晚在余姚县泗门镇楝树下村的大丁丘渡口及附近的英生街渡口登船出发，他们这一路走得还算顺利，经过一天一夜的航行，于次日下午傍晚前抵达上海远郊的奉贤县海边，在稍做休整后，于 12 日赶到上海青浦县的观音堂重固镇，与早等候在那里的浙东区党委书记、浙东游击纵队政治委员谭启龙会合。

次日，即 10 月 13 日，所有集结于青浦县观音堂重固镇的万余浙东游击纵队北撤部队，将启程北上。按部署，北撤部队共分两路，第一路由谭启龙与张文碧、刘亨云率司政机关与 3 支队、6 支队、警卫大队、

---

① 金萧支队，即"新四军浙东游击纵队金华、萧山沿线人民抗日自卫支队"的简称。1945 年 9 月 20 日，遵照中共中央关于新四军浙东、苏南、皖中、皖南等部队向北撤退的命令，金萧支队及各县地方武装整编为浙东游击纵队第 6 支队，与兄弟部队一起北撤。

三北特务营等部队先期出发。随后，由何克希司令、张翼翔副司令率领的4支队、5支队及淞沪支队等部队相继跟进，他们在离开观音堂后将转向西北，越过宁沪铁路，两支北撤部队将在常熟以北的南丰镇会合，共同北上。

在谭启龙等领导率领的北撤部队抵达江苏省常熟县以北、福山以西的南丰镇时，突遭伪中央税警团及由伪上海保安队改编的"别动军京沪卫戍总队第13纵队"2000余人的三路攻击，战斗打得异常激烈，敌人企图在南丰镇将这支北撤部队消灭，后经谭启龙等领导率3支队、6支队和警卫大队奋力还击，将敌人击退。此次战斗，共毙伤敌100余人，俘敌200余人，还有大量缴获。

作为6支队的战士，沈树根也参加了这次反击战，在这次战斗中，经过长途奔袭的沈树根因年小体弱、疲劳过度，导致黑热病发作，在部队向敌人发起攻击时，他病累交加昏倒在地。这时有一位也参加北撤的女战士经过他的身边，把他扶了起来。此人叫戚意香，后来改名戚林弟，是一位1943年参加新四军的上虞籍女战士，她曾担任过"三北游击队司令部"情报员、侦察员、浙东游击纵队情报组组长、华东野战军第1纵队3师卫生员等职务。在戚林弟的帮助和救治下，沈树根很快就恢复了健康。

沈树根的这段经历在戚林弟的儿子、浙江省金华市原作家协会主席王槐荣撰写的《母亲的青春往事》① 的文章中有所记载，文中说：

> "在母亲众多的战友中，20军60师的著名战斗英雄沈树根叔叔尊称我母亲为"姐姐"，他说，他的这条命是母亲给抢救回来的。

---

① 参见王槐荣：《母亲的青春往事》，载成亚平主编：《兵妈妈》，上海人民出版社2017年版。

1945 年 10 月，部队奉命北撤，途中遭到敌人的阻击，那次战斗我军伤亡很大，在突围中，母亲发现了一位满头尘土的战士因病昏迷在地上，母亲便不顾一切地背上他，由于负重他们掉队了，在寻找部队的途中，母亲把自己仅有的一点儿干粮都给了这位叔叔吃，而自己却挖野菜充饥。就这样，母亲背着这位叔叔，历尽艰险，终于找到了部队。中华人民共和国成立后，这位大难不死的沈叔叔当了团长，每次见到我母亲，都称她是救命恩人。"

沈树根在那次康复后，便跟随大部队继续北上，他们经江苏盐城辖下的大丰县白驹镇、建湖县、阜宁县的益林镇等地后，于 11 月 12 日到达江苏淮安的涟水县。至此，浙东游击纵队 1.5 万余人的北撤部队，经过一个多月的长途跋涉，克服重重险阻，终于按时抵达集结地，胜利完成了中共中央、华中局赋予的战略转移任务。

不久，沈树根所在的 6 支队与苏浙军区第 2 纵队 3 支队合编为新四军第 1 纵队 3 旅 8 团。同年 12 月编入津浦路前线野战军第 1 纵队 3 旅 8 团。1946 年 1 月改称山东野战军第 1 纵队 3 旅 8 团。1947 年 1 月改编为华东野战军第 1 纵队 3 师 8 团，1949 年 2 月改称中国人民解放军第 20 军 60 师 179 团。

沈树根在 1946 年 11 月，曾因身体原因一度被调到华东野战军第 1 纵队的兵工厂从事生产炮弹的工作，次年 2 月即被提升为班长。在兵工厂的一年多时间里，沈树根因在紧急关头抢救出兵工厂的物资（钞票）、劳动积极及向前线运送弹药及时分别荣立三、二、四等功各 1 次。之后，他又回到第 1 纵 3 师 8 团老部队，在团侦察通信连担任侦察员。睢杞战役发起后，国民党王牌第 5 军以 1 个团的兵力猛攻由 8 团 2 营守卫的阵地，战斗极为激烈。在关键时刻，团首长命沈树根将一命令送给 2 营营长，沈树根受命以后，用当地的青纱帐做掩护，向 2 营跑去，没料在半途中，遭遇埋伏在青纱帐内国民党兵的伏击，有 3 个国民党兵企图活捉沈树根，沈树根眼明手快，用手中的步枪枪托猛击向他扑来的敌人，在敌人躲避之时，他趁机脱身，绕道前行，及时将团首长的命令送到了 2 营。此次战斗，沈树根又荣立四等功 1 次。

1948 年 11 月 6 日，淮海战役打响，其时沈树根因身体有病不再担任班长，但仍在侦察通信连担任侦察员。在战役的第二阶段，为摸清敌人的情况，上级要求侦察通信连在晚上去抓一个"舌头"，侦察班长受命以后，回到班里，问大家谁愿意去，沈树根第一个站出来说："我去!"于是，班长就与沈树根一起，在夜色的掩护下，摸到敌人的前沿阵地，才发现敌人因害怕被歼，已经悄悄溜走，尽管没有抓到"舌头"，但沈树根却在归途中把敌人遗留的 3 部电话机背了回来，又荣立四等功 1 次。

在转战中原、华中及华东的 5 年时间里，沈树根共荣立二、三、四等功 5 次。更重要的是，在战火的锻炼中，他从北撤时一个实际年龄只有 16 岁的小战士，已经成长为一名光荣的中国共产党党员、一名作战勇敢能带兵打仗的排级指挥员。

第五节　进军大上海

据有关军史资料记载：在淮海战役结束后，沈树根所在的中国人民解放军 9 兵团 20 军 60 师 179 团在安徽省宿县地区进行休整，1949 年 3 月 1 日，部队结束休整，经安徽省灵璧县，河南省淮阳县，江苏省宝应、高邮县到达江都县的古家庄镇。于 4 月中旬，在 180 团 2 营配合下，全歼古家庄镇江北桥头堡的国民党守敌，为大部队渡江开辟了渡口通道。此次战斗中，在侦察班担任首长之间通讯联络的沈树根臀部受轻伤，首长命他去卫生队进行包扎，但沈树根坚持轻伤不下火线，直至战斗结束。

歼敌之后，179团由20军军部直接指挥，在江苏省泰县永安州长江段随59师之后渡江，到达江南，追歼逃敌。月底到达安徽省郎溪县梅渚镇及定埠镇一线担任歼敌任务。然后经4天行军，进至太湖以南吴江县的震泽地区集结，集结期间，沈树根与战友们认真学习了《中国人民解放军布告》《入城三大公约》《十项守则》《外事纪律》等文件及兵团南浔会议精神。

1949年5月12日，上海战役打响。5月18日，沈树根所在的179团进抵上海郊外的松江、莘庄地区。之后，因战事需要，他们团又奉命随其他兄弟部队一起东渡黄浦江，至浦东作战，并很快攻占浦东的洋泾、烂泥渡、张家楼、塘桥、周家渡等地，浦东之敌遭受重创，纷纷撤向市区。

1949年5月25日，沈树根随部队由周家渡西渡黄浦江进入上海市区，配合友邻部队向负隅顽抗之敌做最后的攻击。其中沈树根所在的179团奉命自浦东陈家宅村改道攻击盘踞在上海龙华飞机场之敌，经激战，顽抗之敌即被全歼。

1949年5月26日凌晨时分，与沈树根所在的179团一起攻入上海市区的178团2营由浙江北路沿安庆路东进至北四川路时，遭盘踞凯福饭店之敌第37军残部一个营的火力袭击，该团团长黄河清一面命2营做好攻击准备，一面用民用电话向固守凯福饭店的残敌发出最后的通牒："上海已经全部解放，你们的警备司令刘昌义已经在北部放下武器，你们顽抗下去是没有出路的。"

此时，"天已破晓，黄浦江上的晨雾已经消散，敌人自知顽抗无望，终于在窗口挂出一面白旗，上海之战最后的枪声在这里停息……"①

---

① 参见百旅之杰编委会编：《百旅之杰——二十军史话》（下），杭州出版社1999年版，第371页。

1949年9月10日，时任中国人民解放军60师179团3营8连3排副排长的沈树根在上海漕河泾驻扎时留影。

（沈树根亲属供图）

1949年5月27日，上海宣告解放，20军奉命担任第1警备区警备并兼松江城防，其中60师担任第1警备区第7区常熟路、第8区徐家汇、第26区龙华的警备任务，并以龙华飞机场及徐家汇以北之市区为警备重点。沈树根所在的179团自虹江路开入龙华区，负责龙华地区之警备。179团团部在龙华兵工厂；1营驻龙华飞机场负责该地警备任务；2营在虹桥路，主要看管敌伪公馆和保护外侨安全；3营驻漕河泾无警备任务。178团负责常熟地区之警备，180团负责徐家汇地区之警备。

担任上海警备任务初期，沈树根所在的179团与178团的战友们一样，"想上海，进上海，进了上海得了一条破麻袋，既当被，又当褥，晚上睡了怪凉快……"这首当时流行于部队的顺口溜并不是牢骚怪话，而是部队进城之后执行纪律露宿街头的真实写照。其实，除了不准进民宅打扰上海的市民外，当时部队的规定还有很多，比如，为稳定上海秩序，部队不能上街买东西，更不准向市民借东西。为做到这一点，驻扎在市区部队的饭菜、开水都是在十几里远的郊外烧好后送进来，有的部队甚至规定连自来水也不准用，每天清晨排队去几里路外的黄浦江洗脸、刷牙。在此期间，沈树根因在上海龙华路看管物资完成任务出色，又荣立四等功1次。

1949年8月2日，20军奉命解除上海警备任务，撤离上海市区，移驻上海的嘉定县、南翔镇、罗店镇及江苏的太仓县、昆山县等地区，投入解放沿海岛屿的战前训练和准备解放台湾的海上练兵。其中，沈树根所在的60师进驻罗店整训。11月，179团移驻小川沙一带江边进行水上练兵；12月20日，水上练兵结束，部队返回罗店继续整训。

1950年6月13日至17日，60师奉命从罗店出发，经上海市的大场、虹江码头乘登陆艇赴江苏省的崇明岛①进行水上练兵，并兼该岛警卫之任务。其时，179团驻崇明岛的南堡镇及附近村落。

沈树根的战友，曾任58师173团1营1连班长的王东九在1950年3月3日写给家中的一封信中，曾透露了当时部队进行水上训练准备解放台湾的一点信息："儿现住太仓，继续练兵，提高本领，准备进军台湾，解放全中国，人民永远得翻身……"

与沈树根和王东九一起入朝，曾任179团司令部作训参谋、60师司令部参谋的郭荣熙对当年在崇明岛练兵的情景也记忆犹新。他回忆说，1950年夏天，他所在的179团曾被拉到崇明岛去搞海上练兵，当时朝鲜战争已经爆发，但他们部队的任务仍是解放台湾，当时训练的课目是：上船、跳水、换乘船、爬绳梯以及掌握在海浪起伏中射击和着救生衣在风浪中泅渡等，因为当时有很多北方兵不会水，他们一见到水就害怕，所以要先叫他们学会游泳，然后再叫他们适应乘船，在这个基础上，还要叫他们防止晕船。各连先在陆地上扎了很多秋千，叫这些旱鸭子坐上去，不断地荡来荡去，以训练他们的平衡性。沈树根当时在侦察通信连当副排长，郭荣熙在2营爆破连当班长，专门训练水上爆破，当时他们经常在一起参加抢滩登陆方面的讨论，有时还争得面红耳赤。

---

① 崇明岛1914—1958年隶属江苏省（其中1939—1945年8月隶属伪上海特别市），1958年划归上海市。

　　在金萧支队成立75周年纪念活动上，作者与老英雄郭荣熙在一起，郭荣熙入朝前就是华东人民三级战斗英雄，入朝后曾任沈树根所在部队179团司令部作训参谋、60师司令部参谋，在朝鲜长津湖战役的黄草岭战斗中负伤，回国治愈后再次入朝参战。　　　　（李金海摄）

　　郭荣熙说："我与沈树根经常见面，我与他一起参加金萧支队，一起北撤到山东，又一起赴朝参战，真正是一条战壕里的战友，他这人给我的印象是沉着、勇敢、机智、灵活。他在抗美援朝的鹫峰阻击战中以少胜多的战例，就说明了这点。"

第二章

跨过鸭绿江

第一节　突然来了命令

就在沈树根和他 179 团的战友们在江苏的崇明岛（今属上海市）海滩上紧锣密鼓地进行海上训练准备解放台湾时，朝鲜的形势却一日三变，日益严峻。

1950 年 6 月 25 日拂晓，朝鲜战争爆发。

1950 年 6 月 27 日，美国总统杜鲁门命令美国空、海军部队给予南朝鲜掩护及支持，同时命令美国海军第七舰队侵入我国台湾海峡，并且盗用联合国名义纠集十几个国家出兵朝鲜。

1950 年 6 月 28 日，美国陆军第 8 集团军已开始直接参加地面作战。朝鲜半岛烽烟顿起，局势急剧变化。

对此，毛泽东主席在美国军队直接参战的当日，在中央人民政府委员会第八次会议上发表讲话，严斥美国对朝鲜和我国领土台湾的侵略，指出："全世界各国的事务应由各国人民自己来管，亚洲的事务应由亚洲人民自己来管，而不应由美国来管，美国对亚洲的侵略，只能引起亚洲人民广泛的和坚决的反抗。"中国人民"既不受帝国主义的利诱，也不怕帝国主义的威胁"。他号召："全国和全世界的人民团结起来，进行充分准备，打败美帝国主义的任何挑衅。"① 同日，周恩来总理兼外交部长也发表声明，强调指出："杜鲁门 27 日的声明和美国海军的行动，乃是对中国领土的武装侵略，对于联合国宪章的彻底破坏……美国政府指使南朝鲜李承晚军队对朝鲜民主主义人民共和国的进攻，乃是美国的一个预定借口，也是美帝国主义干涉亚洲事务的进一步行动。"②

这是美帝国主义在沿袭日本军国主义的老路，通过吞并朝鲜，进而入侵中国东北，达到其灭亡中国的目的，实现统治亚洲、征服全球的野心。

对此，作为中国政府和中国人民，能置之不理吗？当然不能！

1950 年 9 月 7 日，沈树根所在的 20 军军长兼政委张翼翔到上海参加第 9 兵团召开的军长、政委会议。会上，华东军区司令员陈毅传达了中央军委的决定：第 9 兵团解除攻台训练任务，开赴山东兖州地区训练整补，在思想上、物质上做好入朝参战的准备。

次日，中央军委主席毛泽东电令："9 兵团全部可以统一于 10 月底开到徐济线，11 月中旬开始整训，该兵团在徐济线整训期间仍归华东建制，唯装备及整训方针计划受军委直接指挥为宜。"③

但是，美帝国主义不可能叫 9 兵团等到 10 月底了，连 9 月底也不可能等到了。

就在 9 兵团接到毛泽东主席的电令一周后，即 1950 年 9 月 15 日，美"联合国军司令部"④总司令道格拉斯·麦克阿瑟亲自指挥美军第 10

---

① 转引自韩龙文主编：《中国人民志愿军抗美援朝战争史》，军事译文出版社 1992 年版，第 2、3 页。

② 转引自百旅之杰编委会编：《百旅之杰——二十军史话》（下），杭州出版社 1999 年版，394 页。

③ 转引自中国军事博物馆编著：《抗美援朝战争纪事》，解放军出版社 2008 年版，第 10 页。

④ 美国操纵联合国安理会通过非法决议，组织"联合国军司令部"。参加"联合国军"的国家除美国外，还有英国、澳大利亚、荷兰、新西兰、加拿大、法国、菲律宾、土耳其、泰国、南非、希腊、比利时、卢森堡、哥伦比亚、埃塞俄比亚共 16 个国家。

军两个师，即美军陆战 1 师及步兵第 7 师及其所属炮兵、坦克兵、工兵等部队共 7 万余人，在 500 架飞机、300 余艘舰艇的配合下，在南朝鲜的第二大港口城市仁川实施登陆，北朝鲜军队虽进行了顽强抵抗，但最终仁川还是于当日陷落。

1950 年 9 月 20 日，尚在上海郊外进行战前训练准备解放沿海岛屿和台湾岛的 20 军突然接到兵团命令，解除攻台训练任务，火速开赴山东兖州地区，待命入朝。

10 月 7 日，20 军各师便分别由上海市和江苏省的黄渡、南翔和昆山等火车站登车，向山东兖州进发。60 师全师由黄渡火车站登车北上，经江苏的南京、安徽的蚌埠，14 日到达山东邹县，进入国防机动位置，各团分驻于津浦铁路两侧，师部位于山东的邹县。

郭荣熙回忆说：当时对于部队停止训练往北走，大家都感到很突然，各种各样的猜测都有，有的说是去北方搞生产，有的说是拉到南边打台湾……为了保密，连营团首长也不知道真实的情况。有胆大的战士想去首长那里探听点儿秘密，结果遭来的却是一顿训："不该问的不要问，该知道的迟早会让你知道。"

还有的回答得更干脆："你问我，我问谁？"或者"我不知道，知道也不会告诉你。"

就这样，大家都蒙在鼓里，从黄渡火车站登上闷罐子军列①后，大家都挤在一起，一开始还好，有说有笑的，后来，听着列车哐当哐当的车轮声，渐渐地都进入了梦乡。也不知过了多少时候，有人推了推沈树根的胳膊："咦，副排长，车子怎么停下了？"

沈树根迷迷糊糊地说了句："你问我，我问谁？"正这时，从门外传

---

① 闷罐子车又称代客或棚车，该车车厢为木墙木底，设有床托，两侧有车窗，顶部有可装火炉的烟筒口，车体上有"人"字型标记，表示可以供人乘坐。

来一阵杂乱的跑步声，随后就听到急促的哨子声，还有人在大声地叫喊："开门！开门！"

"下车！下车！"随着车厢正中两扇大门被"隆隆"地拉开，带队的179团营连首长们先跳下车，接着是班排长。待沈树根跳下车厢时，恰好有一股冷风吹到他身上，令他冷不丁地打了个寒战，"乖乖，这么冷"。沈树根这才发现，他和战友们的身上还穿着单薄的夹衣。

喷着浓浓蒸汽的机车有点儿疲惫地卧在铁轨上喘着气，时不时地冒出一两声沉闷的汽笛声。179团的人全都下来了，在此起彼伏的口令声中，大家很快就站好了队，沈树根用胳膊肘碰了下排长王洪法："怎么不走了，到山东干什么？"

王洪法悄悄地回了句："谁知道。"

"山东、山东，煎饼大葱。"有人在队伍中开了句玩笑，但当即就被沈树根制止了："别乱说，我们当年打泰安、莱芜、孟良崮战役，没有老乡给我们送煎饼大葱，能取得胜利？"

有位新战士问沈树根："副排长，听说山东的煎饼能把人的牙齿硌掉？"

"那你就去镶个大金牙。"沈树根怼了他一句。队伍中立时发出一阵爽朗的笑声。

按部署，179团驻扎在山东邹县津浦铁路一侧的几个村庄中。对山东这一带，沈树根和他的战友们是熟悉的，北撤以来，他们就一直转战山东、河南、江苏等战场，历时5年，期间经历了泰安战役、莱芜战役、孟良崮战役、济南战役、豫东战役及淮海战役等多个战役，足迹遍及华中及华东大地。

部队安顿下来后，当即就有一大批国民党四川起义士兵和山东地方武装补入团里。训练是紧张的，但更紧张的似乎还是气氛。在训练的间歇，沈树根他们每天都可以看到有无数趟军列呼啸着风驰电掣般地向北驶去。这些军列都是些棚车，有些蒙着帆布，显得很神秘，不知道里面载的是什么东西；有些则满载着人，从飞速掠过的车厢中，可以看到车厢内马灯①灯光映出的模糊人影，从统一的着装看，这都是些军人。

"哎，你看到了吗？"有一次训练的间隙，沈树根抽出香烟在与排长王洪法对火的时候，指了指一农舍墙上写着的几条大标语："打进济南府，活捉王耀武。""保卫山东省，解放大中原；大家一条心，胜利向前进。"

"才多少时间啊，不仅中原解放了，连全国也解放了。"沈树根说。

"是啊。"王洪法感慨地说："形势的发展太快了，不知道这次又要去解放哪儿了，解放台湾？可台湾在南边啊，我们又怎么往北走呢？"

"是啊，我也不明白。"

"会不会去朝鲜？听说这段时间朝鲜正在打仗，形势很紧。"

"也有可能。"

就在179团3营8连3排的两位正副排长对形势做着种种猜测时，终于，有那么一丁点儿的消息不知从谁的口中传了出来：团里的首长们都去曲阜孔林的9兵团驻地听首长做报告了。听什么报告，大家当然不知道。但沈树根从多年跟随部队南征北战的经验中以及这些天他们所看到、感受到的氛围中预感到：团首长的会议一定和打仗有关。

这是1950年的10月29日。过了若干年之后，沈树根和他的战友们才知道，原来那天是朱德总司令来9兵团召开的团以上干部会上做入朝作战的动员报告。朱总司令在报告会上说：党中央于10月8日做出了组建中国人民志愿军和由彭德怀担任司令员和政委的决定，第一批部队入朝后战斗已经打响，25日中央军委收到第一份战报，第一批入朝部队

---

① 马灯，一种可以手提的、能防风雨的煤油灯，骑马夜行时能挂在马身上，因此而得名。沿海地区大部分用于船上，也有"船灯"的叫法。

歼灭敌一个先头加强营，战斗还在继续进行中。

朱总司令接着说："朝鲜战场的形势大家都是清楚的，政治局的同志商量的结果，一致认为我军还是出动到朝鲜为有利，这对中国、对朝鲜、对世界都极为有利。而我们不出兵，让敌人压到鸭绿江边，国内国际反动气焰增高，则对各方都不利，整个东北边防军将被拖住，南满电力将被控制。何况麦克阿瑟已经扬言：鸭绿江并不是中朝国境分界线。鸭绿江未必能隔开侵略战火，我们应当参战，必须参战，参战利益极大，不参战损害极大。"①

朱总司令又说：毛主席提出了"抗美援朝，保家卫国"的口号，这个口号提得很好，它同我们民族的利益联系起来了，使全国人民知道，不仅是抗美援朝，还有保家卫国的问题，这就把国际主义和爱国主义统一起来了。

之后，朱总司令又分析了9兵团这次入朝作战的有利条件和不利因素，他说，9兵团部队没有在寒带作战的经验，所以一定要注意防冻。同时，在敌军掌握制空权的情况下，要切实注重防空。朱总司令最后说：我们的方针是力争世界和平，不怕战争；和平更好，打也不怕，我们可以取得最后胜利。②

会议结束时，尽管主持会议的首长再三要求团长们回去后暂时保密，但是，179团政委张浪回到团部刚一露面，沈树根就敏感地对王洪法说："要打大仗了。"

王洪法说："你怎么知道？"

沈树根说："你没见政委的脸，笑眯眯的，每次有仗打了，他都这样。"

---

① 转引自百旅之杰编委会编：《百旅之杰——二十军史话》（下），杭州出版社1999年版，第398—399页。

② 参见百旅之杰编委会编：《百旅之杰——二十军史话》（下），杭州出版社1999年版，第398—399页。

阻击英雄 沈树根

王洪法一听，"扑哧"一声笑了起来："想不到你沈树根还真会观察。"

原来179团团长张季伦这时还在赶往东北的火车上，就在他们团登车北上时，他正因病在上海一家医院接受治疗，当时部队曾计划在山东兖州整训一个时期，张季伦准备在身体状况好转后，再赴兖州与部队会合，没想到朝鲜形势急转直下，中央命令9兵团迅即入朝。这样，张季伦便无法再在医院里待下去了，就匆匆带了一名通讯干部、两个警卫员和阮世炯、陆剑英两个因事迟行的干部，直奔沈阳，与大部队会合。

沈树根猜得没错，就在政委回到团部的第4天，即11月3日，9兵团命令20军：立即开抵吉林省梅河口地区集结，进行短期整补后，入朝作战。当天夜里，第20军各师自山东姚村、曲阜、兖州、邹县等站按第59师、第58师、第60师、军直①、第89师（原属第30军，1950年1月归调至第20军）的序列依次登上火车。

火车"咣当"一声开动后，就有一位战士问沈树根："副排长，我们这是往哪儿开啊？我都不知道方向了。"

"你说往哪？往北！"正靠在车厢壁上抽烟的沈树根回答。

"往北？往北去干什么，副排长？"

"你说去干什么？"因车厢内很挤，沈树根挪了挪身子，因为睡不着，他本想逗一逗这问话的战士，但当他借着车厢顶部摇曳的马灯灯光，看到问话的是一位刚从山东地方武装补充过来的新战士，看年纪，也就十七八岁的样子，便轻轻地说："去打敌人啊，同志哥。"

"去打反动派吗？"小战士认真地问。

"对，打反动派，把反动派统统都干掉。"

小战士正要再问，旁边有个人边转身边嘀咕："睡吧，睡吧，'小山东'，明天说不定还真要打仗呢。"

---

① 军直，指军部直属队。

车厢内于是出现了片刻的安静，只有车轮在铁轨上发出有节奏的声响。在"隆隆"的轰鸣声中，列车犁开浓重的夜色，向既定目的地狂奔。

5日凌晨，火车经过一天的疾驶，终于慢慢停靠在一个站台上。

"到哪儿了？"被一个急刹车晃醒的沈树根揉了揉眼睛，问紧挨在旁边的王洪法。睡眼蒙眬的王洪法打了个哈欠说："天津。"

"你怎么知道？"

"你没听外面在广播吗？"

"那怎么停下了？"

"不知道，可能是要加水吧。"王洪法从袋中摸出一包"金鸡牌"香烟，抽出一支递给沈树根。沈树根摇摇头，说："不抽，嘴巴苦得很。"说毕，就从人堆里站起来，走到车厢的门口，透过机车喷出的蒸汽，他看到在车站站台的台柱上、墙壁上、电灯杆子上，乃至候车室的窗户上，都贴满了五颜六色的标语。他揉了揉眼睛，定睛一看，才看清上面写着这样的标语"抗美援朝，保家卫国""打败美帝野心狼""响应党中央毛主席号召，支援朝鲜人民正义斗争""向英雄的中国人民志愿军学习致敬"……正看时，突然车站里的喇叭响了起来，先是播放雄壮的乐曲，之后是播音员播送中央各民主党派声讨美帝国主义滔天罪行、拥护中共中央"抗美援朝，保家卫国"的英明决定。

这时车厢里可以说是鸦雀无声，所有的人都立了起来，刚才睡意蒙眬的人一下子都瞪大了眼睛，他们尽可能地往车厢门口挤，以便使自己能听清楚外面的广播。

"哦，原来是要打美国鬼子啊，怪不得前段时间报纸、广播天天在说朝鲜的事！"不知谁在人群中嘀咕了一句。

"看来我们这次要和美国鬼子干了。"

"朝鲜在哪里啊？路远吗？这么说，老子要出国打仗了？"有人兴奋地说。

"出国好啊，老子将来也好在儿子面前吹吹牛皮。"

"牛皮不是吹的，火车不是推的。"有人开了句玩笑。

正说话间，有两列军列从他们旁边的轨道上呼啸而过。

"这是哪个师？59师吗，他们怎么不停就过去了？"王洪法问沈树根。

沈树根说："59师在我们前面早过去了，这可能是军直和89师，他们就在我们师后面。"

"看样子，前方形势吃紧了！"王洪法皱了皱眉头说。

第二节　仓促入朝

这是1950年11月5日的早晨，在天津站一列补水加煤做短暂休息的军列中，沈树根和王洪法正倚在闷罐子车车厢的门口，对不断从旁边疾驰而过的军列做着种种的猜测和分析。应该说，这两位排级干部的猜测和分析基本是准确的。而实际上，后来发生的战争态势，远比他们两个人所猜测和分析的要严峻复杂得多。

当时的战场态势是这样的：

就在朱德总司令亲临山东曲阜给9兵团团以上干部做报告的同日，即1950年10月29日，毛泽东主席致电志愿军司令员兼政委彭德怀："东面伪首（都师）、伪3（师）及美7师共3个师由咸兴向北进攻的可能性极大，必须使用宋时轮主力于该方面有把握，否则于全局不利，请你们考虑除第27军11月1日由泰安直开辑安或满浦直上前线外，余两个军是否接着开通化、辑安地区休整待命，以备必要时使用。"[1] 两天后的

---

[1]　转引自百旅之杰编委会编：《百旅之杰——二十军史话》（下），杭州出版社1999年版，第401页。

10月31日，毛泽东主席又电9兵团宋时轮司令员和陶勇副司令员："9兵团全部着于11月1日开始先开一个军，其余两个军接着开动，不要间断。"其作战任务是："以寻机各个歼灭南朝鲜首都师、第3师、美军第7师及陆战第1师等4个师为目标。"①11月5日，也就是沈树根和他的战友们所乘的闷罐子军列向北开进的时候，毛主席致电彭德怀司令员及邓华副司令员并告宋时轮、陶勇，确定9兵团立即入朝："江界、长津方向应确定由宋兵团全力担任，以诱敌深入寻机各个歼敌为方针。而后该兵团即由你处直接指挥，我们不遥制，9兵团之一个军应直开江界并速去长津。"②11月6日，中央军委又急电9兵团火速入朝，但此时，9兵团的大部队都还挤在闷罐子军列的车厢中，他们离到达的集结地，还有一天的时间。

这天凌晨，20军前卫部队乘坐的军列刚驶入沈阳皇姑屯车站，火车站站长就跑过来通知，铁道电报转发中央军委紧急电令，限每一列车的最高指挥员到车站通信工区机要室阅报，该军列指挥员跑到工区，只见兵团已在这里设立临时指挥所，兵团一位作战处副处长将一份电报递给这位军列指挥员，电报是中央军委转发的志愿军首长急电：据可靠情报，麦克阿瑟计划使用空降第187团空降江界，提前封口，占领朝鲜全境。根据中央军委和毛主席指示，命令9兵团由辑安（今集安）③、临江等地入朝，由于9兵团前卫27军已开向安东（今丹东），一时不及调转，兵团决定20军由后卫改为前卫，火速由辑安、临江等地入朝。④一

---

① 转引自中国军事博物馆编著：《抗美援朝战争纪事》，解放军出版社2008年版，第31页。
② 转引自中国军事博物馆编著：《抗美援朝战争纪事》，解放军出版社2008年版，第35页。
③ 辑安县：今吉林省集安市，1902年（光绪二十八年）建县，1949年属辽东省通化行署，1954年划属吉林省。1965年1月20日，辑安县更名为集安县；1988年3月16日，撤销集安县，设立集安市。
④ 参见陆州著：《铁血争锋》，解放军文艺出版社2009年版，第337页及百旅之杰编委会编：《百旅之杰——二十军史话》（下），杭州出版社1999年版，第403页。

切都围绕"火速"两字展开，原本9兵团打算在吉林梅河口地区整补后入朝的计划无法实施了，现在对他们的要求是：立即入朝，越快越好。这就意味着，沈树根所在部队将会在没有棉帽子、没有棉鞋、棉手套、棉大衣等冬装穿的情形下，穿着南方部队的单薄军装在朝鲜的高寒地带作战。

因临时变更原定的计划而出现的短暂混乱是难免的，比如列车的编组，部队在出发时是按列车长度和车皮容积装载的，因此，成建制的连队往往被分割，前面半个连走了，后面半个连要乘下一列军列才到。炮兵更成问题，炮走了一天，装骡马的车厢还没有跟上……但这些，通过调整和编排后逐步解决了，唯有装备，尤其是服装，由于走得仓促，在部队跨过鸭绿江的最后一刻，都没有解决。许多官兵在极度的寒冷中还戴着大檐帽，穿着翻毛单皮鞋，背着薄薄的温带衣被，有的干部战士还穿着单衣，在尚还暖和的车厢内都冻得瑟瑟发抖，尤其是新成立的师炮兵团，全团干部战士的军帽、鞋、衣服、被子，此刻还是按照夏装配置的。难怪受总参委托前来检查兵团入朝准备情况的东北军区副司令员贺晋年见了后不断摇头："你们这是什么冬季装备啊，这也能入朝作战，冻也把你们冻僵了！"

但军令如山，之后，也就是军列在沈阳做短暂停留的间隙，贺晋年副司令员送来了他动员机关干部战士脱下来的一些皮衣、棉衣、皮帽和皮靴，但这些服装对一支数万人的大部队来说，只是杯水车薪。

不过，也有一些头脑灵活的干部战士自己想了一些办法，沈树根就是其中的一个，在军列靠站大家下车上厕所的时候，沈树根路过一个垃圾堆，看到旁边有一床破棉被，他当即将破棉被捡了起来，回到车上，立即将棉被撕成几块，然后用绳子绑在自己的腿上，剩下的给排里的其他人，样子虽然并不雅观，但冷人先冷腿，腿暖和了，人也暖和了。事后证明沈树根捡来的这床破棉被真是派上了大用场，在入朝后的长津湖战役中，许多战友在极度的寒冷中被冻成重伤，失去了战斗力，有的甚至献出了生命。而他却挺了过来，那条绑着破棉絮的腿，始终没有被冻伤。

因为战况紧急，时间已经不允许军列在沈阳站做更多的停留，在军直和60师的部分官兵领到了大米一袋（3斤）、半斤咸盐和半斤咸鱼后，军列便立即启程，喷吐着黑烟向辽东省辑安县辑安镇方向驶去。

辑安县辑安镇地处辽东省东南方向的鸭绿江边，与朝鲜一江相望，地理位置十分重要。其右有安东，左有图们；辑安、安东、图们是中国通向朝鲜的三大铁路口岸。

1950年10月11日，第一批赴朝作战的志愿军秘密部队（东北四野部队，无番号），就是从辑安镇跨过鸭绿江，入朝作战。此后，38军、39军、42军、50军及此次赶来的20军、27军等42万余名志愿军、17.2万名随军担架队员，或由桥上，或通过浮桥进入朝鲜。安东大桥被炸断后，辑安镇旁的鸭绿江铁路大桥因志愿军的全力保护和及时抢修，最终未断，朝鲜战争期间，志愿军大批的部队、武器、弹药就是通过鸭绿江铁路大桥源源不断地运往前线，志愿军将士亲切地称该桥为"抗美援朝第一渡"。

1950年11月7日，先期抵达边境的20军59师就是乘火车从辑安铁路大桥直接过江，到达朝鲜江界。而同日抵达的58师因该桥被美机炸断，来不及抢修，只好步行过江，好在冬日水浅，可以通过架设浮桥，快速过江。

在59师、58师过江后，军直、60师和炮兵团等部队也紧随其后，于11月8日下午，到达辽东省通化车站，部队继续轻装，对入朝一时用不着的大量军用物资及个人物品，统一交留守处保管。

11月8日晚上，军列继续前进。在列车慢慢启动离开通化站时，发生了感人的一幕：有几个正在站台上执勤的边防军战士突然向已启动的列车追了上来，边追边脱下头上戴着的狗皮帽子和身上的棉衣，然后向还未关闭的闷罐子车厢门口抛了过来，大喊："接住，兄弟，替我们多杀美国鬼子啊！"正倚在门口抽烟的沈树根也接住了一件棉衣，他用手一摸，真暖和啊。可惜只有一件棉衣，给谁好呢？正这时，他看到了身旁那个从山东来的被人称作"小山东"的新战士衣着单薄，便把棉衣扔给了他，说："'小山东'，快穿上。"

"小山东"有点儿不好意思，说："副排长，还是你穿吧。"

沈树根瞪了他一眼，说："别啰唆，叫你穿你就穿。""小山东"这才吐了下舌头，把棉衣穿上了。

因上级命令部队要"火速"入朝，军列在行进途中，虽在沿途车站会做短暂停留，以便加煤加水，但部队不下火车。据此，60师政治部便派员到各车厢传达党中央和毛主席关于抗美援朝的指示精神并做入朝参战的思想动员。

1950年11月10日黎明，经过了一晚狂奔后的机车喘着浓重的粗气，将长长的闷罐子军列停靠在一个小小的车站上，辑安镇到了。黎明中的辑安火车站灯火稀疏，一片昏暗，车站附近，是一大片低矮的民居，浓霜如雪，降在民居犬牙交错高低不平的瓦片上，泛现出一片灰白色的光。

军列停稳，便有几个穿着大衣、头戴狗皮子帽的东北边防军干部从候车室走出来，候车室的门窗里面都遮着厚厚的布帘，这是为防灯光外泄遭美机轰炸而采取的军事管制措施。

很快，在这些东北边防军干部的安排下，部队全部下车，各团按指定位置，临时集合部队召开抗美援朝誓师大会。此时张季伦团长已追上部队，179团2400名官兵集合在鸭绿江边的一处山坡下，由张季伦团长和张浪政委做简短动员报告，然后部队进行集体宣誓。

大会结束，团部通知各连以排为单位去辑安镇附近居民家中领取馒头，原来边防军从昨天开始就已委托镇上的家家户户蒸馒头，沈树根带了两个战士来到一户人家，只见这户人家已蒸了数百个大馒头，像小山一样堆在桌子上，沈树根按一人两个的标准领取馒头后，一位头戴三块瓦棉帽的老汉对他说："多拿点儿，同志，多拿点儿。"沈树根也不客气，一下子又多拿了十几个。见沈树根和两名战士还穿着单薄的军装，老汉叹了口气说："不行啊，同志，朝鲜那疙瘩贼冷，你们这身衣服上去恐怕够呛。"

正准备离开的沈树根说："是啊，军情紧急，没有冬装也得上啊，大爷，谢谢您啊。"沈树根说毕便离开老汉家，那老汉在后面追着喊："同志，记住啊，手脚冻伤了，可不能用热水烫啊，得用雪擦，使劲擦……"

10日晚，60师先头部队180团两个营星夜步行从辑安镇渡口渡江入朝，在指定地点等候大部队。60师178团、179团则于次日，于辑安镇段江面上，徒步过江。

此时的鸭绿江上已经结冰，为便于部队、汽车和骡马过江，工兵部队连夜用门板、铺板、木头在封冻的冰面上架好几十米宽的过江通道，为防止冰滑，还在上面铺上黄沙、砻糠、草垫子等。

这是1950年11月11日早晨，天还未亮，全副武装的179团官兵与兄弟部队一起，冒着从鸭绿江中吹来的彻骨寒风，集结在辑安鸭绿江铁路大桥下开阔的滩地上，然后依次过江。

由于时间紧迫无法及时换装，加上天寒地冻，大家只好各显神通，有什么穿什么，使这支从江南过来的部队看上去有点儿落拓的感觉。

首先是武器，就如毛主席在1950年11月6日给斯大林的电报中说的："由于我军步兵武器过去主要是缴自敌方，枪炮口径极其杂乱，弹药生产相当困难，直接参加朝鲜作战的志愿军为12个军36个师，为解决入朝作战部队即将发生的弹药保障方面的困难，请供给36个师的步兵轻武器装备。"①179团也面临这样的状况，重机枪、轻机枪、步枪、手枪都不统一，这些武器有的是从日军手中缴获的，有的是从国民党手中缴获的，有德式的、日式的、捷克式的，也有美式的，甚至还有国民政府造的中正式、汉阳造……真是五花八门，不一而足。

其次是服装，原本倒是比较统一的，但现在却不行了，因为这两天东北军区后勤部门送过来一些棉衣帽，领到这些棉衣帽的人当即就穿戴起来，由于不配套，看上去就显得有点儿不伦不类。比如：有人头上戴了一顶狗皮帽，身上穿的则还是一套薄薄的单衣；有人领到了一件棉上衣，但裤子却还是夏装……别说是一般的干部战士，就是高级干部的服装，为了保暖，这时候也只好七拼八凑。59师师长戴克林的打扮就是这样子：他那天头上戴的是一顶在兖州出发时发给他的高级貉绒皮帽子，身上穿的是一套单军衣（原本曾给团以上干部量过身体，准备要做棉军装，没料衣服还未做好，部队就开拔了），肩上披着的是一件警卫员不知从哪里给他弄来的日本军队长毛绒大衣，而脚上穿的，则是一双驻军上海时发给他的枣红色牛皮单鞋。他这打扮若是在平时，大家见了一定会笑，但在现在，大家觉得很正常。只要能保暖，什么衣服他们也敢穿。

有个营长，实在冻得受不了，心想手如果冻坏了，这仗还怎么打，于是便命令战士们把棉被剪下两寸，自己缝制手套、耳套。在以后作战中，这个营的战士手不冻、耳不肿。军首长知道后，表扬这位营长说："好，自力更生，克服困难，要表扬、要推广。"

但比起179团3营8连3排副排长沈树根来说，这位营长的"发明"还是迟了点儿。

现在，穿得有点儿杂乱的沈树根就站在辑安镇渡口的江边滩头上，

---

① 转引自中国军事博物馆编著：《抗美援朝战争纪事》，解放军出版社2008年版，第35页。

离他右侧几十米远的地方就是辑安鸭绿江铁路大桥。

图为鸭绿江铁路大桥，该桥 1938 年由日本人建造，全长 589.23 米，宽 5 米，高 16 米，有桥墩 19 个。朝鲜战争爆发前，这是一条中朝两国之间重要的交通线，朝鲜战争开始后，大桥被美机炸断，后修复。

（徐国权摄）

　　看到大桥的桥梁被美机炸成了麻花状，沈树根愤愤地骂了一句："他奶奶的美国鬼子。"然后朝身后挥了一下手，悄声喊："快，跟上。"

　　这时大部队正像洪流一般地朝江对岸的朝鲜一侧拥去，整支队伍秩序井然、悄然行进。除了"快点儿""跟上""别出声"之类的话语外，唯有脚踩在地上的"叭嗒叭嗒"声和偶尔发出的武器碰撞的声音。

　　当他们穿过江滩登上在结冰的江面上临时搭成的简易桥时，沈树根下意识地回过头去，他身后不远处的辑安小城在冬日的黎明中变得有些模糊了，依稀还能看到有袅袅炊烟从小城的民居中升起，间或还可以听到有晨鸡的啼叫声……

这时，沈树根感到有个人在拉他的袖子，他回头一看，见是"小山东"，便问："什么事？'小山东'。"

"小山东"的手里拿着一张相片，递给沈树根说："副排长，这是衣服里面找到的。"

沈树根拿起照片一看，是一位姑娘的半身照，姑娘梳着一条大辫子，眼睛圆圆的，笑眯眯的脸上还长着俩酒窝。沈树根明白了，对"小山东"说："'小山东'，你要把这张照片保管好，等我们胜利了，把照片还给那位边防军老大哥。"

"是，副排长。"

正说话时，突然听到有几声隐隐的炮声从朝鲜一侧传来，沈树根猛地拉了一下"小山东"，说："走，快跟上，快。"

第三节　激战长津湖

因为1950年11月的这次入朝作战是秘密行动，故179团在呈三路纵队向前快速行进时，还有一件重要的事要做，就是抓紧时间检查和清理有可能暴露中国军人身份的标志、符号和物品，如大盖帽上带有"八一"徽标的五角星、军装胸前缝着的"中国人民解放军"胸牌，印有"中国人民解放军"及"八一"字样的白毛巾以及平时学习用的笔记本、书籍、文件等等。沈树根在上缴和清理这些物品时做了个小动作，因为他有一本笔记本，是在上海解放后去街上买的，笔记本的扉页上印有一帧毛主席的画像，按规定，这笔记本是不能带入朝鲜的，但沈树根在清理时把笔记本藏了起来。因为入朝前沈树根所在连队的文化教员正在教大家学文化，沈树根已经识得500多个字了，这本笔记本，是他在练字时要用的。

从辑安镇渡江登岸的 179 团全体官兵与大部队一起，按作战部署，以每天行进 50 公里的速度，向朝鲜北部的满浦、江界等方向疾行。他们在沿途看到有大批的朝鲜人民军部队从前方退下来，既有成建制的，也有三三两两的，那些人衣衫不整、疲惫不堪，有的身上还带着伤，在坑坑洼洼的公路上艰难地步行着，间或有几辆小汽车，车身上沾满泥巴，停停开开，向北行驶。

与朝鲜人民军同时向北撤退的，还有大批的朝鲜老百姓，这些人基本上都是年老体弱者和未成年的孩子，他们赶着牲畜和牛车，有的妇女头上还顶着包，他们目光呆滞、脸露惊恐。突然，他们看到有一支中国人民志愿军的部队正朝他们迎面而来，于是便在路边停了下来，一边挥手，一边热情地向志愿军打起了招呼：

"多木，朝少！"（同志，好！）

"多木，朝少！"

正在疾步行进中的沈树根悄声对排长王洪法说："当年日本鬼子到我老家扫荡，我拉着弟弟妹妹的手逃难，也是这个样子，那年我才 12 岁。"

王洪法也有同感，叹了口气说："是啊，这种情景我也经历过。"

"你看……"沈树根正要说话，突然看见前方的一个集镇上，正燃起一片熊熊大火，刚骂了句："他奶奶的，美国鬼子，连老百姓的房子也不放过……"没料骂声未落，只听得身后有一个人喘着粗气道："骂有什么用，到时候给我狠狠地揍他们！"

沈树根一扭头，发现是团长张季伦追上来了，便问："团长，这是哪儿啊？"

"江界。"张季伦铁青着脸冷冷地回答。说毕，他头也不回，快步朝燃着大火的方向奔去。

江界是朝鲜慈江道政府的所在地，由于一条主要干道被美机炸得弹洞累累，实在不好走，加上雨雪刚下过，路上的行人和牲畜车马又太多，从而使部队的行军速度受到了极大的影响，但尽管如此，部队还是想方设法加快行军速度。

在沈树根他们抵达江界前两小时，美军十几架 B-29 型轰炸机在这里掷下了几十颗凝固汽油弹，将这座有着数千户人家的集镇几乎化为灰烬。

沈树根看到，在一些未燃尽的房屋前，许多朝鲜妇女和老人正踩着瓦砾在用水不断地灭火。他们神情镇定而坚毅，目光中充满着愤怒和仇恨。尤其令人敬佩的是，他们之中的所有人，没有一个人因此哭泣和悲鸣。

过了江界，队伍就向朝鲜东海岸元山港方向疾进。这时，在这支洪流般滚滚向前的队伍中，除了"别说话，跟上""快跟上，快！"的短促低沉的口令外，便是"沙沙沙，沙沙沙"的脚步声和越来越沉重的喘息声。

时间，决定着敌我双方的胜负，也决定着这支部队的命运。

有此强烈意识的，除了中国人民志愿军第 9 兵团司令员宋时轮，也包括美国第 10 军司令阿尔蒙德。因为，就在志愿军 20 军、27 军数万人马向朝鲜长津湖方向快速挺进的同时，由阿尔蒙德指挥的第 10 军陆战 1 师和美 7 师则以更快的速度与志愿军 9 兵团迎头对进。对方的战略意图已十分明显，即在第一次战役后，乘我军东线方向力量薄弱之际，占领朝鲜惠山和图们江，切断 42 军 2 个师的后路。美军虽然在第一次战役中吃了一点亏，但他们对这支装备落后，在冬天还穿着单衣与其作战的军队仍抱着蔑视的态度，以为这不过是一些由朝鲜的穷人组成的乌合之众和亡命之徒。由此，他们便重新又集结起在朝鲜的全部兵力，以机械化部队为先导，以空中优势为保障，声势浩大地向长津湖方向快速推进，以实现联合国军总司令道格拉斯·麦克阿瑟的预言："在圣诞节前结束朝鲜战争的总攻势。"

形势万分危急，形势也可转危为安。前提是，必须要在美军抵达之前，赶到长津湖地区，然后隐蔽伪装，设伏静待美军钻进口袋。

"快、快、快！"

"快、快、快！"

这一边，沈树根和他的战友们边跑步边啃着冻成石头般坚硬的土豆；那一边，美军第10军陆战1师和美7师的精锐部队亦乘着坦克和大卡车正"隆隆隆隆"地迎头赶来。

然而，令美军的将军们想不到的是，正当他们戴着厚厚的绒帽，穿着羽绒衣裤和毛绒靴，裹着温暖柔和的墨绿色呢绒军大衣，坐在吉普车里遐想着如何在圣诞节前给阻挡他们前进的朝鲜人民军残余以致命一击时，有一支衣衫单薄、急速行进的部队已先期抵达了朝鲜长津湖地区，这是1950年11月15日，中国人民志愿军第20军所属部队率先赶到了这里，随即，这支部队便进入了狼林山脉长津湖地区的下碣隅里①等地段，进行快速设伏和布防。

沈树根在浙东纵队的老首长老战友、抗美援朝时曾任20军60师政治部主任的徐放在一篇纪念抗美援朝50周年的文章中，对长津湖的恶劣环境做过这样的描述：

> "长津湖地区地处海拔1000公尺至2000公尺，属高寒地带，气候冬季在零下40摄氏度上下。该处林木茂密，村镇稀少，道路狭小。一条长津江由北向南，至黄草岭由拦水坝而形成一个长津湖……"

作家陆州在其所著的《铁血争锋——中国人民解放军第20军征战纪实》一书中，对长津湖的作战环境做了更为详细的描述：

---

① 下碣隅里是朝鲜北部咸镜南道长津湖边上的一个村子，村子呈四方形，西北方向有通往柳潭里的公路，向南有通往古土里的公路，是一处兵家必争的军事重地。

"每年冬季来自西伯利亚的寒流，顺着狼林山脉和其东北的赴战林山脉之间的谷地，向南直抵咸兴附近的日本海，最低气温可达零下 40 摄氏度。这里的雪寒岭、荒山岭、黄草岭、死鹰岭……光是从地名就能看出其苦寒贫瘠。据当地村民称：这里的雪寒岭终年积雪；荒山岭荒无人烟；黄草岭上夏天刚萌芽的青草会在转眼间变成枯黄，当地有人曾试图在岭上开一家店铺，没料上去不久，就被大雪封门，最后冻死在黄草岭上；而死鹰岭则是老鹰也飞不过去的绝地，老鹰本来耐寒，但只要飞到死鹰岭上，血液就会被冻结，最后拖着翅膀，一只只直往下掉……"

沈树根所在部队翻越冰山雪岭，阻击敌人。　　　　　　　　（"我们在朝鲜"摄影组摄）

曾在 1950 年 12 月担任美军第 8 集团军司令、1951 年 4 月至 1952 年 5 月接任被免职的麦克阿瑟将军担任驻远东美军司令和联合国军司令的马修·邦克·李奇微对当时长津湖地区的恶劣气候记忆深刻，在其后来所著的回忆录《朝鲜战争》一书中他说：

"在其北部六千英尺高的陡峭山岭上，冬季的寒冷气温可低达华氏零下五十度……这里是一派可怕的景象，尤其是冬季，在遥远的满州荒野上形成的暴风雪，常常在没有预兆的情况下呼啸而至，满山遍野顿时便可覆盖十英尺厚的积雪……"

就这样，秘密入朝的中国人民志愿军20军，经过了长途跋涉、饥寒交迫、疲惫交加，终于在美军之前赶到了长津湖。

沈树根所在部队在阵地上挖战壕。
（"我们在朝鲜"摄影组摄）

随即，志愿军们未及休息，就立即开始挖战壕、筑工事。但这时候，问题出来了，因为零下30多摄氏度的气温已把山上的泥土冻得比石头还坚硬，沈树根排的几个战士用铁锹在冻土上试了几下后，一个把铁锹柄折断了，一个把虎口震裂了，有鲜血流出来，即刻便冻成了一条红色的小冰凌。"小山东"的铁锹在挖的时候卷了口，他用手去摸了下，没料手上的皮肤竟和铁锹冻在了一起，他使劲一缩手，一块已经粘在铁锹把上的皮肤被生生地从手上撕掉了，疼得"小山东"竟哭了起来。这时排长王洪法走过来，边为"小山东"包扎边对大家说："大家不要急，先去看看副排长是怎么挖的。"原来沈树根这时已在旁边挖出了一条战壕和避弹洞，他对大家说："这种地方挖战壕不像在我国的江南，不能硬碰硬，得先把上面的冰块铲掉，然后一点一点往下面刨。"

"副排长，非得要挖战壕吗？这里有这么厚的雪，堆起来不可以吗？"一位新兵问。

"雪能挡住子弹吗？能挡住弹片吗？记住，只有挖好工事，才能顶住敌人的炮火。"

在沈树根的示范下，3排阻守阵地的战壕和避弹洞终于如期完成。

但工事挖好后，另一个更为严重的问题又出现了，这就是因冻伤引起的部队减员问题。虽然这时候仗还没有打起来，但各团的卫生队和师部医院已忙得不可开交。因为20军的干部战士基本都是南方人，对防止冻伤的知识差不多等于零，有些战士受冻后，以为暖和一下就能缓过来，于是赶快找个暖和的地方捂一捂，或者弄点儿热水烫一烫，谁知这一捂一烫就糟糕了，原本红肿的手更肿了，脚也溃烂了，耳朵也大了，鼻子淌水了……在沈树根所在的8连，有许多干部战士的脚因冻伤而溃烂，因溃烂而出血，以至于在阵地上走动时，会留下无数个血脚印，最后，这些流血的脚又与鞋子冻结在一起，连脱也脱不下，医生治疗时，只好用刀子把硬邦邦的鞋子一块一块割碎后，才发现原本一双好端端的脚，已经烂得发黑变形了。

沈树根的手脚也曾被冻伤过，他看到有人用热捂热烫的办法不仅没奏效，反而变得更严重，于是便用辑安镇上那个馒头店老汉教他的办法一试，在冻伤处用雪轻轻地揉擦，不断地揉擦，哎，这办法还真管用，那冻伤处经过几次用雪揉擦后，竟真的痊愈了。

尽管找到了一些对付冻伤的办法，但因为气温实在太低了，冻伤的人每天都在大幅度增加，而御寒的冬装又迟迟运不上，其主要原因是因为我们没有制空权，许多物资包括供给20军的冬装在运输的半途中被美机炸掉了。更为可恶的是，这些被志愿军战士称为"油挑子""黑寡妇"的美机，除了轰炸志愿军的运输线以外，还无时无刻地追着志愿军的身影打，只要看到下面有可疑的人员和物体，美机就会立即飞下来，然后进行扫射和投弹，这些飞行员大多是经过第二次世界大战的老兵，飞行时间超过1000—2000小时，空战经验和技术十分丰富，他们总是进行超低空飞行，白天钻山沟，夜间找灯光，有时甚至贴着地面飞行，猖狂至极。

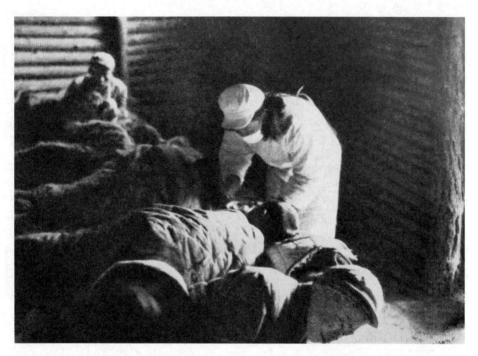

为了早日使冻伤的伤员健复，看护员夜以继日地战斗在战地医务所。

（"我们在朝鲜"摄影组摄）

有一次，179团的指挥所设在朝鲜长津湖地区一个叫祥在洞的暂时停用的铁路隧道内，同时进入隧道的还有团直属队、后勤处、供应处、卫生队伤病员及部分部队，沈树根所在营亦随团指挥所进驻隧道内，警卫连部署在隧道的山顶上。尽管团里采取了严格的保密措施，但狡猾的敌侦察机还是发现了隧道内有可疑的目标。于是，几架从朝鲜咸兴郡古土水机场赶来的美军 B-29 型轰炸机便呼啸着冲下来，轮番对隧道口进行狂轰滥炸，凝固汽油弹、火箭弹像雨点般倾泻在前后两个隧道口。敌人的意图十分明显，就是要将隧道两个口炸塌，从而闷死隧道内的志愿军战士。

沈树根那天正好与 3 排战士蹲在隧道口，敌机将第一轮炸弹投在隧道口之后，他就觉得有点儿不对头，待第二轮轰炸后，便对连长吴庆龙说："连长，这样下去不行，我们不能在这里等死啊。"

吴庆龙也担忧地说："是啊，敌人是想把我们闷死在隧道里啊。"

沈树根说："要不这样，我带几个人去把他们引开。"

吴庆龙说："这太危险了，敌机正在轰炸啊。"说话间，有数声巨大的爆炸声从隧洞口传来，其中有几发是凝固汽油弹。在朝鲜战场上，这种凝固汽油弹对志愿军的威胁最大，它是由汽油和其他化学药品制成的胶状物质，爆炸时，能在瞬间产生 1000 摄氏度以上的高温，把炸点周围的所有东西烧成灰烬，甚至能把钢板烧出窟窿。更可怕的是，凝固汽油弹爆炸后，会飞溅出无数耀眼的火花，这种火花粘在人的身上，任你怎么拍打，也很难将它拍掉；一些战士，被这种火花粘上以后，要么跳进就近的河里，要么就地打滚，如果稍一迟缓，火势就会迅速蔓延，将你身上的衣服烧个精光，许多战士，就是被这种火花烧伤，甚至烧死。

而现在，藏身在隧道内的千余名 179 团干部战士，就受到了敌人凝固汽油弹的严重威胁，如不立即将敌机引开，万一隧道被敌机炸塌，后果不堪设想。

在几架敌机投下炸弹拉起升高的间隙，沈树根猛地站起来，对连长吴庆龙说了句："来不及了。"就转过身来，朝隧道内大喊一声："3排的共产党员们，站出来！"

很快，有十几名战士朝他靠拢来，沈树根说："你们都跟我出去，把敌机引开，记住，出去后，往树林里面跑，要快跑。"说毕，一挥手，便猛地冲出隧道，十几名战士紧随其后。

连长吴庆龙在后面喊："小心，快跑！"

在空中盘旋了一圈的3架敌机很快又转了回来，很显然，他们已经咬死了这个隧道。突然，他们看到从隧道口冲出来一队中国士兵，正不顾一切地在迎着他们的飞机猛跑，美军飞行员明白了：这些中国士兵想溜。于是，他们立即降低高度，山脚下面有一棵大树，其中一架飞机的巨大机腹甚至掠过了这棵大树的树梢，掀起的强大气流，差点儿把沈树根头上的帽子吹掉，就在沈树根伸手侧头捂帽的一瞬间，他看到了美军飞行员那戴着头盔的面孔。

"快跑！"沈树根一声大吼，吼声未落，人早已钻进了路旁的树丛中，紧随他身后的战士们也如雪地里的野兔一般，跳跃着，朝树林里窜去。

就在沈树根和他的十几名战友钻入树林时，已飞过头去的美机又呼啸着转过身来。

"哒、哒、哒……"

"哒、哒、哒……"

从机头下面的12.7毫米勃朗宁机枪中射出的子弹，像两条扯不断的火舌，将地面上的积雪和山坡上的树叶打得四处飞溅、雪雾弥漫。而刚才被敌机咬住的沈树根和他的战友们，早已钻入树林，消失得无影无踪。

1950年11月27日夜12时，长津湖地区依然是大雪纷飞，这天的气温是零下25摄氏度。随着3发红色信号弹腾空而起，抗美援朝二次战役的东线战役由此打响。

　　二次战役包括东西两个作战方向：一是由志愿军6个军负责西线方向，实施主要突击；二是由志愿军9兵团负责东线方向。此时，东线方向的敌主力美陆战1师已越过朝鲜北边的黄草岭，并沿朝鲜咸兴郡向北之长津公路占领了朝鲜的真兴里、古土水、新兴里、下碣隅里等地区，美3师一部则已进占朝鲜的剑山岭、社仑里一线。

　　9兵团的任务就是在本次战役中力求歼敌6—7个团，并将战线推至朝鲜的平壤、元山等地区。为此，兵团首长决定，集中部队主力，先歼灭朝鲜的下碣隅里、柳潭里的美军陆战1师，而后向朝鲜的咸兴、元山方向进攻，歼灭增援或南逃之敌。

　　沈树根所在部队的任务是：攻占朝鲜的古土水以北阵地，切断朝鲜长津湖地区敌人的退路，阻敌增援，而后与友邻部队一起围歼古土水之敌。

　　11月27日晚，因长津湖边上的一条南北向的公路已被美军占领，沈树根所在的179团及178团各1个营，悄悄越过公路，涉水渡过长津湖，插入敌后，迅速攻占了朝鲜小民泰里、化被里、乾磁开一线高地；180团攻占了古土水以西的1328高地。至此，沈树根所在的60师便切断了美陆战1师在古土水与下碣隅里之敌的联系。

　　在向敌人发起冲击时，沈树根带的8班曾与一股敌人发生遭遇，因天黑，双方都看不清对方是谁，只听到对面有人在朝自己急速冲过来，间或还有枪械发生磕碰的声音。这时，沈树根身旁的8班长吴定益拉了拉他的袖子，悄声说："副排长，对面有人。"

　　"我听到了。"沈树根边说话边悄悄打开了卡宾枪的保险。

　　"要不要问一下？"

　　这时双方相距已不到30米远，沈树根轻声对大家说："别说话，快散开。"然后便故意大声咳嗽了一下，这咳声对面听到了，于是，便迅即传来一声嗡声嗡气的询问声："哈罗!"

沈树根一听,早端起手中的卡宾枪,骂了句:"哈罗个 × !"骂声未落,枪膛里的一梭子子弹便像狂风般地扫了过去,随着枪声,只听到对面传来几声沉闷的惨叫,然后便是"扑通""扑通"的倒地声,沈树根手一挥,便率先冲了过去,借着雪光一看,只见地上已躺着七八具尸体,他翻过其中的一具看了下,见死者的军服上印有美军陆战1师的标识,说了句:"美国鬼子,走。"

在东线被我军分割包围的同时,美军在西线也遭到了我军沉重打击,麦克阿瑟在连续4次命令飞机掩护步兵猛攻第59师阵地未果的情况下,终于如梦初醒,他夸下的"圣诞节前结束战争"的海口终于要破灭了,于是,他产生了撤退的念头。

1950年11月29日白天,西线美军开始全线撤退。

对于中国人民志愿军发起的这一次战役,美国作家小克莱·布莱尔是这样描述的:"11月25日天黑不久,灾难降临了,约20多万中国人穿插进沃克第8集团军与阿尔蒙德第10军之间的空隙,向第8集团军的右翼——韩国第2军团发起了攻击,韩国军团崩溃了,仓皇逃跑,使中部美军第9军暴露出来了,第9军先是收缩,然后坚守,最后撤退了。在左边第1军与第9军一起后退。两天后,11月27日东部战场,另一支中国集团军攻击了第10军——奥利佛·史密斯的第1陆战师,中国军队插到背后,将海军陆战队围困在楚新水库地区。……事情很快就明显了,联合国军遭遇的是第一流的军队。令人吃惊的是,中国人纪律严明,指挥有方。沃克的第8集团军被这突然的袭击完全打晕了头,很快就全线后撤了。"[①]然而在东线,敌人还在做最后的挣扎。古土水

---

① 转引自百旅之杰编委会编:《百旅之杰——二十军史话》(下),杭州出版社1999年版,第457、458页。

之敌连续 4 次向 178 团 3 营和沈树根所在的 179 团阵地攻击，均被志愿军击退。

敌人开始发狂了，他们的心里很清楚，如果能够冲过前面的 1236.5 高地，他们还有逃出去的希望，否则，只有死路一条。他们现在只想活命，至于麦克阿瑟司令叫他们回家过圣诞节的夸大承诺，他们已经不敢奢望，甚至有一种被愚弄的愤怒。

这时夜幕开始降临，对敌人的包围圈也越缩越小，沈树根所在的 3 营 8 连从另一方向向敌人发起冲击，因为这几天受凉拉痢疾，沈树根在前进途中突然感到内急，便向排长打了一声招呼，跑到旁边的一棵树旁，没料刚蹲下不久，只觉得黑暗中有个高大的身影从树丛中向他扑来，沈树根猝不及防，便被那人扑倒，随即便觉得自己的脖子被那人卡住，沈树根突感一阵窒息，在慌乱的挣扎中他的手触到了旁边的一块石头，于是他迅即抓起那块石头，用尽全力，砸向压在自己身上的那个满嘴哈着洋葱味的人的脑袋，只听"叭"的一声，那人的手便松开了，沈树根肚子一挺，将那人掀翻，然后用膝部猛地将那人压住，借着不远处炮弹爆炸时闪出的火光，沈树根才看清这是一个被我部冲散的美军士兵，刚才被沈树根用石头砸中头部之后，这家伙顿时便昏过去，但由于砸得不重，这家伙的脸上除了出了点儿血，很快又醒了过来，躺在地上，大口地喘息，沈树根正要抽出皮带，将这家伙捆住。突然，这家伙抬起手来，吼叫一声，朝沈树根的脸上猛击一拳，差点儿把沈树根打翻在地，沈树根火了，他本不想杀这美国兵，如果能抓个俘虏，也许能立功受奖，但现在看来，这家伙是不会投降的。于是，他站起身来，用手中的卡宾枪，对准这家伙的脑袋，扣动扳机，一个点射，然后看也不看，就冲出树林，朝自己的排追去。追上之后，排长王洪法问他："后面怎么有枪声？"沈树根边跑边将刚才发生的事与他一说，王洪法开玩笑说："拉屎还杀了一个美国兵，得给你记功。"

这时其他的兄弟部队，也在向负隅顽抗的敌人做最后的拼杀；整个战场，火光冲天，杀声四起，地动山摇。

1950 年 11 月 30 日，在遭受一系列致命打击后，为免遭全军覆灭的命运，麦克阿瑟命令美陆战 1 师撤出长津湖地区所有部队，并授权史密斯将军"可以炸毁一切可以影响撤退的装备"。

敌人想逃，9 兵团首长早有预料。12 月 2 日下午 2 时，兵团司令员宋时轮亲自下达命令：第 20 军 58 师将攻歼下碣隅里之敌的任务移交给第 26 军，第 20 军 58 师当晚南调，与第 60 师一起进至古土水、黄草岭地区阻敌逃窜，时间 3—5 天。由此，长津湖地区之敌前后的联系被我军切断，前来增援的美 7 师在途经黄草岭时亦被我 180 团 3 营阻击于朝鲜堡后庄以南地区内，不能前进。

对于这天的战斗，美陆战 1 师中校培普莱特后来回忆说："海军陆战队用了 70 个小时近 3 天的时间走完了 21 公里的路，这绝不是一次漫步，而是从死神的怀抱里逃出来的挣扎，这在海军陆战队的历史上是绝无仅有的。"[1]

1950 年 12 月 3 日，为了挣脱"死神的怀抱"，古土水的残敌在 20 余架飞机的掩护下，开始南逃。战斗进行得十分残酷，阵地数度易手，最终虽被我军夺回，但由于我军伤亡过大，各团可战兵力已受到很大削弱。于是，在 12 月 5 日，60 师首长对所属各部进行了临时调整：178 团合并成 6 个连，控制古土水、祥在洞以西一线高地；179 团合并成 4 个连，守备朝鲜水南里西北一线阵地；180 团 2、3 营合为 3 营后，进至黄草岭阻击南逃之敌。该团 1 营进至黄草岭以南固守朝鲜门岘、1081 高地及堡后庄一线阻敌北援。

---

① 转引自陆州著：《铁血争锋》，解放军文艺出版社 2009 年版，第 365 页。

沈树根所在部队翻山越岭追敌人。　　　　　　　　　　　　　（"我们在朝鲜"摄影组摄）

12月6日晚，下碣隅里之敌一部分沿公路南逃。拂晓，敌主力以坦克为先导，突破我友邻阵地，循着公路倾力向南突围。

美海军陆战队史学家林恩·蒙特罗斯曾这样描述这天晚上的突围："他们（陆战队）从未见过如此众多的中国人蜂拥而至，或是一次次顽强的进攻，夜空时而被曳光弹交织成一片火网，时而有一颗照明弹发出可怕的光亮，把跑步前进的中国军队暴露无遗，使他们按原来的部署成堆卧倒。陆战队的坦克、大炮、迫击炮和机关枪疯狂地倾泻，但是中国人仍源源而来，他们视死如归的精神令陆战队肃然起敬……"①

12月8日，美军全力向志愿军60师180团3营驻守的黄草岭阵地

① 转引自陆州著：《铁血争锋》，解放军文艺出版社2009年版，第366页。

实施猛攻。同日，60 师 178、179 团以及师指挥所亦遭敌炮击和飞机轰炸。南面真兴里之敌拼力北援，策应南逃之敌。180 团 1 营阻美军于门岘、堡后庄之间。师首长急调 179 团至门岘东北及 1081 高地，加强阻击力量。

12 月 9 日，北面美陆战 1 师残部约千余人以坦克为先导，由黄草岭向南突围，南面堡后庄之美军亦同时北援，南北夹击志愿军阻守的门岘及 1081 阵地，沈树根所在的 179 团 3 营及 180 团 3 营坚守门岘南北，在零下数十摄氏度的阵地前与敌激战。期间沈树根所在的 3 排还差点儿被敌包围，亏得沈树根机智果断，在敌合围前从结合部冲出脱险。

12 月 9 日 12 时，180 团 3 营 7 个班仅剩 2 个班坚守在门岘阵地上，该团 1 营 2 连、3 连与 179 团 3 营 8 连 1 个排共 7 个班的兵力仍固守于门岘以南 1081 高地，以阻击堡后庄北援之敌，最后因弹尽粮绝，全部战死阵地，无一人生还。战友们在打扫战场时，只见烈士们仍紧握枪杆，面向敌方，刺刀见血，手指上挂着手榴弹的拉线圈……

作家、战地记者魏巍对这次战役中的一个战斗场景做过这样的记述：

> "烈士们的尸体，留着各种各样的姿势，有抱住敌人腰的，有抱住敌人头的，有卡住敌人脖子，把敌捺倒在地上的，和敌人倒在一起、烧在一起。还有一个战士，他手里还紧握着一颗手榴弹，弹体上沾满脑浆，和他死在一起的美国鬼子，脑浆崩裂，涂了一地。另有一个战士，他的嘴里还衔着敌人的半块耳朵。在掩埋烈士们遗体的时候，由于他们的两手扣着，把敌人抱得很紧，分都分不开，以致把有的手指都折断了……"①

---

① 转引自解力夫著：《朝鲜战争实录》下卷，世界知识出版社 1993 年版，第 585 页。

12月9日，20军60师其他各部由于连续作战，人员又大部冻伤，弹药耗尽，无奈地看着南逃、北援之敌在公路、铁路交叉处会合，却无法出击。

12月9日，沈树根所在的179团3营8连3排48名干部战士，在战斗结束时仅剩下6人，排长王洪法和"小山东"亦在这次战斗中壮烈牺牲。因此次战斗多发生在追击途中，"小山东"牺牲时被就地掩埋，当时沈树根不在旁边，故"小山东"身上那位东北姑娘的照片，就再也不可能回到那位边防军战友的手中了。

9日，扼守美军南逃咽喉的黄草岭阵地上却没有任何动静，这是美军"挣脱死神怀抱"的最后一道防线，守住这道防线，美军就休想通过岭下的水门桥，失去这道防线，美军就会顺利过桥，进而逃脱死亡的命运。

然而奇怪的是，当蜂拥而至的美军残部豕突狼奔乱作一团拥到黄草岭下时，黄草岭上却静得出奇，这使美军更加恐惧。于是，他们当即便组织部队进行强攻。然而，当这些被志愿军打怕了的美军士兵猫着腰或贴着积雪慢慢抵近黄草岭阵地时，他们惊呆了，在他们面前的阵地上，一百余名志愿军战士全部手持武器，睁大着眼睛，目视前方，呈战斗队形俯卧在由冰雪堆起的工事上，在他们紧握的枪身上，有洁白的冰凌垂下来，闪着晶莹的银光。这些战士成了一个个冰雕！

此时此刻，除了岭下传来的几声零星的枪声，四下一片寂静。

一位当年曾亲眼目睹这些志愿军冰雕战士的美军士兵在战后回忆说："此处的中国兵，忠实地执行了他们的任务，顽强战斗到底，没有一个人投降，全部坚守阵地而战死，无一人生还。"①

数十年之后，当沈树根在回忆起长津湖战役中那次惨烈的战斗时，

---

① 转引自百旅之杰编委会编：《百旅之杰——二十军史话》（下），杭州出版社1999年版，第463页。

仍记忆犹新，他说："那种寒冷，你可以说无法想象，零下四十几摄氏度啊，我们南方人哪里受得了，加上身上又穿得单薄，哪像美军和李承晚部队，他们有绒衣绒裤，有绒帽绒手套，还有毛绒靴、防雨帐篷，长毛绒防雨布大衣。我们后来虽也想了些办法，把被子撕开，用电话线的钢丝做针，自己动手做了些棉耳套、棉袜和棉手套，但在那种极度的寒冷下，作用并不大，由此便出现了大量的冻伤，我们连有许多干部战士的手脚、耳朵等部位都发黑了，后来又发生了溃烂，最后连脚、袜子和鞋子都粘在了一起，脱下来时，血渍斑斑。有一支担任阻击任务的部队，因腿脚长时间埋在雪里，全部冻伤，以至于在接到撤退的命令后，整支部队都无法下撤。指挥员命令，爬也要爬下来，但阵地上的回复是，爬也爬不下来了，因为所有干部战士的手也都冻坏了……最后，师首长下令，硬是派人将战士们从阵地上一个一个抬下来……"说到这里，沈树根的眼睛红了，停顿了一会儿，他接着说："像黄草岭战场上成建制被冻死的部队，在世界军事史上也是极为罕见的。在第二天打扫战场时，许多战士的手与枪身都冻在了一起，掰都掰不开。"

也是在这次战斗中，沈树根在浙东游击纵队时的老首长、时任 60 师政治部主任徐放的弟弟也在战场上冻死了。徐放的弟弟在后勤部任职，在一次外出筹粮时，被美机炸伤，当时徐放正在附近的山头上指挥作战，听到弟弟受伤的消息后曾专门在战斗的间隙来看过弟弟，当时弟弟还对徐放说："我没事，你快回去吧。"见弟弟伤得并不重，徐放就放心地走了。

战斗结束后，徐放才想起要去看看受伤的弟弟，没料一位参谋心情沉痛地告诉他，他的弟弟在他离开后不久，就冻死在那个藏身的山洞里，与他弟弟同时冻死的，还有 178 团的一位副参谋长和一位参谋。当时，他们的伤势都不重，但在极度的寒冷下，加上饥饿和无法得到及时的治疗，他们最终没有见到胜利的这一天。

1950 年 12 月 10 日下午 5 时许，由于志愿军第 20 军 58 师、60 师的战士大量冻伤无力阻击美军的逃跑，致使美军终于"顺利"通过黄草岭及岭下的水门桥。20军首长虽命令部队予以追击。但此时的60师、58师可行动的仅剩下百余人，在60师参谋长蔡群帆的率领下，尾追美军10多公里，俘敌30余人，其他友邻部队在追击中亦有斩获。

向志愿军投降的美军士兵。 　　　　　　　　（"我们在朝鲜"摄影组摄）

日本陆战史研究普及会在编纂美军在朝鲜的作战史时曾质疑说："在1081高地，中国军队……无论是警戒措施还是而后的战斗行动都出乎意外的消极……也没有进行像样的反冲击，将这个最大的要点轻易地让美军夺去了，这到底是怎么一回事？"

1950年12月12日，20军奉命在下碣隅里待命，并继续追击敌人。

12月17日，东线美军撤至朝鲜咸镜南道的连浦及东北部的兴南港地区，并在海军、空军掩护下从海上逃窜。

12月24日，20军、27军乘胜追击，收复朝鲜咸镜南道的元山、兴南地区及沿海各港口，至此，第二次战役胜利结束。

多年以后，美陆战1师作战处处长鲍泽上校说："中国人没有足够的后勤支援和通讯设备。否则，我们绝不可能走出长津湖，陆战1师不过是侥幸生还。"①

① 转引自陆州著：《铁血争锋》，解放军文艺出版社 2009 年版，第 369 页。

第三章

向南攻击

第一节 休 整

60师179团3营8连连长吴庆龙在宣读完团部的任命书之后，对刚被任命为3排排长的沈树根说："王洪法同志牺牲了，你们排也基本打光了，从东北招的新兵马上就要补充进部队，你要赶紧把训练抓起来，说不定马上又要打大仗了。"

沈树根立正说："请连长放心，我保证像英雄王排长一样，把3排带出个样子来。"

"好，我要的就是你这句话。"吴庆龙满意地点了点头说。

二次战役结束后，因天气更加寒冷了，原本在野外作战的部队在战斗结束后，无法再继续待在野外，就是在掩蔽部也御不了寒，因此，大家就纷纷行动起来，想方设法住进一些能够挡风御寒的山洞里或附近村落一些无人居住的房子里。好在敌机这几天在掩护溃军南逃，无暇来这边进行捣乱，从而使部队有了几天休整的机会。

当然，最迫切的还是要抓紧时间安置和治疗那些冻伤的伤员。据统计，在二次战役中，仅20军，军、师两级治疗队接收的冻伤人员就达11000余名，经军、师治疗队、团卫生队治愈归队的有9800余名，有

1000 余名重冻伤人员因无法在战斗环境下进行治疗，被转往后方医院，其中有些干部战士的腿脚因冻伤严重，只好截肢。

沈树根所在的 8 连也冻伤严重，但与有的连队 90% 的冻伤率比，他们连队还算是轻的。

1950 年 12 月 31 日晚，即在第二次战役结束一周后，朝鲜战争第三次战役打响。

1951 年 1 月 8 日，沈树根所在的 60 师奉命到朝鲜咸兴地区进行休整。在一篇记述 20 军副军长廖政国谈长津湖战役的文章中，曾提到在战役结束之后，20 军收到了毛泽东主席发来的电报，电报中有这么一段领袖对 20 军全体将士充满着关爱和温馨的话：20 军这次入朝作战，打得比较艰苦。战役之后，可以到咸兴以五老里为中心进行休整，那里比较暖和。① 而在此前，毛主席针对东线战场我军的作战及伤亡情况发出的电文还有多份，其中 12 月 17 日一份电文称："9 兵团此次在东线作战，在极困难条件之下，完成了巨大的战略任务，由于气候寒冷、给养缺乏及战斗激烈，减员达四万人之多，中央对此极为怀念。为了恢复元气，养精蓄锐，以利再战，提议该兵团在当前作战完全结束后整个开回东北，补充新兵，休整两个月至三个月，然后再开朝鲜作战。"② 之后，毛主席针对东线战场我军的作战及伤亡情况又发来多份电文，9 兵团首长在接到电文后，即向 20 军领导征询该军在战役结束后回国休整补兵的意见。但 20 军领导经过讨论后一致提出：不回国，就地整补。因为 20 军有万把冻伤员，无法行动。再说行军要露营，又要冻伤人，有些轻冻伤，弄不好会变成重冻伤，还是在就近处找个有粮有房的地方休整为好。

20 军的这个建议很快得到了彭德怀司令员的认同。于是，在 12 月

---

① 参见百旅之杰编委会编：《百旅之杰——二十军史话》（下），杭州出版社 1999 年版，第 475 页。

② 转引自中国军事博物馆编著：《抗美援朝纪事》，解放军出版社 2008 年版，第 58 页。

17 日夜 12 时，他致电毛主席称："宋时轮复电留咸兴整补，咸兴地区筹粮不成问题，以目前情况看，宋兵团撤回东北亦非易事。路途远，气温低，在体力削弱、冻坏脚者无法行走及露营情况下，可能发生不可想象的损失。因此，我同意宋时轮部在咸兴地区过冬。休整两个月，集中运输工具抢运重伤员回东北，并速将冬装前运，派干部回沈阳训练和带新兵，较为妥善。"① 很快，毛主席复电彭德怀，同意 9 兵团在咸兴地区休整及派干部回东北带训新兵的建议。同时，对 9 兵团"在极其困难的条件下，完成了巨大的战略任务"② 予以嘉奖并颁发了嘉奖令。就这样，曾经在野外的冰天雪地中浴血征战了一个多月的沈树根和他的战友们在朝鲜咸兴一个偏僻的小村庄住下时，都高兴地跳了起来。

小村庄很破败，许多房子都被敌机炸塌了、烧毁了。一些躲避在外的村民听说美军和李承晚军逃走了，都纷纷返回来。虽然他们自己的住处也十分紧张，但为了让中国的志愿军同志住得宽敞一些、暖和一些，他们自己宁可挤在柴草间甚至羊圈间，任凭志愿军战士怎么拉，他们就是不肯回房间。

这天的晚餐是热菜汤和刚发的炒面粉，菜是 3 排住的房东阿妈妮从地窖中取出来的一棵干瘪的小白菜，看得出，阿妈妮一家也只剩下这棵小白菜了，沈树根怎么也不肯收下这棵小白菜，阿妈妮不高兴了，因为她不会说中国话，只好不停地用手比画着，沈树根知道，阿妈妮是一定要叫他收下这棵小白菜了，正在为难时，连长吴庆龙进来了，沈树根向他汇报后，吴庆龙皱了皱眉头说："按理说我们是不能收朝鲜老百姓的东西的，但今天情况特殊，要不这样，小白菜收下，等下吃饭时，叫阿妈妮也过来一起吃。"就这样，沈树根叫炊事员用这棵小白菜炖了一锅

① 转引自百旅之杰编委会编：《百旅之杰——二十军史话》（下），杭州出版社 1999 年版，第 476 页。
② 洪学智著：《抗美援朝战争回忆》，解放军文艺出版社 1991 年版，第 92 页。

汤，每人一碗炒面粉。开饭时，叫阿妈妮和阿爸吉也过来一起吃。

大家像过节一样高兴。尤其是在啃了一个多月的冻土豆之后，今天终于吃到了这种喷香可口的炒面粉。据说这种炒面粉是用70%的小麦，30%的大豆、高粱米或玉米等原料，经炒熟、磨碎后加0.5%的食盐混合制成的食品，这种食品的特点是易于运输、储存和方便食用，它虽然不能与美军食用的由肉、豆制成的熟食罐头和由肉、奶制品、蔬菜、水果制成的罐头相比，但对连石头般坚硬的冻土豆也不能保证供应的志愿军战士来说，能够随身背着一条装满着炒面的口袋，并在饥饿时能立马抓出一把塞在嘴里，然后以冰雪佐之，已经够心满意足了。

炒面既然受到了部队的欢迎，彭德怀司令员便发电报给国内，要求"大量前送"，于是国内很快就掀起了赶制炒面的热潮，尤其是东北地区，真的是党、政、军、民都上阵，男女老少齐动手。据说周恩来总理等中央的党政军领导，也在百忙之中抽出时间，到北京市的一些群众家里，与他们一起炒炒面。消息传到朝鲜前线，给广大指战员以极大的鼓舞，以至于有战士在战场上喊出："同志们冲啊，为炒面立功啊！"

但炒面这东西，长期作为主食是不行的，因为人体需要多种营养成分。而炒面的营养成分过于简单，尤其是缺乏多种维生素，长期食用就会影响战士的体力。沈树根就曾因此得过口角炎，还常常感觉到肚胀。因此能在朝鲜的阿妈妮家里喝上一碗热气腾腾的白菜汤，真的算是美味佳肴了。

第二节　新兵到了

就在新任排长沈树根带着3排5名战士在咸兴进行休整时，有一个好消息传来：补充的新兵快要来了。其实补充新兵，是这次休整的重要内容之一，60 师在二次战役中共伤亡 3203 人，其中有 1663 人因无防寒经验所致。据说这次补充的新兵有不少是东北人，身体棒，抗寒能力强。果然，没多久，连部通信员跑来告诉沈树根："3 排长，连长让我告诉你，新兵今天就要到了，连长叫你们做好准备。"

沈树根高兴地对通信员说："告诉连长，早就准备好了，睡的，吃的，洗的，都准备好了。"

"好。"

后来成为沈树根通信员的任玉山就是在这天下午被分配到 179 团 3 营 8 连 3 排的，其时任玉山 18 岁，一个被东北的寒风吹得面色红黑又被地瓜和棒子面养得棒棒的小伙子。

那天，在连长宣布完下排的命令后，任玉山和另 41 名战友被一个高个子脸色黝黑英俊威武的老兵带到了一座泥顶平房前的空地上，在喊过口令后，这位老兵自我介绍说："同志们，我叫沈树根，是我们这个排……"说到这里，沈树根停顿了一下，问队列前面一个胖墩墩的小个子："你叫什么？"

"报告排长，我叫任玉山。"

"哦，任玉山，黑龙江依安县新乐乡人，今年 18 岁，上过两年学，我说的对不对？"

"对，排长。"

"我问你，我们这个排是几排？"

"报告排长，是 3 排。"

沈树根点点头："有点儿记性，不错，我是 3 排的排长，从今天起，我们就要在一起并肩战斗了。战斗，

沈树根在朝鲜。　（沈树根亲属供图）

你们知道吗，就是要面对面地同美国鬼子干了，你们当中的许多人，可能还没有见过美国兵，心里可能有点儿怕，我告诉你们，美国兵没什么可怕的，我见得多了，他们都怕死，你们怕不怕？"

"不怕！"

沈树根觉得声音还不够响亮，于是又大吼了一声："怕不怕？"

"不怕！"

"好，这声音有点儿像我们3排战士的样子了。"

晚上吃饭的时候，沈树根与8班一起吃，8班现有12个人，

除了班长吴定益，其他都是新补充的兵，在这些新补充的兵当中，除了任玉山是个没有参加过战斗的"新兵蛋子"，其他的都是从国内的野战部队抽来的老兵，如副班长老孟，老兵尚切忠、王国村、高富顺、曹光景等。沈树根尤其对曹光景印象特别深，他是从国内第3野战军抽来的，老家在安徽省宿县郭瓦屋村，他原在国民党部队里当兵，后来参加了解放军，还入了党，是位作战经验十分丰富的老兵。

"排长，什么时候才能去打美国佬啊？"任玉山边喝着菜粥边问沈树根。

沈树根这人看起来很严肃，但实际上也喜欢开玩笑，便说："见到美国佬，不会吓得尿裤子吧？"

众人一听，都笑了起来。

任玉山却一本正经说："我才不会呢，在沿途看到那么多的朝鲜百姓被美国佬杀死，下次见到美国佬，我一定要将他们打个稀巴烂。"

"好，有种！"沈树根鼓励任玉山："不过现在我们当务之急是要掌握杀敌本领，这样，才能在战场上歼灭更多的敌人。"

"是！"

1951年3月，60师移师朝鲜东海岸的咸兴地区进行整编，整编的任务有7条：一是大力宣传胜利，深入抗美援朝教育；二是突击治疗冻

伤，开展防病保健工作；三是总结作战经验，进行针对性训练；四是开展政治思想工作；五是进行后勤总结和后勤训练；六是调整组织机构，补充兵员和装备；七是整顿战场纪律，巩固部队战斗力。

这7条中至少有6条与下连的新兵有关，而当务之急，是要使这些平时使惯了农具的新兵尽快掌握手中的武器和适应战场的环境。而学会打枪，则是一个战士最基本也是最重要的本领。

8班第3战斗小组新战士任玉山尽管在参军前用家里的那支老套筒猎枪打过野兔和狍子，但当排里进行实弹射击时，他手中握着的那支三八大盖却完全不听使唤了，3发瞄准"美帝"的子弹，在击发以后，消失得无影无踪，完全不知去向。

首"战"失利，任玉山难掩沮丧，没料排长沈树根却在总结会上表扬了他："今天第一次实弹射击，有的同志打中了，有的同志脱靶了。打中的也不要骄傲，脱靶的也不要灰心，关键是要总结经验，吸取教训。这方面，任玉山同志就比较好，他刚才问我，排长，老套筒没准星他为何能打中目标，三八大盖有准星瞄准为何打不中目标？哎，我看这同志脑子灵活，不愧是在依安县城里混过几年的'街溜子'①，你们都别笑，真的，他能够主动找原因，下次打靶，一定能打出好成绩。"

沈树根对任玉山的评价没有错，在后来进行的单兵训练、突破交通壕等训练中，任玉山都表现出色，尤其是营里组织的包炸药包比赛中，任玉山包的5公斤炸药包，方正、结实、快速，夺得了全营第一名，着实给沈树根和整个3排长了一次脸。比赛结束，沈树根拍拍任玉山的肩膀说："你这小鬼不错，脑子灵活，下次营里要组织打坦克练习，你再上，给大家做个好样子。"

关于打坦克训练，是军、师、团抓的训练重点。首长们认为，要战

---

① "街溜子"，东北方言，为人机灵的意思。

胜重装备的机械化美军，首先要解决反坦克问题。为此，各级首长经常冒着严冬酷寒，亲临各部队的反坦克训练场，利用击毁的坦克，进行实地反坦克研究和训练。当时干部战士提的最多的问题是：敌人坦克的要害究竟在哪里？副军长廖政国有一次亲自到反坦克现场进行指导，他认为：美式坦克的要害有两处，一是在坦克的背后，不仅装甲薄，而且发动机也在这部位；二是它的履带，容易炸断。为此，他连续几次组织用炸药、爆破筒、火箭筒、无后座力炮等武器做反坦克试验，还组织用刚给部队配备的苏式莫洛托夫手雷和被志愿军战士称作"王八雷"的磁性手雷进行反坦克试验。在用各种武器进行反坦克试验时，各级首长还在总结二次战役经验教训的基础上，对部队的反坦克队形、阵地选择、火力配置等进行研究，并进行多次演练。

由 179 团 3 营组织的这次反坦克练习，就是其中的一次。因为那天使用的是真炸药，担任 3 排爆破手的任玉山有一点儿紧张，他悄悄地对沈树根说："排长，我心里有点儿慌，万一炸药没炸掉坦克，把自己给炸了怎么办？我还没有上过战场，还没立功呢。"

沈树根鼓励他说："你这人心比较细，上去后不要慌，把炸药包塞进履带后，要以最快的速度撤下来。你要记住，训练场就是战场，你的前面就是敌人，你一定要把它消灭掉。"

"是，保证完成任务！"

果真，练习的时候，任玉山跟在营部通信班长后面，巧妙地利用地形地物，一会儿匍匐前进，一会儿跳跃迂回，两个人很快就接近了"敌人"的坦克，就在"敌"坦克开到离自己三四米远的距离时，只见任玉山举着中间插着一根木棍的炸药包，猛地一拉导火线，然后迅速跃起，将炸药包准确地捅进正在转动的"敌"坦克的履带里，然后一个翻滚，刚跳入战壕，只听到背后传来"轰"的一声，"敌"坦克的履带被炸断了……

这一次练习，任玉山又得了第一名。正在掩体后面观察的沈树根高兴地跑过来，搂着任玉山的肩膀说："你这个'小山子'，真不简单啊！"

第三节　在五次战役中

就当沈树根带领 3 排的新兵在咸兴休整地紧张有序地进行训练时，1951年 1 月 25 日，由中国人民志愿军发起的第四次战役正进行得如火如荼。

因美军在连续遭受我 4 次打击后，损失惨重，引起了美国统治集团内部的强烈不满，美国总统杜鲁门为了缓和内部矛盾，并推卸战争失败的责任，于 4 月 11 日下令解除了麦克阿瑟的一切职务，任命美陆军副参谋长马修·李奇微为美军远东总司令和侵朝美军及仆从军的"联合国军"总司令。

由于四次战役的第二阶段，我军采取了机动防御、逐步向北转移的作战方针，新上任的"联合国军"总司令马修·邦克·李奇微以为机会来了，遂从美国本土调来了 24、25 两个师，再次越过三八线。他计划从侧后登陆配合正面进攻，在朝鲜蜂腰部（元山至平壤一线）建立新的防线。李奇微认为这条 170 公里宽的防线正面狭窄，进可攻，退可守，又是朝鲜的腹地，占领这条防线，不仅在军事上而且在政治上对美国有利。

为反击和粉碎美军的图谋，志愿军首长决定发起第五次战役，以9 兵团和新入朝的第 3 兵团、第 19 兵团共 11 个军、4 个炮兵师及朝鲜人民军一个军团，投入此次战役。

为此，在咸兴一带休整的 60 师奉命提前结束休整，于 1951 年 3 月20 日，自咸兴地区南下，于 4 月 13 日，进至朝鲜江原道平康郡以北中心地区集结，待命参加第五次战役。在待命期间，除搞好各项作战准备外，沈树根还专门组织全排战士学习了志愿军总部发出的发起第五次战役的政治动员令，这篇动员令虽不长，但沈树根原是个文盲，参军后才开始学文化，他读了动员令之后，发现里面有不少字他不认识，他本想叫班里有文化的战士读，但一想自己是排长，动员令应该由自己读，于是，在请教了连里的文化教员后，他才亲自在动员会上读起来："第五次战役就要开始了！大量歼灭敌人几个师的任务，已经落在同志们的肩上！这次战役的意义十分重大，因为它是我军取得主动权与否的关键，是朝鲜战争时间缩短或拖长的关键。我们要力争战争时间缩短，因为它符合中朝人民的利益，我们要力争这个仗打胜，因为它有胜利的条件。我们向敌人出击了，为中朝人民立功的时机已到！我们的战斗口号是：全体动员起来，发扬艰苦奋斗、克服困难的精神，争取每战必胜！保持革命光荣传统！"

动员令读毕，大家纷纷表态，8班长吴定益说："排长，听说这次战役叫我们8连担任尖刀连，那我们排呢，能不能把突击排拿过来？"

吴定益是浙江义乌人，是沈树根在金萧支队的老战友，吴定益说话时，沈树根正把一包"大生产"牌香烟从袋里摸出来，拆开后，分给大家抽，听吴定益问他，便把一支香烟递给他，说："拿？怎么拿？为这事，我差点儿与连长吵起来，可连长说，你3排新兵多，我不放心，突击排就交给1排，3排作为第2突击排，2排为预备队。"

8班副曹光景说："排长，你就再去给连长说说，把突击排的任务交给我们，我保证，只要枪一响，我一定第一个冲上去。"说毕，悄悄拉了拉沈树根的袖子，压低声音说："不管怎么说，仗打完了，我也得立一个功回去啊。"

沈树根理解曹光景这话的意思，于是，便站起来，既是对他也是对大家说："大家不要再争了，既然连首长决定叫我们排担负第2突击排，我们就坚决服从命令，但无论第1突击排也好，第2突击排也好，我们一定要勇敢作战，多杀敌人，争取立功。大家有没有信心？"

"有！"全排 47 个人当即起立大吼。

"这一声还差不多。"沈树根笑着说。

1951 年 4 月 19 日，也就是 60 师奉命结束在咸兴地区的休整，在平康以北中心地区集结待命，准备参加第五次战役的 6 天后，有情报传来，美第 24 师、25 师主力已进至附近的地区，形势顿时紧张起来。当晚，志愿军首长便做出决定：于 22 日黄昏发起第五次战役。

按部署：战役发起后，第 9 兵团为左翼突击兵团，并指挥第 20、39、40 军共 3 个军向南朝鲜的机山里、抱川方向实施主要突击，另以两个军向南朝鲜的加平方向突击，割裂敌人东、西联系，钳制东线美军，使其不得西援。

第 20 军在 9 兵团的中央攻击位置，担任主要突击。

20 军经过咸兴地区休整后，治愈归队的伤病员多达 9800 余人，从国内补充的新、老兵及团以下干部达 5300 多人；从国内补充的干部战士大多来自华东军区的 21、22 军，其中有不少是党员、战斗功臣和模范。此时的 20 军不但兵员充足了，装备也得到了更新，真可谓建制健全、装具改善、士气高昂。

更值得一提的是，在战役发起的前一天，由中共中央统战部副部长廖承志任总团长、文化部艺术局局长田汉、解放军总政治部文化部部长陈沂为副总团长的中国人民第一届赴朝慰问团来到了沈树根所在部队的宿营地，他们带来了祖国人民的问候和祝福，这极大地鼓舞了前线将士们的士气，大家不约而同地高呼："打过'三八线'，为朝鲜人民报仇，为祖国人民争光！"

1951 年 4 月 22 日 17 时，第五次战役开始打响。

因战役发起前，20 军 59 师、60 师曾以一部分兵力，接替友邻 40 军于朝鲜金化以南阵地，然后，向敌阵地实施猛烈轰击。至 17 时 30 分，炮火延伸，步兵发起冲击。

作为 8 连的第 2 突击排，3 排在排长沈树根的率领下，紧随连长吴庆龙的身后，呈三角队形，向敌边攻击边前进。

8 班新战士任玉山因入朝后第一次参加战斗，心里难免有点儿紧张。沈树根看出来了，鼓励他说："别紧张，我第一次参加战斗也这样，打死几个敌人就好了。"说毕他又吩咐 8 班长吴定益："'小山子'人还小，等会儿分战斗小组时，要找个有经验的老兵带着他。"

"那就叫老孟带着他。"

老孟是 8 班的副班长，江苏人；是个已参军多年的老战士。因刚刚补充到 8 班，大家还不太熟悉他，因此，他的全名叫什么，任玉山还不知道，只跟着其他战友一样，管叫他老孟，或者，就叫他"孟班副"。

就这样，任玉山被编到了孟班副的战斗小组里。

"跟着我，别丢了。"孟班副笑眯眯地看了任玉山一眼，开了句玩笑。

是夜，天虽已黑，但在炮火和照明弹的映照下，战场上就如白昼一般，沈树根要求全排每个战士的左臂上，都要缚上白毛巾，然后紧随他，以战斗小组为单位，呈三角队形，向前推进。沈树根把孟班副率领的战斗小组放在自己的右侧，吴定益率领的战斗小组放在自己的左侧。这样可以互为照应。与孟班副同一个战斗小组的除了任玉山，还有老战士尚切忠，他们与沈树根之间的距离在 5—7 米。在向前跃进时，沈树根压着声音对离自己最近的任玉山说："不要乱跑，也不要走散，要弯腰低头，目视前方。"任玉山说："排长，我知道了。"就这样，新兵任玉山学着排长和副班长的样，排长副班长跑，他也跑，排长副班长趴下，他也趴下，有一次，他离沈树根太近了，沈树根就摆摆那只缚着白毛巾的手，叫他离远点儿。说："不要慌，保持距离，对。"说话时，沈树根发现在前方数十米远处有许多人在乱跑，嘴里哇啦哇啦地喊着一些谁也听不懂的话，沈树根轻轻喊了声："有敌人。"随即便端枪朝前扫出一梭子。左边吴定益、右边孟班副也扔出了几颗手榴弹，随着"轰、轰、轰"几声响，敌人顿时就倒下了一大片。但3排这时也出现伤亡，有几个战士正倒在地上发出痛苦的呻吟。

在安排担架队将伤员抬下去之后，沈树根继续率3排向前边攻击边搜索，他们连续跃过了两条1米多深的小水沟，又爬过了好几个小土坡，这时候，沈树根发现任玉山大张着嘴巴，好像有点儿喘不过气来的样子，便说："'小山子'，快把干粮袋给我。"还没容任玉山开口，旁边的孟班副就一步上去把任玉山肩上的干粮袋取下来，任玉山说："副班长，我能行，我……"孟班副说了句："少废话，快跟上。"

其实任玉山身上背的东西并不多，一条干粮袋，里面装着可吃7天的炒面粉，一双鞋，还有20发子弹和4颗手榴弹，这点儿负重，对一个从小在黑土地里干活身体壮实的东北小伙子来说，根本不在话下，他喘不过气来是因为紧张和心慌引起的。这也难怪，对每个新战士来说，第一次参加战斗，又面临着生死的考验，都会有这样的经历。

沈树根这时在前面又击毙了好几个敌人。突然，他朝右边的孟班副战斗小组喊了声："快趴下。"话音刚落，只见离孟班副小组十几米远的地方，有几个头戴钢盔的美国兵正朝他们扑过来，在不时闪烁的炮火的映照下，可以看到那些美国兵在冲击时张着的嘴巴和尖削的鼻子。

沈树根和孟班副这时已占据有利地形，他们手中的两支卡宾枪响了："哒哒……哒、哒、哒……"接着尚切忠也从侧后向敌人开火了。冲在前面的几个美国兵像沉重的树桩一样倒在地上，有一个还没打死，在地上不断地痉挛和扭曲着。后面几个美国兵迟疑了一下，其中有一个扔下枪逃跑了，火光中任玉山只听排长吼了声："奶奶的，我叫你跑。"随着一串爆竹般的枪声，那美国兵吭也不吭一声，一头栽到地上。

这时剩下的几个美国兵又扑了上来，最近的一个离任玉山才不过六七米距离，旁边的沈树根用一个点射，将离任玉山最近的那个鬼子击毙了。

正当沈树根挥手叫大家跟上时，又有几个美国兵和李伪军①士兵出现了，很显然，这些兵是被志愿军打散的，他们已经找不到自己的部队，只好在战场上东躲西藏。突然，他们看到了前面的孟班副，发现他只有一个人，于是就向他围过来。孟班副这时正隐蔽在一个土堆后，见有几个美国兵和李伪军士兵向他围过来，他也不慌张，先是将两颗手榴弹的盖拧开，然后一个点射，将前面那个美国兵击毙，待后面几个美国兵和李伪军士兵迟疑不前时，他又将两颗手榴弹甩过去，两声轰响，几个美国兵和李伪军士兵被炸得血肉横飞，全都倒在地上。

　　任玉山也撂倒了一个企图袭击沈树根的美国兵，当时沈树根就在他前面，因为在吴定益那边也发现了十几个敌人，沈树根正要从侧后支援吴定益。这时，不知从哪里钻出来一个被打飞了钢盔的美国兵，他的位置正好在沈树根的侧后，沈树根没有发现他，那美国兵就悄悄摸过来，想从背后锁住沈树根的脖子，没料正好被后面的任玉山看到，任玉山这时已镇定多了，他当即冲过去，一枪托将这美国兵击倒，然后，扣动扳机，"呼"的一声，子弹正中美国兵的脑袋，那美国兵吭也没吭，扭动了一下身子，就一命呜呼。听到枪声的沈树根回过头来问任玉山："你干的？"

　　任玉山自豪地说："我干的。"

　　"好！要表扬。"沈树根说毕，朝大家挥了一下手："快跟上。"

　　这时已是晚上 19 时 30 分左右，8 连突击排在冲击途中遭到据守566 高地之敌的火力拦阻，连长吴庆龙立即组织迫击炮火力压制敌人，并以两个排的兵力向 566 高地两侧钳击，将敌击溃。夜 21 时，8 连抓获了一名俘虏，从俘虏口中得知该地为敌军医院，驻有南朝鲜警戒部队

---

① 伪军，即由侵略者国家组织其占领地的民众或投降的敌方军队士兵所组成的军队。在中国未与韩国（大韩民国）建交之前，中国官方长期称呼韩国国军为"伪军"。

1个连。8连迅速完成三面包围南朝鲜这一警戒连的部署，然后突然开火，敌仓惶溃退。

夜22时，8连进占朝鲜的三台洞。据统计，8连自攻击开始至攻占三台洞的5个小时内，以伤亡8人的代价歼敌100余名，出色完成了插入敌人纵深的尖刀连任务。

23时，8连进至沼洞，2营首长命令4连加入战斗，接替8连沿指定路线穿插前进。8连则按指定路线攻击前进。因奔跑速度太快，加上饥饿和疲劳过度，有些体力较弱的战士在半途中几次昏厥在地，醒来后再爬起来追赶部队，有个战士甚至累得吐了血，有战友要来背他，他靠在一棵树上说："你快去追，替我多杀几个敌人，我自己会跟上部队的。"但这位战士最后也未追上部队，他的遗体在离那棵树数十米远的地方被人发现，在他的遗体旁，还躺着一个被咬掉了半只鼻子的李伪军士兵的尸体，这名圆睁着眼睛的李伪军士兵的身上没有枪伤和刀伤，很显然，他是窒息而死的。

沈树根所率3排的队形在攻击途中曾几度被打乱，这时大家只好以战斗小组为单位按指定路线攻击前进。而被我穿插部队打散的美军和李伪军士兵就像无头苍蝇一般，在被炮火映红的夜空中豕突狼奔、东躲西藏。许多人扔掉了枪支，以便使自己奔逃的步履来得更快一些，有些人则借着炮火刺破夜空的瞬间，寻找可以藏身的洞穴和洼地，然后像林蛙般地蹦跳过去，将头钻入洞穴和坑内，而将屁股暴露在外面。

在一处山坡下，正跟在孟班副和尚切忠后面的任玉山碰到了排长沈树根，他正伏在一个坟包后面向敌人进行扫射，见任玉山来了，沈树根边向敌人射击边问任玉山："现在不怕了吧?"

任玉山伏到排长的身旁说："不怕了。"

孟班副说："还不错，打死了一个美国兵。"

沈树根说："我看到了，要表扬，不过一个少了点儿，瞧，那边有一个，干掉他。"

顺着排长的手指，任玉山隐约看到数十米远的地方隆起着一个黑乎乎的东西，任玉山问沈树根"排长，那是啥？"

沈树根说："屁股。"

"屁股？"

"对，干掉他！"

任玉山二话没说，举枪就朝那黑乎乎的物体扣动了扳机，随着一声枪响，那黑乎乎的物体像弹簧般扭动了一下，最后便不动了。

这时8班长吴定益带着全班战士靠拢过来了，接着9班长黄加能也带着4个战斗小组过来了，沈树根问两位班长："伤亡情况怎么样？"

吴定益答："没有，一根毫毛也没伤。"

黄加能说："伤了两个，已抬下去了。"

沈树根说："好，在杀伤敌人的同时，一定要保护好自己，尤其是新战士，这种时候受伤很麻烦，8班战绩如何，打死了几个？"

吴定益说："有二三十个，还有两个军官。"

黄加能说："我们班也差不多，黑咕隆咚的，反正扫过去就倒下一大片。"

"武器弹药呢？"沈树根在黑暗中扫视了一下大家问。

"足够了，"吴定益说，"现在都鸟枪换炮了，瞧，连'小东北'也使上美式八粒快步枪了。"沈树根一瞧，果然见任玉山使的是一支美式八粒快步枪，便咧开嘴笑了："老三八丢了？"

"早丢了，那家伙沉，这家伙好使，也轻。"任玉山回答，沈树根看到，在任玉山的腰围上，还挂着五六颗美式磁性手雷。

全排只有7班还未到，沈树根说："不等了，到路上找他们。"说毕，手一挥，便跳离坟包，向前冲去。这时道路上和山坡下到处都是敌人的尸体，尸体多的地方，脚踩在低洼和浅坑处，会不时溅起一些黏稠发腥的液体，很显然，这是从死尸身上流出的血液。

按五次战役发起后20军的作战部署，为保持连续突击和向纵深穿插的力量，拟以60师配属炮兵第17团为第1梯队左翼，在朝鲜芳花洞附近突破李伪军第6师防御，夺取高地。第59师配属炮兵第26团、第11团为第1梯队右翼，在朝鲜芳花洞、自等里地段上突破敌人防御，策应第1梯队歼敌，第58师为第2梯队，准备在南朝鲜的机山里、抱川方向投入战斗，协同友邻歼敌。

经过数日突击奋进，各部按预定部署打开了突破口，直插敌纵深。

1951年4月23日凌晨3时30分左右，179团2营在友邻部队配合下，于凌晨5时半占领南朝鲜的加里山及附近地区，完成了预定穿插任务。

4月25日8时许，经过连日昼夜穿插追击的179团尽管已极度疲劳，但还是凭着顽强的毅力翻越南朝鲜的云岳山，云岳山海拔800米，山虽不高，但山峰险峻，悬崖峭壁，灌木丛生，树藤密布。山上又无道路，攀登十分困难，空手行走尚且不易，对全副武装，身负重荷的战士们来说，的确十分艰难。

沈树根与3排60炮班班长李来顺一起在向一个峭壁攀登时，李来顺的脚踩在一块松动的岩石上，岩石滚下了山坡，扛着沉重炮筒的李来顺也差点儿滑了下去，亏得旁边的沈树根一把抓住他的衣服，将他已经下滑的身子拉住，当时两个人的脸都吓得煞白，待缓过神来后，沈树根边登山边对李来顺开玩笑说："你小子这一次下去可就亏大了。"

李来顺不明白沈树根说的话，便问："排长，什么亏大了？"

沈树根喘着粗气说："这还不明白，你小子还没结婚呢，就这么摔死了，你说亏不亏？"

"这倒是。"李来顺是个老实人，说："长这么大，我连人家姑娘的手指也没碰过呢，太亏了。"李来顺的话，引来了大家的一阵哄笑。

说着笑话，脚步也变得轻松了。

上午 9 时许，179 团登上了云岳山主峰，沈树根站在主峰的一块岩石上往北面的山脚下望去，只见山下的公路上，尘土飞扬，黄烟滚滚，敌坦克和载着士兵的炮车在拥挤的公路上向南溃退。

"连长，你看。"见连长吴庆龙上来了，沈树根立即向他报告："敌人要逃。"

吴庆龙爬上那块岩石，用望远镜向下一望，冷笑一声："逃，没那么容易吧！"说毕，他跳下岩石，向团指挥所跑去。

这时，张季伦团长与政委张浪及作战参谋郑新华等人正伏在临时指挥所的地上看地图，他们想寻找一个合适的出击地点。各营、连的指挥员这时也都来到了指挥所。

"团长，敌人要跑，快下命令吧，再迟来不及了。"吴庆龙着急地说。

"就你急？"张季伦从地图上抬起头，冲了吴庆龙一句，然后用军用电话机向师长彭飞做了报告："师长，我们认为西南山脚地段依托云岳山向西出击，拦截敌人最为有利。对，它两边是山，公路正好从中间通过。对，南边还有个小岭，便于我前堵后截。是，是，请首长放心，我们绝不会让敌人舒舒服服地从我们的眼皮底下逃走。"

放下电话，那些等急了的营连长迅即围了上来。张季伦当即命令："1 营 2 营迅速利用森林、地形隐蔽下山，占领出击阵地。3 营各连，分成小分队，利用公路上美军车队与步兵之间的间隙，分别快速隐蔽穿过公路，然后阻敌南逃。"

各连领命以后，只用了一个多小时，就全部进抵对面的山上，然后迅速占领阵地，并向南警戒。

此时，60 师师长彭飞、政委杨家保手上只有 178 团和 179 团。彭飞考虑到敌人兵力众多，60 师则兵力不足，而友邻部队又情况不明，便在与政委杨家保商定后，一面将情况报告军指挥所，一面拟采取"放头掐尾"、歼敌一部分的战术。

25 日下午 14 时许，美 24 师主力大部分已经过完，后尾约一个榴弹炮营和汽车、坦克百余辆，在摆脱我 59 师追击后，也到达南朝鲜的江口洞以南地区。此时，我 178 团的主力已赶到了，师首长当即下令：以 179 团依托云岳山向西出击，178 团向江口洞出击；178 团夺取敌炮兵阵地后，协同第 179 团共同歼敌后尾一部。

战斗开始后，179 团团长张季伦命令所有部队立刻全线出击。1 营率先击毁了敌人的先头汽车，并占领云岳山 400 高地附近的小高地，将逃敌截住；2 营经过战斗，控制了公路以东一线的高地；沈树根所在的 3 营插至上海峰、火遂里后，即向南警戒。此时，南逃之敌一部企图以坦克集群自西坡方向回头接应被我截住的部队，途中，被我 179 团 3 营击毁 5 辆，其余坦克调头逃回原地。15 时许，179 团 1 营、3 营南北合击，毙敌百余人，俘敌 20 余人，余敌南逃。

179 团 3 营 8 连 3 排 8 班副班长老孟就是在这次战斗中牺牲的。当时沈树根正在指挥全排 4 个班（此时 7 班已经归建）呈扇形向一股敌人进行合围，敌人躲在一处隆起的土坡后，凭借其猛烈的火力，进行疯狂还击。听武器的声音，沈树根估计对面的敌人是美军，约有二三十个人，人不多，但武器好，火力足，其中最令人头痛的是左右两挺勃朗宁重机枪，那雨点般射来的子弹，压得伏在土堆后面的 3 排战士抬不起头来，沈树根心想这样下去不行，敌人是在等援军，万一这时候有友邻部队发起攻击，必定会造成重大伤亡，于是他朝身后的 60 炮班班长李来顺招了招手，李来顺爬到排长的跟前，沈树根问："你还有几发炮弹？"

李来顺答道："4 发。"

沈树根说："你上来下，看看能否把那两挺机枪干掉。"

李来顺爬到了沈树根跟前，刚想抬头看个清楚，只感到有一股猛烈的旋风从对面扑了过来，连忙将头一低，感到头上被什么东西撞了一下，用手一摸，头上并未感觉异样，只感到帽子上有点儿灼热，抓下一看，只见帽顶上已被子弹射穿了一个洞。

"奶奶的，还真给老子来狠的了。"李来顺狠狠地骂了句，便转头对沈树根说："得想办法干掉它，排长，否则我们过不去。"说话时，沈树根已经看好了一个地方，他对李来顺说："你往那边瞧，对，左边，林子，那里有个坟包，你带个人爬过去，把炮架在坟包后，把那两挺机枪轰掉它。"

李来顺说了句："知道了。"

大概在十几分钟后，沈树根听到有一声沉闷的60炮炮声从林子里传来，随着一股黑黑的浓烟和裹着血肉的碎衣片从半空中落下来，对面左侧那挺机枪不响了。很快，最多也就二三分钟吧，又一声沉闷的炮声从坟包后响起，右侧那挺机枪也变成哑巴了。说时迟那时快，沈树根猛地从地上跃起，大吼一声："冲啊！"，早已拉开了弦的手榴弹和磁性手雷几乎在人跃起的同时就飞了过去。之后，40多支冲锋枪、卡宾枪、苏式转盘式机枪等武器中射出的子弹，一起对着那个隆起的土堆，像暴风骤雨般地倾泻了过去。

沈树根估计得没有错，土堆后是敌人的一个排，不过，在经过了李来顺的两炮轰击之后，这个排已死伤大半，几个幸存下来的美国兵在未见到中国兵之前，早已将手中的枪举过了头顶。

"赶快打扫战场。"沈树根命令，很快，曹光景向他报告："排长，有5个俘虏，怎么办？"

沈树根说："你带一个人马上把俘虏交给后面的俘虏收容队，然后跟上来。"

"是！"曹光景与一名战士押着俘虏走了。这里，沈树根带着大家继续向前面穿插。没料，就在队伍刚刚冲过一片开阔地时，8班副班长老孟被什么东西绊了一下，一看，是一具敌人的尸体，老孟也不在意，继续向前冲去，正在这时候，在老孟的背后传来一声清晰的枪响，当时任玉山正在老孟的左侧不远处，枪声过后，只见老孟打了个趔趄，然后一声不吭地扑倒在地上。任玉山一开始以为老孟是被什么东西绊倒了，跑过去想拉他，但到跟前一看，顿时便哭喊了起来："排长、排长，副班长不行了！"

很快，沈树根和吴定益从前面折回来，沈树根蹲下一看，只见在老孟后胸靠心脏的部位，有一个细细的枪眼，血正从枪眼处像小溪一般不断地涌出来，大家小心翼翼地把老孟的身子转过来，只见老孟的脸苍白如纸，眼睛也半睁着，沈树根伸手将粘在老孟脸上的泥巴和草叶子拿掉，然后用手指在老孟的鼻子前试了试，再试了试，慢慢地，他的头低下了，他那黝黑瘦削的腮帮子上的两坨肌肉在愤怒地抖动着："谁干的？"他站起来后问大家。

"他！"尚切忠和两名战士将一名受伤的美军士兵推到了沈树根面前，这是位小个子的美国兵，满脸长着棕色的络腮胡子，血污斑斑的脸上嵌着一双惊恐的小眼睛。"长官，我投降。"在见到沈树根之后，这位美国兵用结结巴巴的中文对他说，很显然，这是他们在入朝时临时学会的一句救命话。

"你投降？那为什么还要在背后开枪？"尚切忠吼道，他是个大个子，愤怒之下一下子揪住这位美国兵的前胸，像抓小鸡一样将他提了起来。

"排长，毙了他吧，这个杂种。"

"毙了他！毙了他！"大家愤怒地吼着。

"长官，我投降。"美国兵不断重复着。

"奶奶的！"沈树根瞪着愤怒的眼睛逼视着那位美国兵，然后，猛地从腰间抽出那把刚缴获的勃朗宁手枪，对准面前的美国兵吼了声："畜牲，我真想一枪打死你！"吼毕，朝旁边的战士说："把他押下去。"

在沈树根的3排与179团的战友们持续向敌人发起冲击时，兄弟部队 178 团也正向敌人发起猛烈攻击，尽管敌机对攻击部队实施了狂轰滥炸，那投下的汽油弹，将山头烧得通红。但 179 团不顾一切，在炮火掩护下，与敌人进行拼死搏杀。其中 1 营率先冲下山去，一举占领了敌炮兵阵地和右侧小高地，并击退了敌人的多次反冲击；2、3 营占领了公路以东小山头，以火力分割截断逃敌，将敌人压缩在狭小地区内，与敌坦克展开激战……

1951 年 4 月 25 日下午 16 时许，在 179 团 1、3 营及 178 团的南北合击下，战斗结束，此次战斗除击毁、击伤敌百余辆坦克、战车和运输车及击毙击伤敌百余名外，还生俘敌 30 余名，其中还有十几名黑人士兵。任玉山以前从未见过皮肤这么黑的人，猛地一见，竟吓了一跳，对尚切忠说："我的姥姥，这究竟是人还是鬼啊？"

旁边沈树根听到笑着说："原来他们都是人，到朝鲜后就变成鬼了，美国鬼子，不就有个'鬼'字吗？"

"那这么说日本鬼子也是鬼？"

"当然啰。"

大家一听，都笑了起来，这时连部通信员来通知沈树根，连长叫各排抓紧时间打扫战场，更换武器。原来这次战斗缴获的武器还真不少，除缴获大量的轻武器如美式冲锋枪、卡宾枪及 12 门榴弹炮外，还有数十辆汽车和拖炮车，正好，那些黑人俘虏都会开汽车，团首长当即决定将这些汽车编入团后勤处，叫黑人俘虏们为志愿军运物资。

虽然缴获颇丰，俘虏甚众，但团长张季伦却连连叹气，为何？原来他使用的那份军用地图不行，这地图是日军在占领朝鲜期间绘制的，许多地方的地形地物都不准确，以至于被美军逃了出去，要不然，这次战斗的收获会更大。

为扩大战果，根据军部部署，60 师在拦截敌人的同时，又令 58 师向西南出击，切断西坡至永阳里公路，协同 60 师歼敌一部于西坡、永阳里地区。

1951 年 4 月 27 日，179 团不分昼夜，继续尾追美 24 师。团长张季伦这时也威风凛凛地坐上了美式小吉普车，司机是他的警卫员陈文德，此前 179 团曾多次缴获过美军的吉普车，但因为不会开，大家只好干瞪眼，后来陈文德下决心自己学，凡是看到路上有缴获的吉普车，他就跳上去捣鼓几下子，但每次开，不是翻车，就是撞坡，久而久之，竟真的给他学会了。不过张季伦在坐上去之前还是有些不放心，问陈文德："小鬼，你究竟怎么样啊，不会开到河里去吧？"陈文德满有把握地甩了一下头说："没问题，首长，上来吧。"

4 月 28 日拂晓，179 团追敌至南朝鲜的清平川、九万里，越过北纬 37 度线（简称"三七线"），最后追击至南朝鲜的大同江北岸。敌人凭大同江天险，阻止了我军的追击，同时，在大同江南岸构筑工事，用坦克、大炮向我阵地轰击，并在此与我军对峙了两天。

4 月 29 日，志愿军因弹药补给不足，再加上在南朝鲜的北汉江以北歼敌战机已失，遂停止了进攻，第五次战役第一阶段结束。

4 月 30 日晚，179 团奉命回撤，当晚撤至南朝鲜的永兴里宿营。

5 月 1 日，撤回至南朝鲜的机山里。

5 月 2 日，撤至朝鲜三八线附近的史仓里一线集结并与 60 师其他部队会合，补充粮食、弹药。

5 月 9 日，全师自史仓里出发向东线开进。

12 日拂晓到达朝鲜三八线附近的杨口，之后南下朝鲜的斗武洞、新月里地区，进行战役第二阶段战斗准备。

1951 年 5 月 16 日 16 时 30 分，五次战役第二阶段开始打响，60 师为 20 军第 1 梯队右翼，受命在朝鲜三八线附近的麟蹄西南及南朝鲜富坪里之间突破昭阳江。向东南穿插到敌后方，抢占南朝鲜的后坪里、五马崎、美山里等要点，堵住敌人南逃北援的道路，协同兄弟部队与人民军第5军团分割包围李伪军第3、7、9师。

在179团向敌后方穿插途中，发生了一件意想不到的事：当晚，天正下着小雨，山路崎岖而又泥泞，全团官兵每人左臂上扎着一条白毛巾，行军途中没人说话，没有火光，连吸烟也禁止，大家一个跟着一个，只能听到他们行军时脚下发出的"沙、沙、沙、沙……"声。

谁也没有想到的是，就在179团行进的同一条山沟，同一个方向上，这时也行进着另一支部队，这两支被双方各认为是友邻部队的队伍，直至天亮时才看清了彼此的"庐山真面目"。最先发现对面士兵头戴的钢盔上"白骨团"标志的有很多人，沈树根也是其中的一个，当时，也不知谁喊了声："有敌人。"沈树根早将卡宾枪中的一梭子子弹朝对面泻了过去，与此同时，部队已迅速展开并占领了附近的山头要地。突然遭到攻击的李承晚伪军在明白了是怎么一回事之后，便发一声喊，四处逃散，其中有很多人丢掉武器后钻进了附近的山林。

在冲击过程中，179团3营8连沈树根排在抢占一山头后，见敌已被包围在一山林中，便命战士们抓紧时间构筑工事，正想吃点儿干粮，被包围的敌人开始突围了，沈树根见状，连忙掏出袋中的黄铜小喇叭，"嘟、嘟、嘟……"地一吹，战士们像屁股底下装着弹簧一样，腾地弹了起来，然后抓起武器，边嚼着爆米花和黄豆，边向山下冲去。

被包围的敌人一部分被歼灭，另有一股敌人侥幸逃出了包围圈。

是日晚，60师第2梯队179团及第3梯队180团于昼夜前进至南朝鲜后坪里一线。

1951年5月18日，60师在朝鲜人民军的策应下，成功截住正向东南逃窜的李伪军第3师和第9师，并对其进行猛追猛打，击溃大部分逃敌。

5月19日，60师继续追敌至南朝鲜的大开仁里。此时，四周的山上到处都是散窜的李伪军士兵，据此，师部命令179团停止追击，在原地上山搜捕李伪军的散兵游勇，仅半天时间，就抓了500余名俘虏。

沈树根排8班新战士任玉山还抓了一个美国顾问。那天，沈树根正带着大家在搜索前进，见有一个家伙躲在山包的一个草丛里，屁股撅得高高的，沈树根对旁边的任玉山说："见到了吗，那里有个人。"任玉山冲过去，原以为是个李伪军，正要举枪把这家伙的屁股打个稀巴烂，但转而一想，今天他是逃不掉的了，就抓个活的吧，于是上去一脚踢在这家伙的屁股上，大喊一声："缴枪不杀!"那家伙嘴里哼哼着连忙转过身来，举起双手，任玉山一见，原来是个美国顾问，见他没有武器，便大喝一声："你的枪呢?"那家伙听不懂，摇摇头，任玉山拍拍自己手中的枪，那美国顾问懂了，用手指了指山下，任玉山明白了，原来这家伙把枪扔在山下了。这时正好团部俘虏收容队的同志过来，任玉山把那个美国俘虏交给他们，又跟着队伍去抓俘虏了。

被沈树根所在部队俘获的美军军官。　　　　　　　　　　　　　　　　　　　　　　　（"我们在朝鲜"摄影组摄）

在抗美援朝第二次战役中荣立战功的沈树根。

（"我们在朝鲜"摄影组摄）

当晚，沈树根所在 179 团拟在大仁开里宿营，没料师部传来紧急命令，要该团立即后撤，到南朝鲜的县里休整。谁知还没到县里，情况又发生剧变，179 团便沿穿插原路后撤至朝鲜的金城一线待命。

1951 年 5 月 21 日，五次战役第二阶段胜利结束。

不久，中国人民志愿军和朝鲜人民军联合司令部对有关英雄集体和个人进行了嘉奖。其中，嘉奖 20 军 60 师突破朝鲜的昭阳江、强行穿插敌人纵深，按时抢占敌阵地的行动。178 团 5 连因杀敌甚众，缴获颇丰并顺利攻占五马峙荣立集体一等功，连长毛张苗获中国人民志愿军"一级战斗英雄"称号。其他的立功者也不少，沈树根在二次战役中荣立一个四等功之后，又在五次战役中荣立一个四等功。

第四节　形势突变

战场的形势，瞬息万变。

1951 年 5 月 19 日，在五次战役的最后阶段，经中朝军队连续 5 昼夜的突击，东线之敌节节败退，中朝两军不仅向前推进了 50—60 公里，而且在敌方的战线上撕开了一个大大的缺口。就在这关键的时刻，我方的弹药和粮食却出现了短缺，于是不得不停下 3 天，等待补充，以利再战。

就在这时，已将残部撤至南朝鲜九城浦里、丰岩里、苍洞里、下珍富里、铁甲山、仁邱里一带进行防御的敌人看出了我军的状态有变。为此，美第10军主力迅速向南朝鲜的洪川方向靠拢，美第3师亦迅速赶至朝鲜的清凉里、长坪里地区。南朝鲜第8师也由南朝鲜的大田北调至南朝鲜的平昌、堤川地区。3个师均以摩托化行军，仅十几个小时就行进100多公里，迅速将被志愿军撕开的缺口堵住，由此，敌又形成了东西相连的完整防线。

1951年5月23日，根据志愿军司令部和9兵团的命令，20军遂于即日起从南朝鲜的县里及朝鲜的麟蹄北移，在北渡昭阳江后，沿南朝鲜的富坪里及朝鲜的榆村里、华川、山阳里，到预定的金化以东地区进行休整。由于三八线附近的华川水库①的阻隔，军部命令先以59师、58师的序列，于23日晚出发，经华川到达部队休整的预定地点。60师、军直则于24日晚出发。60师经富坪里过昭阳江后，经杨口北上，绕道到预定地点。

但就在此时，形势发生了突变。

1967年，美陆军上将马修·邦克·李奇微在其所著的回忆录《朝鲜战争》一书中，曾对1951年5月22日志愿军在五次战役结束后回撤休整途中美军发起的突然军事行动做过这样的回忆：

> "现在，中国人的进攻又一次停止了，是我们发动攻势的时候了……对我们来说，控制华川水库也极其重要，汉城的水电供应以前依靠华川水库，而且，这里还是敌人补给线上的重要地点。因此，发动这次新攻势的目的是，不再顾及三八线的限制，重新打过三八线去，并尽可能最大限度地消灭敌潜在力量……"

---

① 华川水库为南朝鲜北汉江上游蓄水形成的水库，它是1938年日本为侵略亚洲大陆在南朝鲜华川建水力发电站时建的一个人工水库。

李奇微回忆说，基于此种战役考虑，他于 1951 年 5 月 19 日飞往朝鲜，在靠近萨马的第 10 军指挥所里会见了第 8 军军长范弗里特、第 10 军军长阿尔蒙德和第 9 军军长霍格，并下达了于次日即 1951 年 5 月 20 日向回撤的志愿军发起攻击的命令。

而此时，正在大步回撤准备择地休整的志愿军还蒙在鼓里。

沈树根的战友、原 179 团的老战士徐逸回忆说：

"1951 年 5 月 25 日天将亮前，我团到达朝鲜昭阳江南岸的蓝田里。部队正准备徒步涉水过江时，发现在我前方江岸渡口有大量坦克、汽车"轰轰"在响，探照灯四射。我们还以为是我大后方兵站的运输车辆和后方坦克部队上来了，便派侦察兵上高地观察，发现在我前方的坦克、车辆上都标有白色五角星，原来是敌人在中线、东线发动"闪电战"，突破我防线已深入到我后方了。情况十分严重，敌人把我部队后撤道路切断了。我们把情况向师指挥所报告后，师首长立即下令，所有部队停止前进，在原地山里隐蔽。严令部队不得烧饭冒烟，不得擅自行动暴露目标。天亮后，大批敌机和坦克炮火向我北岸山上守军轰击。同时，我观察哨报告，敌约有一个伞兵营的兵力，在我山背南面的开阔地里降落。此时，团长张季伦向师长彭飞请示，要求由我团派出兵力歼灭敌伞兵部队。师首长指示：形势危急，不得蛮动。同时通报，师与军已失去了联系，只有与志司前指①还可联系上。所有部队就这样不声不响隐蔽在原地，肚子饿了吃点儿炒米干粮，渴了喝点儿溪泉水。在山沟里整整躲避休息了一个白天。天黑后，部队按白天派俞培康率侦察员侦察好的小道，悄悄地往东北绕道，1、2 营为前卫，3 营和团指为本队，

---

① 志司前指是志愿军前线指挥部的简称。

团直属队为后卫，快步急行 10 余公里，到昭阳江上游水浅一点儿的地段上，涉水过江上了北岸，到达朝鲜的麟蹄，脱离了危险。在撤出危险区时，团机关协理员徐有生负责收容警戒，尽管行动纪律严密，仍有个别战士惊慌抢道，踩上地雷，伤亡了许多同志。徐有生同志身负重伤被敌俘去，直到交换战俘时回国。"

时任中国人民志愿军政治部主任的杜平在《在志愿军总部》一书中也有这样的回忆：

"（第五次）战役第二阶段结束之后，彭总决定我军主力向北转移至朝鲜的渭川里、朔宁、文惠里、山阳里、杨口、元通里之线及其以北地区进行休整，总结作战经验，以便寻找有利时机，更多地歼灭敌人。联司①规定各部队统于 5 月 23 日晚开始向指定地区转移，并要各兵团留 1 个师至 1 个军的兵力阻击敌人，掩护主力转移。没有料到，23 日晨，在我主力尚未转移时，敌人便以 4 个军 13 个师的兵力，以摩托化步兵、坦克兵、炮兵组成的'特遣队'为先导，沿汉城至涟川、春川至华川、洪川至麟蹄公路两侧地区，多路向我实施反击。我军最初规定的机动防御未及形成，即被敌突入，西线的加平和东线的麟蹄被敌分割，我军一度处于十分被动的局面。"②

1951 年 5 月 26 日，沈树根所在部队于昭阳江脱险后到达麟蹄，马上接受新的任务，要帮助兵站医院的伤病员一同后撤，全团干部战士，每 3 个人分抬 1 名伤员。沈树根叫战士们找来一些木棍、门板乃至树枝，

---

① 联司即中朝部队联合司令部。
② 杜平著：《在志愿军总部》，解放军出版社 1989 年版，第 247 页。

捆扎简易担架，然后轮流抬着伤病员，翻越海拔 1000 多米高的麟蹄岭。其时岭高坡陡，气候闷热，空手翻越，尚且不易，现在要负重爬坡，直累得干部战士们气喘吁吁、汗流浃背，加上部队天天行军打仗，现在穿的还是冬装，一件老棉袄，几乎被汗湿透。中午时分，部队爬上岭顶，未及休息，又向山下走去，到下午 16 时许，才下到岭下，将伤病员送归兵站医院后，部队拟赴朝鲜金城休整。没料还未抵达金城，形势发生突变，便奉命急赴朝鲜中线华川、山阳里一带阻击敌人。

第四章

鏖战鹫峰

第一节 受 命

1951 年 6 月 8 日，由于志愿军东线兵团的侧后已经暴露，尽管有 27 军在朝鲜麟蹄以南的富坪里、鹫峰及县里一线顽强阻敌，与全线反扑的美 2 师、美陆战 1 师展开激战，但由于我军在回撤时未安排好交替掩护，原定的防御计划已被打乱，一些部队开始出现了惊慌失措甚至混乱的状况，有的部队被敌军冲散，有的与上级失去联系，有的成建制被敌军俘虏……

但志愿军的这种混乱局面，在朝鲜华川一线被扭转并制止了。

6 月 8 日，20 军决定在西起朝鲜的千佛山、大成山，东至北汉江之间 30 余公里正面上阻击敌人。是日晚，副军长廖政国对全军防御做了重新部署：

59 师 177 团仍以大成山为主阵地。176 团展开于朝鲜的山（阳里）金（化）公路南北，以岨山、三天峰、赤根山为主阵地。175 团展开于山金公路以北，以千佛山、507 高地为主阵地。

60 师接替 58 师阵地后，以 179 团扼守山阳里通金城公路，以及山阳里以东的上横川至鹫峰一线阵地。180 团位公路以西，扼守长古峰主阵地。178团为师预备队，集结于朝鲜的后洞里、丰洞地区。

正准备赴金城休整的沈树根所在部队在接到命令后，星夜出发，赶往朝鲜的华川、山阳里阻敌。因去华川要渡过华川大水库，部队没有摆渡的船，只好绕道数百里赶往指定地点。为了抢在敌人到达前赶到华川，部队只好日夜兼程，以强行军、急行军直奔华川。肚子饿了也只好在行军途中解决，无非是抓一把炒面或黄豆，边走边嚼。由于缺乏营养，许多战士都得了夜盲症，部队夜间行军尤其是要翻山越岭时，只好一个一个拉着绳子，以免跌倒和摔下山崖。

6月8日傍晚，正在强行军的沈树根突然听到背后有人在大声喊他："3排长——3排长——"沈树根扭头一看，见是连部通信员小王，便走出队列问："什么事？"

小王说："连长命令，部队停止前进，叫你速去连部接受任务。"这时正在行进中的部队立即停下步子，原地休息。

沈树根随通信员跑步赶到连部，所谓连部就是小路旁边一处较为平整的空地，连长吴庆龙手里拿着一根小树枝，正蹲着与几位早到的排长在谈着什么，见沈树根到了，吴庆龙便立起身来，说了句："好，都到了。这样，刚接到团部命令，要我们8连在这里阻击敌人。"

4位排长一听，都来了精神，其中一位说："好啊，光是撤怎么行？这美国佬也太嚣张了，不给他点儿颜色瞧瞧，还想爬到老子头上拉屎呢！"

吴庆龙严肃说："你们都别麻痹大意，这次美军是有备而来，气势很凶。"

沈树根说："连长，你就下命令吧，在哪里阻击敌人？"

吴庆龙站到一个土坡上，用手指了指小路左侧的一个山头说："就这里，鹫峰！"

这时天色渐暗，又下起雨来，在蒙蒙的细雨中，不远处的鹫峰在大家的视线中若隐若现。

在齐齐哈尔市，作者采访当年鹫峰阻击战的亲历者、曾任沈树根通信员的任玉山（右一）。

（徐国权摄）

沈树根看到，正在前面察看地形的连指导员孙夫章这时跛着脚一拐一拐地过来了，孙夫章的脚在长津湖战役时被冻伤了，而且伤得很严重，至今没痊愈，他走到沈树根跟前，神情严肃地说："我们全连的阻击阵地就在这里，而你们3排的位置在鹫峰的922.4高地，你们是全营的前哨阵地，这次华川阻击任务能否完成，你们排是关键中的关键，责任重于山啊！"

吴庆龙接上说："鹫峰是华川到山阳里之间的制高点，敌人为了确保其正面进攻的安全，必定会调动重兵，不惜一切代价拿下这个制高点，你们要做好打硬仗打恶仗的准备。"

"我们的具体任务是什么？"沈树根问连长。

"坚守两昼夜，绝不让敌人跨过鹫峰一步！"

"是！连部的位置在哪里？"

"在这里，"吴庆龙转身指了指鹫峰后面的一个山头说，"我们在鹫峰的989高地，与一排在一起。到时连部会有电话接到922.4高地上，必要时，我会派预备队支援你们。"

指导员又接上说："本来连部要专门召开支委会来决定这件事，现在时间已经来不及了，反正几个支委都在这里，我们这就算是一个支委会吧。同志们，现在的形势大家都知道，党考验我们的时候到了。"

沈树根在连长和指导员面前立正道："请连首长放心，我们排坚决完成任务，只要3排有一个人在，绝不会让一个敌人越过鹫峰！"说毕，敬礼之后，正要离去，没料吴庆龙又把他叫住了，他有点儿动情地对沈树根说："树根啊，我们都是从金萧支队出来的老同志，这些年来，我们一起打过许多大仗、恶仗，我知道你作战勇敢、头脑灵活，但这一次不一样，你们不仅仅是孤军作战，还要面对几倍甚至几十倍的敌人，你得做好思想准备啊。"

沈树根说："连长你放心，我不会给金萧支队丢脸的。"

旁边的孙夫章一听笑起来，说："这不是丢脸不丢脸的事，而是要坚决守住阵地的事。你要记住，作为一个指挥员，在战场上作战勇敢当然是重要的，但更重要的还是要有智慧，要动脑筋，要以少胜多、以弱胜强，这才是一个称职的指挥员。"

沈树根说了声："我知道了。"说毕正要转身离去，孙夫章又把他叫住了，说："等下。"边说边从口袋中摸出一包"骆驼牌"香烟，塞入沈树根的手里说："这是营长奖励给我的，你抽吧。"

沈树根与孙夫章同是浙江诸暨老乡，又是一起从金萧支队走出来的老战友。在平时，两个人虽是上下级关系，但在感情上却十分融洽。沈树根没烟抽的时候，会去掏孙夫章的口袋，有时边掏还边嬉皮笑脸说："指导员，你不能藏着好烟自己抽啊。"如果掏出来的是一整包烟，沈树根至少要"打劫"走半包；如果是半包，他就会嘴上吸一支，耳朵里夹一支，手里再拿一支，临了还会说上一句："指导员的烟，不抽白不抽。"气得孙夫章在背后大骂："你这个诸暨'木卵'①。"孙夫章也一样，没烟抽的时候，也会去找沈树根，说："饿死了，饿死了，来，贡献一支。"这时候，沈树根会把香烟从袋中摸出来，分一半给孙夫章，说："咱们两清了，我还多给你两支。"这时候，孙夫章会笑着点着沈树根的鼻子说："真是个小气鬼。"

但这一包"骆驼牌"香烟，沈树根却拒绝了，说："我有，指导员，你自己抽吧。"

孙夫章说："你有什么？有的话刚才怎么还向1排长要？拿着。"

沈树根一听便笑了，说："那就算我向你借的，等打完这一仗，我还你。"

旁边吴庆龙连长说："不用还，等打完这一仗，我再奖励你一包'骆驼牌'。"

在沈树根去连部领受任务时，3排的战士们这时正拢在一起做种种猜测和分析，机枪手曾茂边擦枪边说："从五次战役开始我们3排一直是连里的第2突击排，这次我估摸着该叫我们上第1突击排了。"

"你怎么知道？"正在往弹匣中卡子弹的9班副班长廖九问。

大家正说着，沈树根回来了，还未站定，就被大家围住了。

"排长，怎么样，第1突击排拿到了？"

"排长，有戏吗？"

"排长……"有人还想再问，但马上就伸伸舌头闭口了，因为他们看到排长一脸严峻，与平时总是笑眯眯的神态判若两人。

果然，沈树根对大家说："几位班长副班长过来一下。"

---

① "木卵"，浙东方言，傻、硬的意思。

阵地上的党小组会议，时任连队党支部委员的沈树根（右二）在发言。 （沈树根亲属供图）

很快，4个班的班长副班长都围了过来，因为正下着雨，沈树根把大家带到一棵树下，用最简短的语言把刚才去连部领受任务的事说了一下，末了问："大家还有什么意见吗？"

"没有。"

7班长关纪才说："坚决完成任务！"

"好，各班马上集合队伍，先开党小组会议，然后全班开会，传达命令，10分钟后出发。"

8班长吴定益说："10分钟太短了，再给5分钟吧。"

"好，抓紧时间。"

于是，各班长回去，先开党小组会议，然后又开班务会议，又是传达，又是动员，又是讨论，又是表态，所有内容，全在15分钟内完成。结束之后，还没待沈树根喊集合令，大家已齐刷刷地列队站在他的面前了，沈树根看了看手腕上的表，不多不少，正好15分钟。他轻轻地点了点头，心里顿时涌起一股热热的感觉。

"同志们，任务已经明确，从现在开始，我们全排34个人，就要像34根钢钉一样，死死地钉在那里。"沈树根边说边转身指了指身后的那座山包："鹫峰，这就是我们的阵地，从现在开始，我们绝不能让敌人从这里跨过半步。大家有没有信心？"

"有！"

"出发！"

第二节 接 敌

8 班新战士任玉山因为人长得机灵，小伙子身体又棒，说的东北话大家也都听得懂，当部队决定在华川阻击前，就被沈树根指定担任排里的通信员。"怎么样，给我当通信员？"沈树根那天边行军边问任玉山。

给排长当通信员，任玉山当然乐意，当即便表态说："保证完成任务！"

沈树根瞥了他一眼，说："态度是好的，但我得给你约法四章：一是要有独立作战能力，在班里有大家帮助你，可以群体作战，当通信员只有一个人完成任务，要有思想准备；二是为保密起见，传达我的命令要用心记，不能用笔记；三是到各班了解情况后要如实向我报告；四是你要保护我的指挥权。能做到吗？"

"能，保证完成任务！"

"好，就这么定！"

现在，在全排向鹫峰攀登时，任玉山心想，自己既然成了排长的通信员，就得为排长分担点儿事情，于是就对排长说："排长，把你的背包给我吧。"

沈树根说："你别管我，等下去帮助一下炮班班长李来顺，他的 60 炮炮筒子很重。"

"是。"

这时天已完全黑下来，雨也下得更大了，陡峭的山坡变得更加泥泞和难走。

"这鬼天气，偏偏这时候下起这么大的雨。"队伍中不知谁骂了句。

8 班长吴定益听到后，则开起了玩笑："下雨好啊，我正口渴得很，再大一点儿才好呢。"

大家说笑着，一点一点往上爬，突然有人喊了声："啊呀，我的眼睛又看不见了。"

沈树根听到了，他知道有几个患夜盲症的战士又看不清路了，便吩咐后面的战士："大家不要慌，前面的拉后面的，看得见的拉看不见的。"

正爬着，扛着60炮炮筒的李来顺脚下打了一个滑，就在他的整个身子下滑时，后面有一个人用一只有力的手将他的屁股托住了，李来顺扭头一看，见是任玉山，便说了句："是'小东北'啊，你怎么在这里？"

任玉山说："是排长叫我跟着你。"

鹫峰海拔989米，山峦重叠，地形复杂，主峰前面还有922.4、887两座山头，南北延伸达三四公里，东西两侧有起伏山坡，伸展约二三公里，是个易攻不易守的地方，沈树根带领的3排就是要守住鹫峰主峰前面的922.4高地，为迟滞敌人和确保我大部队的安全回撤争取时间。

凌晨2时左右，队伍终于爬上了山顶，因下雨，34个人从头到脚几乎都被雨水、泥水和汗水湿透了。

沈树根见人全部到齐了，就叫大家原地休息，然后带着各班班长去922.4高地进行实地查看，一圈走下来后，沈树根心里对周边的地形地物及前沿的布防已经有底了。

"8班长，922.4高地的前哨阵地交给你们班，有问题吗？"借着黎明前微弱的光亮，沈树根转身问8班长吴定益。吴定益说："没问题！"

"你打算叫谁守这里？"沈树根问。

吴定益考虑了一下，说："我想叫曹副班长带两个人守这里。"曹副班长就是曹光景，副班长老孟牺牲后，他被提升为副班长，曹光景虽是从国民党那边解放过来的，但他苦大仇深，作战勇敢，遇事沉稳，又是共产党员。所以把他放在高地的前哨阵地，沈树根放心。

"你是说3个人守这里？"

"对，"吴定益说，"我是这样考虑的，前哨阵地是922.4高地的最前沿，敌人一定会不惜一切代价攻占这个阵地，到时候炮火一定会很猛，人多的话就会增加伤亡。"

"有道理。"沈树根说。

"曹副班长战场经验丰富，对打阻击有一套，工事也挖得很好，由他守这里，我放心。"吴定益补充道。

"另两个战士呢？"

"谭光世和王国村，这两个人虽然入伍时间不长，但每次战斗，总是冲锋在前，不怕牺牲，把这3个同志放在这里，我放心！"

"好，就这么定！立即通知曹光景他们抓紧时间构筑工事，到时候

在鹫峰阻击战中毙敌70余人、荣获志愿军总部授予的"独胆英雄"等荣誉称号的曹光景。（"我们在朝鲜"摄影组摄）

我来检查。"说毕，沈树根迅即来到另一个山头922.4高地，此处由9班负责据守，他对9班长黄加能说："这里虽是前哨阵地的后面，你可千万麻痹不得，敌人如果在曹光景那里碰壁之后，就会转向你这里。"

黄加能说："你放心，排长，我绝不会让敌人跨上我922.4高地半步！"

"好，你准备在这里放几个人？"

"3个，由廖副班长负责。"

"也是3个，为什么？"

黄加能答："天一亮敌人一定会对这里实行狂轰滥炸，人一多，就会增加伤亡，我想根据战场情况，逐步用兵。"

沈树根一听笑了，说："我们想到一块去了，鹫峰战场区域狭窄，

人多施展不开，看来，仗被你们越打越精了。"

"排长，我们呢？"问话的是7班长关纪才，沈树根知道他问话的意思，便说："你们班做预备队，这次阻击非同寻常，你得把7班给我保存好，一个都不能少，到时候得派上大用场。"

关纪才本来还想再争取一下，与8班一起去守前哨阵地，但他毕竟是老同志，又是班长，他得顾全大局，于是说了声："是。"便带着7班走了。

临到炮班班长李来顺了，李来顺说："排长，我已看好一个小山包，既隐蔽又便于观察，到时候够敌人喝一壶的。"

"你还有多少炮弹？"沈树根问。

"管够，"李来顺说，"起码还有几十发。"

"好，抓紧行动吧。"

当下，各班都迅即行动起来，挖工事的挖工事，运弹药的运弹药，新任沈树根通信员的任玉山利用山顶一处比桌面大点儿的小洼地，用铁锹又挖深了半米，然后，再在上面搭了一些树枝树叶做伪装，算是排长的指挥所，沈树根对此很满意，当场表扬任玉山说："还是你会动脑筋。"

这时天已渐明，各班挖的工事已经完成，经沈树根逐一检查，基本达到要求；特别是曹光景挖的工事，规正，视线好，无死角，便于进退和隐蔽，沈树根尤为满意。

但对前哨阵地的火力配置，沈树根要求曹光景做进一步加强。当时高地上只有曹光景使用的一支美式汤姆逊冲锋枪和谭光世、王国村使用的两支美式"八粒快"半自动步枪，外加30颗国产木柄手榴弹。这点儿武器弹药打一次小规模的阻击战还行，但要对付天亮后敌人大规模的轮番进攻，则远远不够。

"太少了，光景，你这点儿弹药不够啊。"沈树根担忧地说。

"有啊，早备好了。"曹光景笑着把沈树根领到了壕沟的一个转弯处，在一个1米多高2米多深的避弹洞里，藏着200多颗手榴弹、缴获的美式MK2手雷，还有6支弹匣中已卡满子弹的汤姆逊冲锋枪和500发子弹。

"你瞧，排长，这些东西够对付一阵子的了。"曹光景得意地说。

沈树根一见便笑起来："好家伙，光景，你这里还有一个小弹药仓库啊！"

"我算过了，敌人如果以连排为单位，一天进攻6次的话，我们要将敌人挡住，3个人至少需要1000—1500发子弹，现在就是子弹还少了点儿。"曹光景说。

沈树根听了点点头，说："是啊，你们这里毕竟只有3个人，也不能把敌人放得太近，至少在30米以外就应开火，否则，火力不足，万一阵地被敌人突破，就麻烦了。这样吧，我马上叫人再给你们送1000发子弹。"

曹光景一听高兴地说："太好了，万一不够，我们可以去捡敌人扔下的弹药。总之，我们不会让敌人前进一步的。"

沈树根说："你这里是鹫峰阻击的第一道防线，等会儿一旦打起来，敌人一定会把重兵压在你这里。你们虽然只有3个人，但也要合理使用兵力，最大限度地减少伤亡，必要时，我会派人支援你们的。"

正说话时，通信员任玉山跑来向沈树根报告：连部派来的接线员已把电话线拉好了，连长有事找他。沈树根于是又吩咐了曹光景几句，便匆匆向排指挥所跑去。从前哨阵地到设在922.4高地的排指挥所约500米距离，沈树根一路小跑，几分钟时间就到了，连长吴庆龙还在电话那头等他，沈树根拿起电话，刚说了声"喂"，吴庆龙就在电话那头迫不及待地问："你那里情况怎样？"

沈树根就把3排在922.4高地及前哨阵地的布防情况向连长做了简要汇报，吴庆龙听后表示满意，说："好，你的位置在哪里？"

"我与预备队在一起。"

"听说你那个'小东北'通信员给你搞了个指挥所？"

沈树根一听笑了："哪里是什么指挥所，就是一个洞，上面盖了些树枝树叶什么的。"

吴庆龙大声说："我不是在批评你，我是在表扬'小东北'。作为一个指挥员，冲锋陷阵是需要的，但也要学会保护好自己。"

"是！"

"好啦，有情况及时报告。"

"是！"

天渐渐亮了，雨后的鹫峰在黎明中显得清新而又宁静，有鸟儿在树枝上欢快地跳跃着，发出清丽婉转的叫声。

突然，在鹫峰的山脚下，传来了一声刺耳的枪声，接着，四下里枪声大作，随后，炮声、坦克及汽车的轰鸣声便地动山摇般地在鹫峰脚下响成一片。

任玉山指着地图说："瞧，找到了，鹫峰就在这里。"　　　　　　　　　　（徐国权摄）

沈树根这时正伏在 922.4 高地的一处土坡上，从望远镜中看去，敌人正在向军特务团一个排据守的 887 高地的正面阵地实施猛攻，那黑压压的敌人，就像蚂蚁一样，向 887 高地实施轮番进攻。身着草黄色军装的敌人在特务团一个排顽强的阻击下，像一排排树木一样成片地倒下，但很快，新一轮的进攻又开始，而且比前一次更加猛烈和疯狂。

这时，鹫峰主峰及 922.4 高地上还是一片平静，但所有的人都已做好了战斗准备。在高地的前哨阵地上，曹光景已命谭光世和王国村将几十枚手榴弹拧开盖子，所有的枪支都已子弹上膛。3 个人伏在战壕前沿，观察敌人的动向。

突然，谭光世喊了声："副班长你看。"

其实曹光景也看到了，在前哨阵地下面的山坡上，有 100 多名美军和李伪军士兵正在向他们据守的高地上摸来，看来敌人已经突破了军特务团那个排据守的阵地。

"别慌，等他们靠近点儿，先叫他们尝尝咱中国的手榴弹。"曹光景命令道。之后他又对左侧的谭光世说："小谭你枪打得准，等会儿你专找当官的打。"

"是。"

"小王你怎么了，怕了吗？"曹光景见右侧不远处的王国村不吭声，以为他见到这么多敌人上来了，心里害怕了，没料王国村嗡声嗡气地说了句："怕个球，我还怕他们不来呢。"

"好样的！"曹光景向王国村竖了竖大拇指。

正这时，敌人已摸到离前哨阵地不足 50 米的距离了。

"再等等。"曹光景悄声对谭光世和王国村说。

45 米……

40 米……

35 米……

他看到了领头那个美军军官钢盔上的裂牙双面迷彩盔罩和脸上的络腮胡子了。

这时在离前哨阵地 500 米远的 922.4 高地上，沈树根也在一米一米地计算着敌人靠近的距离。

"排长，曹副班长怎么还不开火啊！"伏在他身边的任玉山着急地用拳头敲击着面前的土堆说。

"别着急，再等等。"沈树根安慰着任玉山，可心里比他还焦急："开火啊，曹光景，怎么搞的……"

正这时，沈树根看到曹光景身子往后一仰，只听到"轰、轰、轰……"十几颗手榴弹像雨点一样落在敌群中，还没待敌人明白是什么东西落在脚跟旁，那些在山坡上翻着跟斗的手榴弹就开始在敌群中爆炸。

原本成冲锋队形行进的敌群顿时引起了骚动，因骚动而发生了混乱，尤其是当他们看到领头的长官被手榴弹削去了半个脑袋，正躺在地上瞪着眼睛注视着他们时，恐慌产生了，也不知是谁带的头，总之，当曹光景、谭光世和王国村将面前的手榴弹甩光，再将枪膛里的子弹一股脑儿泻在敌人身上时，敌人溃退了，确切地说，为了跑得更快些，有不少敌人是滚下山坡的。

刚才还硝烟弥漫的前哨阵地，这时又安静了下来，曹光景和谭光世、王国村赶紧跳出战壕，清点战果，第一仗战绩还不错，总共击毙敌人 14 名，捡了 4 支完好的 BAR 勃朗宁自动步枪和一支 MI 伽兰德自动步枪，还有从敌尸身上摘下的十几颗"王八"式手雷。

"这些美国鬼子也真不经打，还没交上手，就逃了，真他妈不过瘾。"王国村边往弹夹里压子弹边有点儿遗憾地说。

曹光景一听，便提醒大家说："哎，可不能麻痹大意哦，敌人这是试探性进攻，等会儿才有好戏看。"

正说着，通信员任玉山扶着战壕壁过来了，见他的额头上正流着血，曹光景吓了一跳说："'小东北'你受伤了？"

任玉山说："不碍事，擦破了一点儿皮。"原来沈树根见前哨阵地打得激烈，心里不放心，便派通信员任玉山前来了解情况，没料任玉山在快到前哨阵地时，正好敌人一发炮弹打过来，炸断了任玉山旁边的一棵树，还把任玉山震昏了过去。几分钟之后，任玉山醒过来，觉得头很痛，眼睛也睁不开，用手一摸，黏黏的，一看，头上流血了。这时候，任玉山想到排长交给自己的任务还没完成，便挣扎着爬起来往曹光景他们所在的阵地赶。见到曹光景后，任玉山把排长叫他带来的一袋炒面和十几颗国产长柄手榴弹交给曹光景，气喘吁吁地说："副班长，这是排长叫我带来的，排长叫你们抓紧时间修筑工事，敌人很快就会发起第2次攻击，可能还会有炮击。"说毕转身就走了。

任玉山（右）向本书作者讲述敌人进攻鹫峰阵地的情景。　　　　　　（周德潮摄）

曹光景不放心，在背后喊："'小东北'，你能行吗？我叫王国村送你过去。"

任玉山头也不回说："不用了，我能行。"

任玉山一走，曹光景就说："大家再检查一下自己的掩体，敌人炮击时，千万不要出来，一切听我命令。"

"是。"两位战士说。

任玉山回到922.4高地时，沈树根正和9班的战士们一起在加固工事，见任玉山回来了，正要问那边的情况，发现任玉山的左额上有血迹，便问："'小山子'，你受伤了？"

任玉山说："没事。"

"没事？"沈树根边说边掀起任玉山头上的帽子，仔细看了下，说："算你命大，去，包扎一下，免得感染。"

沈树根估计得没有错，就在敌人退下去后不到1个小时，敌人就开始炮击了，那呼啸而至的炮弹，将曹光景他们据守的前哨阵地上几棵水桶般粗细的岩松炸成数截。之后，第二波炸弹，又将这些树段炸得粉碎。在炮火最猛烈时，呼啸乱飞的弹片与炸飞的岩石碎屑及飞溅的泥土、草灰等，将前哨阵地笼罩在一片昏暗混沌之中，使人产生一种晕眩及末日来临的感觉。

曹光景和谭光世、王国村这时都躲在避弹洞里，三人之间的相隔距离约在30米左右，这样既可互相支援，又可左右观察。

渐渐地，炮火稀疏了，曹光景迅即钻出掩体，透过散去的硝烟，往下一看，见又有几十个美军和李伪军士兵，在炮火还未停息时，悄悄摸了上来，想给前哨阵地上的曹光景他们来个突然袭击。

曹光景一见，大喊："敌人上来了！"

左侧的谭光世和右侧的王国村亦大声回复："我们看到了。"

突然，谭光世又将头转了过来，他看到曹光景的脸上有一条手指宽的殷红的东西，在往下流淌，便提醒曹光景："副班长，你负伤了？"

"胡说，我好好的，负什么伤？"曹光景一边将小拇指套进手榴弹的线圈，一边头也不回地回答谭光世。这时王国村也看到曹光景脸上的伤口，说："是真的，副班长，你脸上负伤了。"

"脸上？"曹光景这才感觉到自己的脸上的确有一点儿异样，便用手一摸，黏黏的，伸手一看，是血。"奶奶的！"他骂了句，然后对谭光世和王国村说："擦破一点儿皮。"

"要不我替你包扎一下？"谭光世说。

"包扎什么？我又死不了。"曹光景大叫："都把眼睛盯住前面！谭光世，等敌人再靠近一点儿，你把领头的那个家伙给我干掉。"

谭光世用手中那把捡来的M1伽兰德自动步枪朝下面瞄了瞄，说："你是说那个嘴上叼着香烟的家伙吗？"

"对，就他，这家伙狂妄至极。"

5分钟之后，或许还不到5分钟，那个头上戴着印有美军陆战1师裂牙双面迷彩盔罩钢盔、嘴里叼着一根香烟、手里端着一支卡宾枪的人在距离前哨阵地约35米处，随着一声清脆的枪声，在谭光世那支伽兰德自动步枪的准星中消失了。这一枪谭光世打得很准，他没有打这家伙头上的钢盔，因这钢盔是防弹的，而是直接从这家伙的嘴巴处射进去，然后子弹从其后脖根穿出。在子弹击中这家伙的嘴巴时，那根点燃着的香烟还一直粘在这家伙的嘴角处。

"好！"曹光景大喊一声。但这次敌人并未因他们的指挥官被打死而溃散，反而冒着弹雨不顾一切地往前冲。很显然，敌人是做了最坏打算的，在一个指挥官被打死后，会有另一个指挥官迅即站出来替代他指挥。这不，一个小个子身材壮硕的美军军官这时站了出来，从他浑身上下的鲜血看，他似乎也负了伤，而且伤得还不轻，但这家伙好像不怕死，他甚至站在一处高坡上，手里挥舞着手枪，对着他周围犹豫不前的士兵狂呼乱叫，他还用枪对准了一个企图悄悄溜走的李伪军士兵，严令他继续往前冲。

但是这位有着顽强战斗意志的美军军官最终未能阻止他的部下往山下狂奔，因为他自己也倒下了，他被王国村甩过去的一颗手榴弹炸瞎了眼睛，准确地说，是炸出了他的眼球，那眼球耷拉在他的脸颊上，鲜血像小溪一般地涌出来。曹光景看到这位指挥官在小土堆上摇晃了一下，然后抬手就将自己的眼球塞回眼眶中，但这时他的眼睛已被鲜血糊住了，他已看不清面前的一切，然而他还是昂着头在大声命令着，严令他的士兵继续向前冲。

这时谭光世的枪又响了，这一枪打在这家伙的左胸旁，只见他一头栽下来，他倒下的地方正好是一条棱线的斜坡，他在毫无意识中滚下了斜坡。有几个率先逃回山坡下的美军士兵找到了面目全非的他，并把他的遗体扛回营地中。据说，这位美军下级指挥官后来曾被美国政府授予一枚由紫色绸子制成的紫心勋章，尽管这种布质的勋章价值并不高。

不幸的是，在这次战斗中，王国村也负伤了，有一块炮弹的弹片击中了他的左肩，涌出的鲜血浸透了他的袖管，滴滴答答地落在地上。

"怎么样，小王？"曹光景将脸色苍白的王国村扶到掩体内一处干燥的土堆上，叫他坐下来。

"没问题，可能擦破了一点儿皮。"王国村轻描淡写地说。

"胡扯，擦破一点儿皮怎么会流这么多的血，我叫小谭扶你去包扎所看一下。"

"我不去，副班长，我还没有杀够美国鬼子呢。"王国村站起来要走。

"你给我坐下，"曹光景板起面孔说，"我又不是不让你杀美国鬼子，我是叫你去检查一下，如果卫生员说没事，你就可以再上来。"说毕扭头就叫谭光世："小谭，你过来下。"

正在哨位上观察敌情的谭光世过来了，曹光景说："你马上扶小王去找卫生员，然后立即返回。"

"是。"

但是王国村嘟着嘴还是不肯走。

曹光景火了，对着王国村吼了句："执行命令！"谭光世扶着王国村走了，阵地上只剩下他一个人。正这时，一直关注着前哨阵地战况的沈树根沿着壕沟过来了，曹光景以为是谭光世回来了，走近一看，原来是排长过来了，曹光景一阵欣喜，离开排长才几个小时，且距排长所在的922.4高地也不过500米距离，但他仿佛觉得自己离开排长已经很久了，因此见到排长后，他感到十分亲切，上前一步拉住沈树根的手说："排长，你怎么来啦？"

沈树根说："我不放心，过来看看你们。"

"排长，王国村负伤了。"

沈树根说："我看到了，你的脸怎么了？"

"不碍事，擦破了点儿皮。"看到曹光景的脸的确只是被弹片擦破了一点儿皮，沈树根才放心，于是便对曹光景说："敌人在你这里吃了两次亏，是不会善罢甘休的，你们要有思想准备，我估计他们进攻的兵力会增加。"

"排长放心，前哨阵地的地形对我们有利，敌人就是上来再多，我也不会让他们从我这里跨过去。"

"你们弹药怎么样？"沈树根边用望远镜观察山脚下敌人的动静，边问曹光景。

"够了，"曹光景笑着拍了拍掩体前面那支崭新的BAR勃朗宁自动步枪说，"瞧，我们现在全用上美式装备了。说实话，美国佬的家伙的确好使，一家伙扫下去，就像割韭菜一样，全都倒下。"

说话时，谭光世回来了，沈树根问："王国村的伤怎么样？"

谭光世说："弹片进得有点儿深，骨头倒未伤着，可能要动手术。"

沈树根看了看表，说："现在是午后 13 时，敌人正在吃饭，你们也抓紧时间吃点儿，估计很快又会发起进攻，有什么情况及时报告。"说毕就猫着腰向 922.4 高地走去，忽然他又回过头来，对谭光世说："你枪法不错，下午也这么干，专打敌人的指挥官。"

果然，沈树根离开曹光景他们后不久，敌人又开始炮轰曹光景他们据守的前哨阵地了。顿时，阵地上火光闪烁，地动山摇，炮火像架巨大的犁铧，反复地耕耘着阵地上的每一寸土地，岩石、泥土、树木乃至阵地前来不及运走的死尸，在雨点般炮弹的蹂躏下，有的被炸上半空，有的被撕得粉碎。整个高地，硝烟弥漫，晦暗如暮。

炮击过后，又有一股敌人慢慢摸上山来，曹光景钻出掩体，抖了抖头上的尘土，往山下一看，对右边的谭光世说："咦，真给排长猜着了，敌人还真的多了不少。"

谭光世这时已将武器弹药摆到掩体的沿上，说："多来多杀，少来少杀，有种的统统上来，老子就喜欢来点儿痛快的。"说毕便拿起那支伽兰德自动步枪，瞄准敌群，寻找他们的指挥官。

"不对，"瞄了一阵，谭光世抬起头，对曹光景说，"副班长，这批上来的不是美国兵。"

"我也看到了，是李伪军。"曹光景说。

"美国佬怕了？"

"也可能是美国佬不愿为李承晚卖命，叫李伪军也来尝尝挨打的滋味。"

说话间，敌人已摸到离阵地 30 米远的斜坡上。

"打吧，副班长。"谭光世此时已瞄准了李伪军一个高个子指挥官。

"再靠近点儿，再……打。"就在敌人离曹光景伏着的战壕前还有 20 米左右的距离时，曹光景大喊一声，将一扎由 8 颗手榴弹捆成的集束手榴弹抛向了敌群。随着一声巨响，曹光景看到在敌群中腾起一股呈放射状的黑色浓烟和被浓烟裹挟的泥石、断枪、衣服的碎片等杂物。突然，曹光景感到有一样东西从半空中飞过来，落在他旁边的掩体内，还在地上蹦跳了一下，他扭头一看，见是一只苍白的手掌。

"奶奶个熊。"曹光景兴奋起来，一边继续往下甩手榴弹，一边用早已摆在掩体上的枪，左右扫射。"谭光世，你那里怎么样？"曹光景边打边大声问谭光世。

谭光世回答："我把那个高个子干掉了，另外又干掉了5个。"

"好！"刚说毕，曹光景听到谭光世轻轻叫了一声"啊呀"，随即，那正在扫射的自动步枪声也停顿了一下，曹光景心头一惊，大声问谭光世："怎么了，小谭？"

停顿了几秒钟的自动步枪声又在谭光世的手中响起来，"没事，副班长，手被小虫子咬了一下。"谭光世大声答。

"小虫子，什么小虫子？"曹光景大声问，但这时谭光世已没时间回答曹光景了，因为他看到有七八个穿着"志愿军"和"朝鲜人民军"军服的人从高地一侧冲了过来，谭光世以为是连长派增援部队过来了，正要向他们打招呼，但仔细一瞧，觉得这些人都很陌生，正在疑惑，旁边曹光景早看出了破绽：有两个"志愿军战士"的手指上竟戴着金戒指，这分明是敌人伪装的，便朝谭光世大喊一声："敌人！"手中的汤姆逊冲锋枪早对着他们扣动了扳机，随着一梭子子弹扫过去，当场就有四五个人滚下了山坡。

这时谭光世手中的枪也开火了："奶奶的，给我玩阴的，我叫你来，我叫你来……"谭光世嘴里不断地嘟囔着，一边移动枪口，将自动步枪枪膛内的子弹像雨点一样泼向敌人。

企图从侧后偷袭的几个敌人很快就被报销了，有的倒在地上，有的滚下山坡，正面的敌人也开始向山坡下溃逃。其中有一股敌人，在曹光景他们据守的阵地前遇阻后，竟开始向沈树根所在的922.4高地扑去，企图从那里打开缺口。

曹光景看到了这股向 922.4 高地摸去的敌人，他估计高地上的排长也一定看到了，此时在他的面前还有一颗已拧开了盖子的手榴弹，他看到最后面的几个敌人离自己的距离还不远，手榴弹完全能够够得着，他想帮一帮高地上的战友们，同时也提醒他们，有一股敌人向你们摸来了。于是，他便一下跳到掩体上，抓起这个手榴弹向敌人投过去，没料手榴弹还未爆炸，他却感到自己的腿肚子被什么东西狠狠地"咬"了一下，心里喊声"不好"，低头一看，只见脚背上有一注热热的血从裤管中淌下来，曹光景打了个趔趄，但他很快就站住了，因为他看到谭光世向他跑过来。

"副班长，你负伤了？"谭光世喘着粗气问。

曹光景本想将自己的伤腿往后挪一挪，他不想让谭光世看到自己负伤了，但从裤管中不断涌出来的血，使他已无法隐瞒伤情了："不碍事，你呢，也负伤了？"

"没什么，擦破点儿皮。"谭光世扶住曹光景说。

"不对吧，"曹光景说，他是从军多年又久经沙场的老兵，从谭光世苍白蜡黄的脸色看，他知道他流了很多的血，"来，我看一下。"谭光世的枪伤在右臂，一发步枪子弹从前臂穿进，再从后臂穿出，属于典型的贯穿伤。如果说，子弹仅仅穿肉而过，问题还不大，但这颗子弹把谭光世的手臂骨击断了，这就有点儿严重了。

"你的伤很重，小谭，皮肤都变黑了，必须立即动手术。"曹光景一边为谭光世包扎一边说。

"我不能离开这阵地，我要与你在一起。"谭光世固执地说。

"天这么热，你的手臂再不手术就会坏死，到时你连手臂都没有了，怎么去打敌人？"

"我的手臂我自己心里有数，等打退了面前的敌人再动手术也不迟。"与王国村一样，谭光世也是个很犟的人。

曹光景又要发火了，正在这时，他听到 922.4 高地上枪声大作，知道排长他们已与敌人接火了。正在想用什么办法去支援 922.4 高地一下，只见通信员任玉山又猫着腰沿着掩体过来了，曹光景便像见到救星一样高兴起来，说："'小东北'，你来得正好，快把谭光世扶下去，他负伤了。"

任玉山一听，连忙帮曹光景一起，为谭光世包扎，一边说："排长叫我来问一下情况。"

"叫排长放心，敌人又一次进攻被我们打退了，瞧，又打死了这么多。"

"排长都看到了，他说要为你们记功！"曹光景和谭光世一听，都高兴得笑起来。

包扎完毕，任玉山说："小谭，仗有你打的，负伤了，就一定要治疗，服从命令，走。"

谭光世说："那副班长的伤怎么办？"

曹光景说："我负的是皮外伤，战役发起前，志愿军首长号召我们要轻伤不下火线，我就是轻伤，能下火线吗？快走吧，再不走，敌人又要炮击了。"

谭光世在任玉山的搀扶下走了，前哨阵地上现在只剩下了曹光景一个人，幸好曹光景受的的确是轻伤，他自己包扎了一下，虽然有点儿痛，但却将血止住了。

趁敌人还未炮击的间隙，曹光景将十几支枪的弹匣里都压满了子弹，然后与手雷、手榴弹等武器弹药一起分放在三个藏身的避弹洞里。他现在除了要对付正面的敌人外，还要兼顾左右两侧的阵地，担子的确有点儿重。但经过一天的战斗，他已掌握了敌人进攻的规律，也熟悉了美军和李伪军士兵的战斗力，他认为只要弹药充足，自己又能持续不断地向敌人实施射击，即便只有他一个人，也能守住前哨阵地。

任玉山（右）说："当年从鹫峰下来的三十几名战友，现在只剩下我一个人了。"（徐国权摄）

天黑之前，敌人再次向 922.4 高地的前哨阵地实施了炮击，这次炮击的目标不仅仅只是前哨阵地，还覆盖了 922.4 高地，炮火之猛烈，覆盖面之大，是这一天中少见的。

沈树根这时正在 922.4 高地的一个避弹洞里，他在听了一会儿敌炮的弹着点后对旁边的 8 班长吴定益说："这炮打得奇怪，有点儿不对头。"

因为炮声很响，吴定益大声问："哪里不对头？排长。"

沈树根说："你听这炮的弹着点，看起来覆盖面很广，但其实很乱，东一炮西一炮。"

吴定益听了一下后说："敌人今天败得很惨，莫非趁天黑前再胡乱地打几炮，泄泄心头之愤？"

"不好，敌人要耍阴谋。"沈树根说了句，然后，也不顾四周纷飞的弹片，呼地一下从避弹洞里钻了出去，对吴定益说："敌人在迷惑我们，他们可能已经上来了。"边说边从掩体沿上向下一望，果见有百余名李伪军士兵，在几个美军顾问的指挥下，已偷偷地爬到了离 922.4 高地只有 30 多米远的地方："奶奶的，老子差点儿上当了。"沈树根骂了句，然后操起手中的汤姆逊冲锋枪，扳机一扣，一梭子子弹就扫了下去，敌人瞬间就倒下了一大片。与此同时，吴定益率 8 班两个战斗小组及 9 班的战士也都投入了战斗。这时，机枪手曾茂那挺 7.62 毫米加拿大机枪发挥了作用，这机枪是他在南朝鲜机山里追击美军时缴获的，性能好，如果有子弹，可连续不断地进行连射，枪管还不易发烫。

"好，好，打得好！曾茂，往右边打，对，右边。"沈树根一边不断用手中的汤姆逊冲锋枪向敌人进行扫射，一边指挥机枪手曾茂往 922.4 高地与前哨阵地的连接部位打。因为，敌人在 922.4 高地碰壁后，又有转向前哨阵地进攻的迹象。

"不能把敌人往曹光景那边赶，拖住它。"沈树根大声命令吴定益和机枪手。

"排长，要不要派人去支援一下曹光景？"吴定益边向敌人甩手榴弹，边问沈树根。

"来不及了。"沈树根说，"你去把李来顺给我叫来。"

在高地隐蔽处待命的李来顺很快猫着腰来到了沈树根身边："排长，炮手李来顺前来报到。"

李来顺是个大个子，力气大得很，他在训练时投手榴弹的最好成绩是 60.5 米，被当时下连检查工作的团长张季伦称为"神投手"。连里配发 60 炮给 3 排时，排长沈树根对已任炮班班长的李来顺说："投手榴弹团长说你是神投手，现在当了炮手了，我希望你能成为一名神炮手"。现在，这位曾经的神投手在见到排长和战友们正在狠狠杀敌时，他的手也痒了，便抓起壕沟沿上的手榴弹，接连地向敌人投过去，边投边问沈树根："排长，打哪儿？"

沈树根用手指着922.4高地和前哨阵地的连接处说："你看到没？那里有一股敌人，刚被我们打退，他们可能想打曹光景阵地的主意，绝不能让他们窜过去。"

"你是说把这些家伙的路封死？再干掉他们？"

"对，绝不能让他们靠近曹光景。"

李来顺说了句："好嘞。"说毕，飞也似地跑回去，扛起炮筒，带着两名战士，找到一个隐蔽处，伸出大拇指，调整好炮位后，喊声："放！"一发炮弹就在敌群中爆炸了，接着第2发、第3发……

"好，打得好！"看到炮弹准确地在敌群中爆炸，沈树根兴奋地大叫："再打，再打！"

直至李来顺打了二十几发炮弹后，那些李伪军士兵也不顾十几名死伤的同伴，乱纷纷地缩着头，沿原路逃下山去了。

922.4高地的敌人退却了，但敌人对曹光景据守的前哨阵地的进攻却并未停止，就在李来顺炮班向922.4高地与前哨阵地接合部之间的敌人实施猛烈炮火攻击时，李伪军有两个班，在炮火的掩护下，借着雨后朦胧的雾霭，又悄悄地摸了上来。他们对这一天中最后一次进攻中国兵的前哨阵地抱有必胜的信心，其理由：一是在如此猛烈的炮火下，前哨阵地上的中国兵很难有生存的希望；二是向922.4高地的猛烈攻击，一定会转移前哨阵地中国兵的注意力，从而为他们的偷袭创造难得的战机。

但据守在前哨阵地上的曹光景，是不会给他的对手们提供这样的战机的。

尽管曹光景的脸部和腿部都受了伤，但他的两手却完好无损，就在敌人满怀信心地希冀在天黑之前的最后一轮攻击中创造奇迹时，曹光景正在用这两只完好的手，将数百发子弹压进弹匣，将数十颗手榴弹的保险盖拧开，然后，按左、中、右3个点，将武器弹药有序放好。一切就绪后，他点燃了袋角中的最后一支"大生产"牌香烟，美美地吸了几口，然后，贴在战壕上，等待着敌人的进攻。

这时候，他看到敌人已经离他很近了。

"太近了，太近了……"距前哨阵地 500 米外的 922.4 高地上，沈树根正举着望远镜，焦虑地盯着伏在壕沟边上一动不动的曹光景。

但曹光景还是没动静，他决计要将敌人放到离他 20 米距离内再开火，从战术上来说，这是打阻击时一个十分危险的距离，因为敌人可以在不到一分钟之内冲到你的跟前，令你连反击的机会都没有，尤其对一个孤军作战的人来说。但这也是一个令敌人胆战心惊的距离，因为在这个距离内，如果被对手的武器锁定的话，其生存的概率几乎为零。这就是战场上生死攸关的博弈：不是你死，就是我活。

曹光景屏住了呼吸，"近点儿，再近点儿……"他在心里对自己说。突然，他猛地窜上壕沟，一手一支冲锋枪，用枪托紧抵自己的胯部，然后身子往后一仰，那两支弹匣中早已压满子弹的汤姆逊冲锋枪，即刻喷出两股火舌，这火舌像两股飓风，挟着岩灰、泥土和草木，泼向企图攻占前哨阵地的敌人。猝不及防的敌人当场被放倒了 8 个，其中有两个还滚下了山坡。剩下的十几个敌人见阵地上只有一个中国兵，便在一个嘴里嚼着口香糖的美国顾问的指挥下，分两路狂叫着往上冲。曹光景这时已经换了多支枪，一支子弹打光后，来不及换弹匣，扔掉后捡起另一支再打。在敌人伏地躲避他的子弹时，曹光景又接连向敌人投出了 8 颗手榴弹。很快，又有六七个敌人在曹光景的枪口下和手榴弹的爆炸声中丧生，包括那个嘴里还含着口香糖的美国顾问。剩下的七八个李伪军士兵，为了逃命，干脆扔掉武器，连滚带爬，逃下山去。

夜幕终于降临了，厮杀了一天的 922.4 高地及其前哨阵地，突然间安静了下来，那浓烈的弥漫在山头的硝烟味、焦糊味和血腥味，也在夜风的吹拂下，渐渐散去。在前哨阵地和 922.4 高地上，有一些被炮火击中的树枝和灌木还在燃烧，发出"噼噼啪啪"的声响。

为了应对敌人在晚上可能实施的偷袭，曹光景拖着疲惫的身子和一条伤腿，又开始在阵地上那条环形的战壕内走动，他再次分左、中、右3个点准备好武器和弹药。然后，找了一个既能观察敌人动向又不易被敌人发现的地方坐下，他想休息片刻，并梳理一下一天的战绩。今天，除了他与王国村和谭光世一起消灭的敌人以外，他一个人就击退敌人6次进攻，杀伤的敌人达四五十人。

现在，漫长而血腥的一天过去了，山下的敌人，这时已经燃起了一堆堆篝火，他们也许在休息，也许在做夜间偷袭的准备，也许在部署明天的进攻，但可以肯定地说，他们绝不会因今天的失败而退却。

见敌人一时还没有进攻的迹象，曹光景就从干粮袋里抓了一把炒面，刚要往嘴里送，只见通信员任玉山又匆匆从922.4高地赶过来，曹光景复又把炒面放进袋里，正要问排长那边的情况，发现后面还跟着一个扛着弹药箱的人，仔细一看，是9班战士陶必旦，任玉山见到曹光景后，说："副班长，排长知道你负伤了，现派陶必旦同志前来协助你守前哨阵地。"跟在后面的陶必旦将弹药箱放在地上后，上前一步，向曹光景敬礼报告，说："副班长，战士陶必旦奉命向你报到。"

曹光景一听，高兴得一下子从地上站起来，握住陶必旦的手说："太好了，太好了！"转而又问任玉山："排长那边情况怎么样？"

任玉山说："没问题，敌人刚摸到922.4阵地前，就被8班和9班干掉了一大半，剩下的都逃下山去了。对了，排长还有一张'光荣证'要给你。"

"光荣证？"

"对。"任玉山说着，便从袋里摸出一张纸，交给曹光景，曹光景一看，只见上面印着"光荣证"3个字，下面用钢笔歪歪扭扭地写着："曹光景，轻伤不下火线，功上加功。"

任玉山说："副班长，这是排长写给你的，他听说你两次负伤，轻伤不下火线，叫我专门送来。"

"谢谢排长，你回去告诉排长，我和陶必旦同志一定坚守前哨阵地，人在阵地在，绝不让敌人跨过一步。"

任玉山又说："排长要你们利用晚上时间抓紧修复工事，他说敌人绝不会甘心今天的失败，明天肯定又会有一场恶战。"

"好，我们坚决完成任务！"

任玉山说毕，又将沈树根叫他带来的急救包和半包"骆驼牌"香烟交给曹光景，说："这半包香烟是指导员送给排长的，他舍不得抽，叫我带给你。"曹光景知道排长平时烟瘾很大，现在他把这半包香烟给他，哪里肯收。

任玉山说："排长说了，只要你把前哨阵地守住了，他一定去连长那里要一包完整的香烟给你。"

曹光景这才忍不住抽出一支烟来，在鼻子底下深吸了一下，笑着说："好，你告诉排长，咱们一言为定！"

任玉山（中）向本书作者提供有关鹫峰阻击战的资料。　　　　　　　　（徐国权摄）

第三节　胶　着

黑夜是志愿军的白天，敌人不敢有贸然的行动。但次日一早敌人发起的攻击却比沈树根预料的要早了。天刚亮，敌人的炮火就铺天盖地地上来了。在炮火尚未停止时，8班长吴定益刚从避弹洞里一露头，就看到有十几架美军的轰炸机像蝗虫一般贴着山头朝鹫峰俯冲下来："排长，有飞机！"吴定益大叫起来。

沈树根这时也看到了这些被志愿军称作"黑寡妇"的美军轰炸机，他立即提醒吴定益："快告诉大家，提防敌人的汽油弹。"没料话音刚落，便见到头上有东西呼啸着下来了。

"快进防空洞！"沈树根朝身旁的战士们大喊。

刹那间，随着一股股浓烟从922.4高地和前哨阵地上凌空腾起，鹫峰发出了剧烈的颤抖。

这时候，两个阵地上几乎已成一片火海，树木在燃烧，泥土在燃烧，石头在燃烧，甚至连空气也在燃烧。

曹光景与陶必旦两个人虽然躲在两个独立的避弹洞里，但外面汽油弹燃起的烈焰，像无数条吐着火舌的怪物，狂舞着、狞笑着，不时地将炙热的气浪喷入洞穴，煎烤着洞穴内的两个人。

突然，避弹洞外面传来一声巨响，随即，有一朵刺眼的火苗从洞外像鬼火一般钻进了陶必旦藏身的洞内，然后粘在了陶必旦的裤腿上，陶必旦用手轻轻地掸了一下，就像他在家乡烧秸秆时被火苗粘上衣服时那样。但是，这朵火苗似乎很黏稠，陶必旦掸了几次，都未将它从裤腿上掸掉，而且越掸火苗越旺，还发出呼呼的怪响，陶必旦慌了，也不顾外面敌机正扔着炸弹，一下子冲出防空洞，嘴里慌乱地叫着："火、火，副班长，火、火……"边喊边在地上乱滚着，试图将火滚灭。

曹光景一听不好，立即从避弹洞里钻出去，见到陶必旦裤子上的火，连连大喊："快脱掉裤子！快脱掉裤子！"陶必旦这时有点儿手忙脚乱，曹光景冲上前去，在他的帮助下，三下两下，把陶必旦的裤子脱下，然后一下扔得老远。这时曹光景才看到，陶必旦的一条左腿上，已被火烤得通红，有的地方，还烤出了水泡。

"狗日的，这是什么火啊，老子就这么一条裤子，就让你给烧了，老子与你没完。"陶必旦对着天上的敌机大喊。

曹光景说："这就是我与你说过的燃烧弹，它喷溅出来的汽油不管落在哪里，都很难将它扑灭，尤其是衣服等易燃物，最好的办法就是将燃烧物抛掉，赶快离开火点。"

正说着话，突然曹光景叫了一声："快看。"顺着他的手指，陶必旦看到在922.4高地上空，有一架"黑寡妇"的油箱不知被谁打着了，开始的时候，这"黑寡妇"的机翼上还只冒着一点点的小火，飞机的飞行姿态也还正常，但之后那机翼上的火势便越来越旺，飞机的飞行姿态也变得极不正常，时而歪歪扭扭，时而忽高忽低。突然，有一声巨响从这架飞机的机腹下传来，随即便有一团耀眼的火球像升空的烟火一样在半空中炸开，"黑寡妇"被解体了，那四处飞散的机体及大小部件像天女散花般地落在922.4高地和前哨阵地上，唯有"黑寡妇"未被解体的机头，像一头空中怪兽一样，依着惯性，扭动着，呼啸着，冒着烈焰和浓烟，从斜刺里一头扎入鹫峰主峰的一个山岙间，随着一声闷响，山岙间立马腾起一柱冲天的浓烟。

这时候，被沈树根称为敌人"三斧头"式的进攻开始了，所谓"三斧头"，就是飞机轰炸，炮火覆盖，最后又是潘兴式重型坦克的直瞄射击。"三斧头"抡过之后，黑压压的敌人便沿着山坡，像蚂蚁般爬上来了。

"准备战斗！"像每次战斗前一样，沈树根在望远镜中发现敌人开始爬坡的第一步起，就会及时发出准备战斗的指令。于是，所有隐蔽在战壕里的人，都会屏住呼吸，凭他们的目力所及，一步一步地注视和计算着自己与敌人的距离，以便抓住最佳的攻击时机，给敌人以最大的杀伤。

而与此同时，距沈树根所在的 922.4 高地约 500 米远的前哨阵地上的 8 班副班长曹光景，也向他唯一的部下陶必旦下达了同样的战斗指令。

此刻，两个阵地上的所有的人：中国人民志愿军第 9 兵团第 20 军 60 师 179 团 3 营 8 连 3 排的 31 名战士，在排长沈树根的率领下，正严阵以待、虎视眈眈地注视着山下敌人的一举一动。此刻，他们手中的所有的武器——机枪、冲锋枪、卡宾枪、步枪、手枪都已子弹上膛，从美军和李伪军手中缴获的 MK 2 "甜瓜"手榴弹[1] 已摆放在最佳位置上，随时可抓起扔下去。国产的木柄手榴弹的保险盖也已经揭开，有的连线圈也已拉出了一截，为的是当排长下达攻击命令时，他的手榴弹能比别人更快地在敌群中炸开。

他们在等待着敌人靠近、再靠近……

这是 1951 年 6 月 10 日的早晨，这是个普通的早晨，或者说是普通的一天，但因为战争，赋予了这个早晨和这一天特殊的意义，它注定会在抗美援朝的战史上留下浓重的一笔，也将会在 179 团 3 营 8 连 3 排排长沈树根的人生履历中，写上值得骄傲的一页。

靠近点儿，再靠近点儿……

这时候，敌机已经飞走，炮火也已不再轰击，整个鹫峰，瞬时安静了下来，只有从那些被炸断后还在熊熊燃烧的树木中，从那些随风吹来的尸焦味和血腥味中，才使人感觉到，这里原来是战场。

靠近点儿，再靠近点儿……

所有的人这时都屏住了呼吸，从鹫峰的主峰到岭下近千米的距离

---

[1] 因该手榴弹形状像甜瓜，故有人戏称它为"甜瓜"手榴弹。

间，两支敌对的军队正在慢慢地靠近，空气中弥漫着越来越浓的死亡气息，大家都在等待最佳的攻击时间，以便给对方以致命的一击。

伏在沈树根身旁的冷枪手尚切忠这时悄悄地对沈树根说："排长，我先把那个家伙干掉吧。"

正举着望远镜在观察敌人距离的沈树根说："哪一个？那个满脸长着粉刺的美国佬？"

"对。"

"别急，这可能是个顾问，把他打死了，后面的李伪军士兵就会逃，这样我们岂不是白等了？"

"你是想把他们全干掉？"

"对，既然来了，就不能再让他们痛痛快快地逃回去。"

"哎，排长，这次上来的怎么又是李伪军啊，那些美国鬼子躲到哪里去了？"尚切忠问。

沈树根冷笑了一声说："美国兵怕死，知道这山头很难攻下来，就叫李伪军士兵当炮灰。"

正说话时，前哨阵地上的冲锋枪响了，沈树根一听枪声，便笑着对尚切忠说："你听到没，这是曹光景打的，他一打连射，就说明敌人离他们很近了。"

"真痛快，这一梭子下去，够敌人喝一壶的了。"尚切忠羡慕地说。

这时，8班长吴定益猫着腰从旁边走过来，悄声说："排长，敌人的进攻怎么放慢了？"

"是有点儿不对头，"沈树根警觉地说，"敌人可能有阴谋。"

"要不，先冲他一下子？"吴定益提议。

沈树根皱着眉头摇摇头："这里一定有名堂，我有点儿担心曹光景那里。这样，我马上去他那里看一下，我离开时，阵地由你代我指挥。记住：敌人不到30米距离内，切不要开火。"

吴定益一听急了，说："排长，去前哨阵地要穿过敌人的炮火封锁区，你不能去，还是我去吧。"

沈树根说："你去就不穿过炮火封锁区了？好了，服从命令。"说毕，对通信员任玉山挥了下手说："走。"

这时前哨阵地上正打得激烈，敌人以一个排的兵力向前哨阵地发起轮番冲击。经过多次进攻失败后，敌人已经从火力上摸准了阵地上据守的中国兵最多不会超过5个人，这使他们在备感震惊之后又树立起了必胜的信心，这个阵地是一处令数十名美军和李伪军士兵的丧命之地，也是美军和李伪军的蒙羞之地，而现在，是他们报仇雪恨的时候了。

沈树根和任玉山扛着一箱子弹和手榴弹冒着敌人如蝗般飞来的子弹冲到前哨阵地时，曹光景冲锋枪中的子弹已经所剩无几了，而陶必旦面前的手榴弹也剩下没几个，两个人在战壕里边打边说着话："副班长，手榴弹只剩下8颗了，怎么办？"陶必旦大声对曹光景说。

"怎么办？用石头砸，拼刺刀，用牙齿咬！"曹光景说毕，用一个点射，将一个从侧面企图偷袭阵地的李伪军士兵击毙。

"好！"陶必旦说着，又接连向已靠近他们的5个敌人扔去两颗手雷，其中一颗手雷落在了一个李伪军士兵的脚跟前，那个李伪军士兵迅即弯腰，想抓起后反扔过来，没料就在这时，手雷响了，随着"轰"的一声，那李伪军士兵的头已不见，当即倒地，一

回忆鹫峰阻击战，任玉山说："这是排长指挥得好啊。"
（周德潮摄）

命呜呼；他旁边的几个李伪军士兵，有的被炸伤，倒在地上哇哇大喊，没炸伤的，转身就想下逃。他们一逃，引起了后面李伪军士兵的恐慌，后面的李伪军士兵也纷纷转身，开始溃退。正在这时，紧随他们后面的李伪军督战队的枪响了，当即便将前面几个溃逃者击毙，于是其他李伪军士兵又转过身去，嚎叫着拼死向我前哨阵地发起冲击。

曹光景枪膛里的子弹这时只剩下最后一颗了，他朝冲在最前面的那个小个子李伪军士兵瞄了瞄，因为距离太近了，那个小个子李伪军士兵看到了战壕上有一支枪管正瞄着他，他慌了，因为他看到，在这支枪管面前的山坡上，已横七竖八躺着几十具尸体，他们是他的同伴，有些还是他的好朋友、好兄弟。在昨天，不，就今天早晨，他们还活着，而现在，他们却死了。

就当这位小个子李伪军士兵在曹光景的枪管前做着生死抉择时，曹光景的枪响了，这颗从汤姆逊冲锋枪枪膛中射出的 7.62 毫米子弹直接命中了这位小个子李伪军士兵的脑门，子弹从前脑射入，从后脑穿出，随着一柱污血挟着脑浆喷射而出，小个子李伪军士兵仰天倒地，曹光景看到，与他面前其他美军和李伪军士兵尸体不同的是，这个小个子李伪军士兵在死时的眼睛依然大瞪着，嘴巴也大张着，在生命的最后一刻，他是想再看一眼什么，或者想再说些什么，谁也不知道。

这时候曹光景收起了枪，他从旁边拿起一支美式 7.62 毫米 MI 半自动步枪，志愿军战士俗称它为"大八粒"，该枪配有 50 厘米枪刺一把，曹光景把刺刀打开，用袖子在刺刀的两面抹了一遍，说了句："好枪。"

说毕他拖着一条伤腿，朝陶必旦所在的位置走去，边走边说："陶必旦，别把手榴弹都扔光了，你给我留一个。"

陶必旦知道副班长这话的意思，便边扔手榴弹边说："副班长，还有两个，我们留一个，等会儿敌人上来了，我先捅死他几个，怎么也不能让他们痛痛快快爬上来。"

"好，有种！"

原本枪声激烈的前哨阵地上，突然之间安静了下来，被阵地上中国兵的子弹和手榴弹打怕了的李伪军士兵在督战队的驱赶下，又慢慢地从伏着的山坡上抬起头来，然后又支起上身，站立起来，有几个胆大的，还猫着腰向前迈进了几步。

山上寂静无声，唯有轻风吹过，传来树木燃烧的"呼呼"声。

李伪军的队伍中这时有人叫喊了一声，随着喊声，这些刚才还准备溃逃的李伪军士兵突然间亢奋起来，有人甚至肆无忌惮地直起了身子，举枪向阵地上猛烈扫射。还有一个李伪军士兵甚至摘下自己头上的防弹钢盔，用手指指自己裸着的脑袋，向阵地上的中国兵做着一些夸张的羞辱性动作。

看中方阵地上没有反应，李伪军开始渐渐逼近。

20米、15米、10米……

曹光景和陶必旦手持打开着枪刺的"大八粒"，身子紧贴在堞壁上，两个人说好，只要敌人接近5米的距离，他们就杀出去，杀一个成单，杀两个成双。最后，陶必旦身上还藏着一个威力巨大的"甜瓜"，到时候，叫拥上来的李伪军们一起来尝尝。

8米、7米、6米……

曹光景看到陶必旦的额头上沁出了细细的汗珠，呼吸也变得有些急促："别慌，小陶，有我在，没事。"曹光景鼓励陶必旦。

陶必旦咬着嘴唇点点头。

"记住，一定要背靠背贴紧我。"

"知道了，副班长。"

说话时，曹光景借着正午阳光折射的影子，看到在战壕的外侧，有人正在向他们慢慢地逼近，他甚至听到了那皮鞋踩在山石上杂乱的脚步声和沉重的喘息声。

就在曹光景和陶必旦准备跃出壕沟与敌人做拼死搏杀时，只见有两个戴着钢盔的人从壕沟的外面跳下来，还没待曹光景扑过去，只听到那两个人发出"啊——""啊——"的两声惨叫，曹光景扑过去一看，只见两个敌人已倒在地上。排长正握着枪，给那个倒地未死的李伪军士兵补了一枪刺。旁边任玉山也刺倒了一个敌人，但因为慌张，他的刺刀怎么也拔不出来，沈树根急得大叫："旋转！旋转！"任玉山猛的一拧枪刺，将枪刺从敌人身上拔出，但这时敌人还未断气，正在地上不断地抽搐，曹光景一个箭步上去，在敌人的胸膛处补了一枪刺，随着一股鲜血喷射出来，那敌人双眼一瞪，就断了气。

这时另外的敌人也都摸了上来，沈树根发现，在壕沟的一侧，又有十几个敌人从上面跳了下来。他们见壕沟中只有 4 个中国兵，便嚎叫着扑了过来。沈树根转身一个连射，放倒了前面的四五个敌人，但后面的敌人却并未退却，而是又蜂拥着朝他们冲来，想活捉面前的这 4 个中国兵。沈树根又扣动扳机，但枪膛里的子弹已打光了，这时换弹匣已来不及，沈树根便大跨一步，一刺刀刺中离他最近的那个敌人。这时，曹光景、陶必旦和任玉山也冲了过来。在敌人迟疑的一瞬间，沈树根已快速换好弹匣，"哒、哒、哒……"在沈树根的卡宾枪吐出愤怒火舌的同时，任玉山手中的枪也响了，"哒、哒、哒……"

在沈树根与任玉山两支冲锋枪持续不断的扫射中，曹光景看到壕沟中的十几个敌人像割倒的麦子一样倒了下去。

"排长你可来了。"在敌人被打下去之后，曹光景兴奋地大叫一声，然后，猛地从陶必旦的袋里掏出那颗"甜瓜"手雷，一拉引信，抛入乱纷纷的敌群中。随着一声巨响，壕沟外泥石飞舞，血肉迸溅。

在纷纷落下的泥石和血肉中，曹光景和陶必旦扛起排长和任玉山送来的两只弹药箱飞奔进入了中间的主阵地。

"好险啊，光景。"沈树根对正在打开弹药箱的曹光景说。

"排长，我知道你会来。"曹光景咧开嘴巴笑着说，因为从昨天到今天，曹光景还没洗过脸，脸上全是尘土和血迹，看上去脏兮兮的，这使得他那口被香烟熏黄的大牙反衬得雪白雪白的。如果在平时，沈树根是不会放弃开曹光景玩笑的机会的，但是现在没时间了，因为敌人又上来了。

刚刚被打下去的李伪军士兵在督战队连杀数人后又被驱赶着往上拥，在进也是死、退也是死的残酷现实面前，李伪军士兵选择了进。但是求生的本能又使他们不敢贸然向前多迈一步，于是他们便伏在地上，或躲在某个隆起的土坡后，用他们手中比中国兵先进得多的轻重武器——勃朗宁重机枪、7.62毫米加拿大轻机枪、M 2-2火焰喷射器、MI加兰德长枪以及新款的汤姆逊冲锋枪，对着阵地上的中国兵，集中火力，疯狂射击，一时之间，阵地之上，烈火焰焰，烟雾弥漫。

亏得沈树根为前哨阵地送来了500发子弹和50颗手榴弹，在敌人凭借武器优势疯狂压制阵地上中国兵的火力并企图夺取阵地的时候，沈树根利用阵地地形狭窄、敌军兵力无法展开的有利条件，将4个人分散开来，用多点攻击、移动阻击的办法，连续打退了敌人两次进攻。

这时已是午后15时左右，进攻了一天并遭受重创的李伪军们已是疲惫不堪，尽管后面的督战队在频频督战，甚至又枪毙了一个企图临阵脱逃者，但已是残兵败将的李伪军们再无斗志了。

就在敌人喘息的间隙，曹光景和陶必旦迅速将几支汤姆逊冲锋枪的弹匣全部压满，并逐一将子弹推上膛，然后拍拍枪身对沈树根说："排长，放心吧，有这些家伙在手里，又够敌人喝一壶的了。"

旁边陶必旦也说："我这里剩下的二十几颗手榴弹，也不是吃素的，保证敌人有来无回。"

沈树根说："排里的弹药也不多了，刚才听说9连4班的弹药没有了，我给他们送去了200发子弹，20颗手榴弹。可这毕竟太少了，晚

鹫峰阻击战时沈树根排使用的部分武器。

上时，你们还是要从敌人尸体上去找点儿。"

曹光景说："昨晚我与小陶下去摸了几百发子弹，没想今天敌人攻得这么狠，要不是你来支援，我与小陶准备与敌人拼刺刀了。"

沈树根说："幸亏922.4高地敌人攻的不猛，要不，我也拿不出更多的子弹来支援你们。"

正说着话，突然，从鹫峰主峰989高地方向传来一阵激烈枪声，沈树根支耳一听，喊声："不好，连部有麻烦了。"

原来鹫峰主峰989高地是8连连部与1排的所在地，敌人在向下面的922.4高地及前哨阵地发起连续进攻并留下了100多具尸体后，未能向前跨进一步，便组织了两个营的兵力，企图从8连连部和1排所在地989高地的侧后进行偷袭。因敌我力量悬殊，1排阵地一度被敌攻占，由此不仅截断了3排去连部的后路，还使3排面临腹背受敌的险境。

"不行，敌人有阴谋。"沈树根站起来，对曹光景说："我得回去，天黑前你面前的敌人可能不会再有大动作，但你们要密切监视敌人的动向，敌人不进攻，你们不要主动出击，记住，一定要节省弹药。"说毕，与通信员任玉山一起，猫着腰，向922.4高地爬去。

922.4高地前的敌人这时也进攻迟缓，他们似乎在等待命令，在保持进攻接触的同时，又不发起猛烈攻击。

回到922.4高地后，沈树根问吴定益："连部的电话通了吗？"

吴定益说："一直打不通，一定是电话线断了。"

"你这里情况怎样？"

吴定益说："敌人又不上来，也不下去，一直僵持着，看来敌人要搞名堂，连部那边怎么会有枪声？"

沈树根说："估计敌人已绕过我们，向他们攻击了。"

吴定益一听吃了惊，说："敌人想抄我们的后路？"

正说着话，沈树根听到从922.4高地的背后传来一阵激烈的枪声，随后又听到有人说话的声音，他仔细听了下，对吴定益说："是李伪军，看来，1排的阵地被他们占领了。"

壕沟里的气氛顿时紧张起来，这时9班长黄加能、7班长关纪才及炮班班长李来顺等都围了过来。

"排长，敌人要包我们的饺子，怎么办？"黄加能忧虑地问。

"还能怎么办？干呗。"李来顺说："老子手里还有十几发炮弹，炸他个王八蛋人仰马翻。"

"攻了两天，敌人一步也没跨上来，大不了再守两天，老子他妈的就不走了，看能把我怎么着？"机枪手曾茂拍拍机枪说。

"大家别嚷嚷了，一切听排长的。"7班长关纪才说。

沈树根这时也在进行激烈的思想斗争，按部署，3排的任务是在922.4高地正面阻敌前行，以迟滞敌人对我回撤部队的穿插进攻。但没想到敌人在922.4高地及前哨阵地前遭受重创后，竟绕过922.4高地，以两个营的重兵偷袭1排阵地得逞，这样，就使自己的侧后完全暴露在敌人的面前。如果前面的敌人与后面的敌人同时发起攻击，腹背受敌的3排能否守得住这922.4高地，他的心中还真的没有底。因为除了兵力不足，3排的弹药已经不多了，而这才是最要命的。

想到这里，他对8班长吴定益说："你立即派两名战士到前哨阵地，告诉曹光景，无论如何，前哨阵地必须给我守住。"

"是！"吴定益站起来正要走。通信员任玉山守着的电话机响了，任玉山拿起电话一听，大喊："排长，连长电话。"

坚守在前哨阵地上的曹光景，连续打退敌人6次进攻。　（中国人民解放军83集团军某旅旅史馆供图）

一听是连长来了电话，沈树根跳起来就扑到电话机旁，抓住电话就问："连长吗？我是沈树根。"

"我是吴庆龙，你们已经完成了任务，我现在命令你，迅速将8班从前哨阵地撤回，收缩阵地，固守922.4高地，待半夜后主动转移。"

"我们往哪个方向转移？"

"向连部靠拢。"

"是，连长，我……"

沈树根正要向连长汇报 3 排两天来的战况，电话线又断了。

但不管怎样，将曹光景战斗小组从前哨阵地撤回，固守 922.4 高地，然后在下半夜择机转移并向连部靠拢的指示已经明确。

时间刻不容缓，沈树根当即下令："8 班长，你马上率班里其他战士，迅即去接应曹光景、陶必旦，然后交替撤出阵地，记住，不要惊动敌人。"

"是！"吴定益率 8 班的战士走了。

"9 班长，你率全班去掩护吴定益他们回撤，我叫李来顺炮班配合你们。记住，万一被敌人发现，绝不能让敌人咬住 8 班，给我狠狠地打！"

9 班长黄加能说了句："明白。"就朝身后的 9 班战士一挥手："快！"

最后，剩下了担任预备队的 7 班，沈树根对 7 班长关纪才说："好了，922.4 高地就交给你了，你不是老向我提意见不给你任务吗，这个任务够重了吧？"

关纪才当即立正说："保证完成任务！"

夜幕渐渐降临了。

经过了一天激战的鹫峰这时渐渐平静下来，整个鹫峰，除了一些零星的枪声，似乎又恢复了往日的宁静。

突然，从前哨阵地上又传来一阵激烈的枪声。"还是干上了。"沈树根说了句，连忙拿起望远镜朝前哨阵地望去。他的估计没有错，原来前哨阵地前的敌人发现中国兵要撤，便在督战队的驱赶下，又嚎叫着往上拥。

这时，李来顺的炮弹在这些正慢慢蠕动着的敌群中炸开了，接着，前来接应的吴定益班和曹光景、陶必旦的枪也响了，此时的火力比白天不知要强多少倍，又有一批李伪军士兵倒在山坡上，其中不乏因极度恐惧和丧失斗志倒在地上装死的李伪军士兵。

吴定益不想恋战，见敌人已退了，便命曹光景收拢所有武器弹药，迅速脱离阵地。为保险起见，李来顺在 8 班全体人员撤离阵地时，又对着止步不前的敌群轰了一炮，这一炮轰得很准，它直接命中了敌群的中间位置，由于炸点集中，据沈树根观察，起码有四五个人被炸得飞了起来，其间还夹杂着一些手臂、腿脚和别的什么，还有一些细长扭曲的线状物。据沈树根猜测，那可能是被炸死李伪军士兵的肠子。

在前哨阵地连接 922.4 高地的半途中，9 班黄加能班长率全班和李来顺炮班在此接应 8 班，待 8 班过去 10 分钟后，9 班和炮班亦撤回 922.4 高地。到了高地清点人马：两个班无一人伤亡，连一粒子弹也未给敌人留下。

在高地上休息时，沈树根特别表扬了李来顺："这次小李打得不错，口头表扬一次。"

李来顺扮了个鬼脸说："我还想立功呢。"

"有你立功的机会。"沈树根说着，就提起电话机，来到一个低洼处，他想再摇一下连部的电话，但摇了半天，电话还是不通。

刚从前哨阵地撤回担任警戒的 8 班这时与后面追来的敌人又干上了，因为敌人追得很紧，8 班长吴定益连挖工事的时间都没有，只好临时利用一些地形地物进行阻击，幸好 9 班长黄加能派副班长廖九率一个机枪组前来支援，把逼近的敌人又打了回去。

这时 922.4 高地的地形对 3 排十分不利，因高地朝南的山坡是一个平坡，在敌人向 922.4 高地发起炮击时，早已将树木藤蔓等遮蔽物全部摧毁，只露出一片光秃秃的山坡，因此，高地上的工事等目标，敌人一目了然。

幸好这时天已渐暗，敌人无法看清高地上中国兵的阻击位置，只是成连成排地往上冲。很显然，南坡的敌人已腾出手来，要与北坡的敌人合在一起，在天黑之前，向 922.4 高地上的中国兵发起最后一波攻击。

8班、9班战士在既无工事又无遮蔽物的情况下，卧在地上，利用一切可以利用的地形地物，以集束手榴弹、手雷及所有自动武器的连射，压制住了南坡敌人。为不使敌人南北夹击高地，沈树根命李来顺炮组朝南坡轰了两炮，两炮均中目标，敌人在丢下十几具尸体后，纷纷逃向北坡。

"7班长，北坡这里要看你的了。"沈树根对身后的7班长关纪才说。原来，当8班、9班战士在高地南坡阻击敌人时，一直滞留在高地北坡的敌人也开始向山顶摸上来，企图与南坡的敌人互为呼应，南北夹击。

关纪才当即立正说："坚决完成任务！"末了，又轻轻加了句："我的手早痒了。"说毕，朝身后的战士们挥了一下手，大喊："跟上！"便扑向高地的北坡。

南坡之敌被赶走之后，沈树根命9班撤离阵地，隐蔽待命，8班继续监视敌人。他回到排指挥所，通信员任玉山还在对着电话机低声呼叫："喂、喂、喂……"突然，任玉山叫了起来："排长，通了，通了。"

沈树根迅即抓过电话："连长，我是沈树根，我们这里发现大量敌人，我……"沈树根还未说完，电话线又断了。

夜渐渐深沉了，枪声也突然变得稀疏起来。进攻了一天的敌人这时已停止了行动，但他们并未回到营地去，而是在原攻击位置停了下来，很显然，他们在为明天发起更猛烈的攻击做准备。

从922.4高地往下望，有星星点点的篝火和手电灯光在高地的四周闪烁，尤其在922.4高地通往鹫峰989高地的狭长地带上，也出现了篝火，这说明，3排通往连部的道路已被阻断，他们已被敌人包围了。

沈树根看了一下表，这时离天亮还有5个多小时，从8号晚上到现在，50多个小时中，全排干部战士没有吃过一顿完整的饭，也没有合过一次眼，甚至还没喝过一口水，可以说是极度的疲劳和饥饿了，虽然战士们都没说，但沈树根心里很清楚，于是他叫通信员任玉山把几个班长副班长叫来，他要开个碰头会。

很快，7班长关纪才、8班长吴定益、9班长黄加能、炮班班长李来顺及几个副班长都过来了。

"警戒哨都放好了？"沈树根问班长们。

"都放了。"

"好，我们碰个头。"沈树根说着，下意识地摸了摸口袋，几个班长难得碰个头，他想给班长们递一支烟，但一摸口袋，空的，这才记起那半包"骆驼牌"香烟已送给曹光景了。正这时，曹光景把那半包香烟递过来了："排长，给。"沈树根接过香烟笑了笑："你怎么没抽啊？"

"我和陶必旦各抽了一支，还有8支。"

"好，算我欠你的，等战斗结束了，我保证向连长讨一包完整的烟给你。"沈树根边说边把香烟递给班长们。

"排长偏心啊，"吴定益开玩笑说："我跟了你这么多年了，也没见你给过我一包香烟呢。"大家一听都笑起来。

黄加能说："你也太小家子气了，一包烟算什么，到时候缴他美国佬几大箱子的，够你抽半年的。"

关纪才眨眨眼睛说："那我们就不要'三大纪律八项注意'了？"

说了一会儿笑话，一支烟也抽去了小半，沈树根说话了："情况大家都已清楚，我们再统一一下思想，连长命令我们排在下半夜转移撤退，但现在情况发生了变化，敌人已把我们包围了，怎么办？"

"怎么办？打呗。"关纪才说。

"问题是怎么打？往哪里打？"吴定益说。

黄加能说："既然连长叫我们向连部靠拢，那我们就得执行命令。"

"但问题是，从922.4高地到989高地，再到连部，少说也有好几里地，敌人已在我们通向989高地的途中布下重兵，要冲过去谈何容易。"9班副班长廖九忧虑地说。

"冲不过去也得冲啊，"黄加能说，"我们已经没有退路了，下山，山下全是敌人，往东西两侧避敌过去，但两侧都很陡峭，根本无法立足，现在唯一的通道只有杀出一条血路，冲出一人是一人。"

讨论还在继续，一支香烟已快燃尽，在一闪一闪的烟火中，映出班长们那一张张干瘦而又黑褐色的脸，他们颧骨突出，嘴唇开裂，胡子很长，那身早该换成夏装的冬装，沾满着血迹和泥土，有很多地方，还被炮火烧焦和树枝划破，露出焦黑的棉絮。但尽管如此，他们的精神却依然亢奋，眼睛仍炯炯有神。不错，他们现在极度疲惫，也极度饥渴，他们此刻最大的愿望，就是希望能饱饱地吃一顿炒面，喝一大碗凉水，然后，倒在地上美美地睡上一觉。

然而，在1951年6月11日的这个凌晨，对志愿军179团3营8连3排的战士们来说，这个愿望只是一个无法实现的梦想。因为，在离他们数百米远的山坡下和山腰中，有两个营的敌人已将他们团团围住，敌人亦在等待黎明的到来，然后，将以比昨日更加猛烈的火力，向高地上的中国兵发起冲击。

"我同意9班长的意见，"一直在倾听大家意见的沈树根将手中的烟蒂摁灭后说，"坚决冲出去，冲出一人是一人。"

几位班长副班长齐声说："排长，下命令吧！"

沈树根说："我想这样，根据这里的地形和敌情，我们排要同时向前展开攻击可能会伤亡很大，我意由黄加能同志率9班担任突击组在前面开路，我与通信员及7班居中，这样可随时接应和支援9班，吴定益班长率8班断后。"

"完全同意！"

"同意！"

"同意！"

…………

吴定益说："排长，我有一个建议。"

"说。"

"9 班在前面开路需要有效火力，我意把我们班的几支美式汤姆逊冲锋枪调给他们。"

"好！"

黄加能说："8 班断后也责任重大，还是你们留着吧。"

沈树根说："这样，8 班调 3 支冲锋枪给 9 班，7 班再调 2 支冲锋枪给 9 班。"说毕他看了一下表，说："现在是 11 日凌晨 3 时，再过两小时天就要亮了，我们在天亮前行动，现在还有一个多小时，大家回去抓紧时间休息，4 点准时发起攻击，散会。"

班长们都走了，排指挥所又安静了下来，沈树根也有点儿累，毕竟两天三夜没合过眼了，他也想闭上眼睛打个盹，但是，当他真的闭上眼睛时，他的大脑又变得异常清晰起来，他转了个身，看到通信员任玉山正靠在洼地壁上睁着眼睛看着他。

"'小山子'，你怎么不睡啊？"

"我睡不着，排长。"

"为什么，怕了？"

任玉山支起身子说："现在不怕了，一开始有点儿怕，自从打死那个美国佬之后，也就不怕了。"

"那又为什么？"

"排长，你批评我吧，我有点儿想家了，真的，大半年了，连封信也没给家里写过，不知道家里怎样了。"

沈树根叹了口气说："想家好啊，我为什么要批评你？你想家，我也想家啊，离家七八年了，家里一点儿音讯也没有，也不知道父亲弟妹怎样了，唉！"

"排长，你没给家里写信吗？"

"信？怎么写，我们部队北撤到山东，几乎天天都打仗，解放上海后，刚安定下来，准备请假回家去看一看，没料又突然来到朝鲜，这不，连回信的地址也没有，怎么写信呢？"

"排长，你在家里有媳妇吗？"任玉山突然问。

"媳妇？"沈树根愣了下，"什么媳妇？"

"就是老婆，我们东北人叫媳妇。"

沈树根笑起来："你'小山子'人小货老，我15岁参加部队，哪来什么老婆啊。你呢？你小子已经有了吧？"

任玉山的脸在黑暗中腾地红起来，结结巴巴说："排长，如果有的话，不算犯错误吧？"

"犯什么错误，讨老婆也是很正常的事，你结婚了？"

"没有，"任玉山说："其实我也只见过她一面，她叫李凤琴，与我订的娃娃亲，那年我13岁，她11岁，我参军时也没告诉她一声。"

"哦，你小子坏，你现在参军了，以后还可能立功当干部，想把人家甩掉，找城里的姑娘？"

任玉山一听急了，连连说："排长，这没有，这没有……"

沈树根见任玉山这模样就笑起来，说："我是跟你开玩笑的，我知道你不会变心，如果有一天你真的变心了，老子就毙了你，你信不信？"

任玉山连连点着头说："信，信，排长的话我一定记在心上。"

说话间，沈树根下意识地摸了摸身旁的那支卡宾枪，他将枪从地上竖起来，然后从口袋中抽出一块布，轻轻地擦拭了起来，任玉山说："排长，我来擦吧，你休息一会儿。"

沈树根说："我自己擦，这枪是我从美国佬手中缴获的，跟了我半年多了，好使，'小山子'啊，你要记住，枪也是我们最好的战友啊，你对它好，它就会报答你的。"

"排长，我记住了。"任玉山说，然后，也从包中取出一块擦枪布，擦起自己的枪来。擦了一会儿，任玉山转过身子，看着沈树根，一副欲言又止的样子。

"有事吗？'小山子'。"

"排长……"

"说呀，怎么像个大姑娘似的？"

"排长……，我想要求加入中国共产党，你看可以吗？"

沈树根正在擦枪的手停住了，他转过头去，看着坐在对面的小通信员，在夜的微光中，他看到小通信员的眼眸中闪着两朵晶莹的东西。不错，这还是一位尚显稚嫩的孩子，但他是一名战士，一名作战勇敢不怕牺牲的战士，在未来战火的锤炼中，他定能成为一块好钢。

于是他肯定地对任玉山说："可以，当然可以，我可以做你的入党介绍人。"

第四节 突 围

1951年6月11日，拂晓时分。

两天来被炮火、硝烟、泥尘和血雾笼罩着的鹫峰，在夜风的吹拂下，渐渐显露出了它原本的雄姿。

昨晚的鹫峰是宁静的。然而，战争中的宁静往往蕴含着杀机和死亡，在夜幕的掩盖下，没有人知道敌人的枪口离自己有多近。

沈树根当然深知这一点。

现在，中国人民志愿军20军60师179团3营8连3排的32名干部战士，就在夜幕的掩护下，匍伏在922.4高地通往鹫峰的主峰——989高地的前沿。

半小时之前，沈树根在高地一个隐蔽处对全排战士做了一次简短的动员，他压低着声音这样说："同志们，我们已经被包围了，敌人就在我们的周围，我们已经没有退路了，现在我们就要冲出去，坚决冲出去，冲出一人就是一人，营、连首长就在前面等着我们。我相信同志们，一定会不怕牺牲、英勇杀敌，但我们也要做好最坏的准备，万一遇到受伤或危急情况，我们决不能当敌人的俘虏。现在我命令，每个同志留下一颗手榴弹，出发！"

天渐渐地亮了。

这时候，担任突击组的9班在黄加能班长的率领下，已潜伏在前沿的一处土坡后，黄加能将全班分成3个战斗小组，每个战斗小组成员配备汤姆逊冲锋枪两支，子弹200发，手榴弹或手雷20个，等排长发出命令后，他们将呈三角队形向前攻击前进。

离他们约50米处是由关纪才指挥的7班接应组，再之后50米处是吴定益率领的8班断后组。

所有的人这时都已将子弹推上膛，他们猫着腰，屏着呼吸，目不转睛地盯着前方。

"靠上去，"沈树根悄悄吩咐黄加能，"敌人没发现前，尽量不要开枪。"

"是。"黄加能向后面打了个手势，他率第一战斗小组在前，副班长廖九的战斗小组和另一个战斗小组在左后和右后。

通向989高地的是一条狭窄的山岗，最宽处才十几米，窄的地方才几米，两侧有的地方较平缓，有的地方则很陡。因此，给攻击部队带来很大的困难。

在一处较平坦的山岗上，黄加能看到有两团黑乎乎的东西蜷缩在草丛中，借着黎明的微光，他看清那是两个正在打盹的李伪军哨兵，他于是蹲下身，向后面的两位战士招了一下手，两位战士迅即靠过来，黄加能在他们的耳边轻轻嘀咕了几句，两位战士便从腰间抽出刺刀，一左一右逼近敌哨兵，还没待哨兵发出叫喊，便将刺刀捅进了两名敌哨兵的心脏。

这时黄加能看到，在离敌哨兵约二三十米处的灌木丛中，散乱地躺着一大片敌人，黄加能捡起一块石头，用力地朝在灌木丛中睡觉的李伪军士兵身上扔过去，石头正好击中一个李伪军士兵的头部，那被砸痛的李伪军士兵像一只受惊的兔子一样蹦跳起来，嘴里哇啦哇啦地大叫着。于是，睡着的人被惊醒了，他们似乎猜到了什么，便纷纷从地上跳起来，还没待他们弯下腰去取地上的枪，黄加能手中的汤姆逊冲锋枪响了，之后，左右两侧两支冲锋枪也响了。

"哒、哒、哒……"

"哒、哒、哒……"

在黎明的宁静中，汤姆逊冲锋枪发出的连射声清脆而又响亮，而对沈树根来说，这声音听起来十分的悦耳。因为他听出来，在黄加能他们射击时，敌人没有做任何的回击。这说明，第一回合的主动权，已被自己掌握了。

这时手榴弹的爆炸声也出现了，这又是我们的手榴弹发出的声音，声音不大，但很清脆。

沈树根当即命令关纪才："快，跟上去！"

被黄加能突击组打了个措手不及的李伪军在丢下十几具尸体后，纷纷向后面溃逃，黄加能紧追不放，一边猛烈扫射，一边将手榴弹投向敌群。

这时，一个约有十几米高的小山包在黄加能前面出现了，黄加能隐约看到山包上有人影在闪动，当即喊了一声："卧倒——"喊声刚落，便有一阵雨点般的机枪子弹朝他们扫射过来，打得黄加能身旁的树木枝叶飞溅，尘土弥漫。

黄加能小组被压制住了，由于敌人居高临下进行扫射，黄加能小组又靠得太近，他们现在就是想抬一下头，都会有很大的危险。

　　"奶奶的。"跟在黄加能小组后面的沈树根愤愤地骂了一句。

　　"排长，我们组上去吧。"关纪才说。

　　沈树根观察了一下周围的地形，对关纪才说："你叫副班长带两个战士从后面摸上去。"沈树根用手指着山包后面的一个小林子："看到吗？从这里悄悄绕过去，叫每个战士准备10颗手榴弹，到那里后只管把手榴弹给我扔上去，只要他们枪声一停，黄加能就能冲上去。"

　　"是！"

　　很快，7班副带着两名战士从山岗的坡下绕到了山包后，正低着头向山包正面疯狂扫射的李伪军士兵没有料到中国兵会从坡下绕过来，当他们发现身旁有一颗冒着白烟吱吱作响的长柄手榴弹在地上打转时，想逃也来不及了。随着第1颗手榴弹爆炸，接着第2颗、第3颗手榴弹也从他们头上落下去……

　　敌人的枪声停止了，就在这时候，一直被压制在山包前面的黄加能小组的枪响了，他们的跃起几乎与敌人的停止射击在同一个时间，于是，敌人再次退却了。在山包前，黄加能看到又有十几具尸体横躺在地上。

　　这时天已大亮了。

　　在迅速打扫了战场后，3排开始继续向前攻击前进。

　　沈树根这时来到黄加能小组，黄加能说："排长，你还是去7班吧，这里有我呢。"

　　沈树根说："敌人又在增兵，他们想包我们的'饺子'，看来我们得赶快冲出去。"

　　黄加能问："8班上来了吗？"

　　"上来了。"

正说话时，迎面又有大批敌人拥过来，其规模足有一个连。

黄加能小组这时还在山包上，看起来地形对我方有利，但万一被敌人围住，后果不堪设想。因此，必须立即离开这个小山包，尽速向连部靠拢。

"准备好手榴弹，冲过去。"沈树根命令黄加能。

"是！"

呈散兵队形企图包围山岗上中国兵的李伪军士兵，在一个美国顾问的指挥下，采取地毯式攻击的方式，逐次向前推进。李伪军们认为，据守在鹫峰山岗上的中国兵在经过连日激战后，可能已所剩无几，最多也就几十号人，这些中国兵衣衫褴褛、面黄饥瘦，已经弹尽粮绝，因此，现在是围歼这些中国兵的最好时机。而那些逃兵的描述又使他们的上司加深了自己的判断。于是，他们在睡眼蒙眬中仓促拼凑了一个连的兵力，先从正面迎击这些中国兵，企图挡住这些中国兵与大部队靠拢，而另有几个连正急速从左右两侧和后面围上来，他们发誓今天要吃掉这些中国兵，从而为前几天死去的同伴们报仇。

他们在小山包前遭到了黄加能小组的猛烈攻击，除了密集得几乎令人窒息的子弹，还有像乌鸦般从天而降的手榴弹，这其中，还有一些是曾令美军和李伪军引为自傲的"甜瓜"式手雷，这些配发给美军和李伪军的杀伤力极强的手雷，被中国兵从他们同伴的尸身上捡走后，现在竟成了对付自己的致命武器。

在前面的一排李伪军士兵倒下后，引起了后面李伪军士兵的恐慌，于是，他们便纷纷向后退回去，有几个企图从山脊一侧逃命的李伪军士兵因为慌不择路，竟从很陡峭的山坡上滚下去，发出凄厉的叫喊。

沈树根这时猛烈地向敌人扫射着，将挡在前面的十几个敌人扫倒在地，同时命黄加能继续往前冲："不能给敌人喘息的机会，冲过去。"

此时，紧随其后的关纪才小组和吴定益小组也趁着敌人混乱之际，冲了过来，眼看敌人就要被甩在后面了，这时候，情况出现了。负责断后的8班战士高富顺在已冲过敌人的堵截后，被一颗机枪子弹击中大腿，当时高富顺正站在一处尖削的山岗棱线上，中弹之后，站立不稳的高富顺一个趔趄，滚下了山坡，已经冲过山岗棱线的班长吴定益见状后，转身便冲了下去，在山岗的一处沟底，吴定益找到了正靠在一棵树上大口喘气的高富顺，浑身血泥的高富顺对吴定益说："班长，你快走吧，我不能拖累你们，你把手榴弹给我，我不会当俘虏的。"

吴定益说："高富顺你胡说什么？起来。"说毕，就弯腰将高富顺背了起来，往山岗上爬去。

这时沈树根正在山岗上带着大家继续往前冲，通信员任玉山在打死了一个从树林里窜出来的李伪军士兵后，边跑边向沈树根报告："排长，8班长他们没跟上来。"

沈树根一听愣了下，当即便站住了："为什么？"

有一位战士说："高富顺负伤了，掉落到沟里，8班长去找了。"

"糟了。"沈树根说了句，当下便把黄加能叫过来："吴定益没跟上来，我要带7班去找他，你要不惜一切代价把前面的通道控制住。"

"我去吧，排长，我和7班长一定把8班长找回来。"黄加能气喘吁吁地说。

沈树根说："别争了，你的任务也不轻。"说毕，朝7班挥了一下手，喊声："快走。"转身就朝后面杀回去。

这时，在高富顺滚下山坡的山脊上，断后的8班副班长曹光景和战士尚切忠正在与纷纷拥来的敌人展开激战，刚才已经溃逃的敌人看到有中国兵从棱线上滚下去，便又转过身来，不顾一切地拥上来，他们想要活捉这个中国兵。

因为缺少有效的地形依托和火力的不足，加上曹光景又有伤在身，他们两个人在面对一波又一波敌人的攻击时，显得有些力不从心。其中有一次，有几个敌人甚至冲到了离曹光景和尚切忠十几米远的地方，亏得曹光景将最后一颗手雷投过去，将那几个敌人炸倒在地上。

这时沈树根率7班赶到了："你们班长呢?"他急切地问曹光景。

"班长下沟去了，我已派人去找了。"曹光景说。

"好。"沈树根吩咐7班长关纪才："你快去前面挡一下，待8班长上来后，马上撤回来。"

"是!"

吴定益背着高富顺在爬到半山坡时被寻找他们的4个战士发现，于是，几个人很快把受伤的高富顺背到了山岗上，沈树根看了看高富顺的伤，他的大腿骨被机枪子弹打断了，并且形成了大面积创伤，血还在不断地从他的裤管中流出来。沈树根叫卫生员给他紧急包扎了一下，然后砍了两枝小松树，用绑腿带扎了一个简单的担架。吴定益派了4名战士抬着他。

这时关纪才率7班已与敌人接火了，除了原在山岗上的敌人，从山下也拥上来许多敌人。就在敌人以密集的队形向关纪才的7班压过来时，有两发炮弹落在了敌群中，原来是李来顺来支援他们了。

"好，好，打得好!"关纪才高兴地叫起来。这时候通信员任玉山跑过来："7班长，排长叫你马上撤，快撤。"

"好。"

在敌人被李来顺的两发炮弹炸得伏地不敢抬头时，关纪才率领的7班已快速地脱离了敌人。

沈树根在前面等着他："都上来了?"他问跑得气喘吁吁的关纪才。

"都上来了。"

"好，快跟上。"重新集结的3排在沈树根的率领下，继续朝鹫峰主峰快速推进。

这时在通往鹫峰主峰的山岗上，已经没有了小股或零星的敌人，这为3排的快速前行创造了条件。眼看鹫峰主峰离自己越来越近，马上可以与连长指导员他们会合了，沈树根的心里一阵高兴。突然，他的心里像被什么东西刺了一下，轻轻地喊了声："不好。"便立即刹住步子，朝身后望去，发现炮班除了两个弹药手，还少了一个人——班长李来顺，对，少了一个李来顺，李来顺怎么没有跟上来？啊，大意了，大意了。顿时，有一股深深的自责和不祥涌上了沈树根的心头。

这时所有的人也都停下了步子，大家怔怔地盯着沈树根，不知该如何办才好。

"去找。"沈树根沉着脸说了句。

"排长，我去！"关纪才站到沈树根面前说。

"我去，排长！"吴定益对正要去找李来顺的沈树根说，"马上就要到主峰了，你不能离开这里。"

沈树根说："你们在这里原地待命，检查武器弹药，等我回来。"说毕，对任玉山和尚切忠两个人说："你们两个人跟我走，尚切忠把机枪带上。"说毕，三人很快就消失在山岗的树丛中。

原来，李来顺是跟着大伙一起前行的，但跑着跑着，他感到自己的脚步有点儿跟不上大家了，一是他扛的炮筒沉重，二是他这人平时食量很大，一顿能吃七八个馒头，再加两碗稀粥。但从前天登上鹫峰后，总共才吃了两把炒面，肚皮早已贴到后背脊了。心里虽想坚持，可腿脚却不听使唤，跑着跑着，一个趔趄，便扑倒在地上，待他爬起来扛起炮筒子，队伍早跑得不见踪影了。这时候，他听到后面的敌人追上来了，如果他继续往前跑，敌人很快就会追上他。正在危急时，他看到旁边有个树林子，于是就一头钻进去。

第一波李伪军士兵叫喊着很快在他的面前过去了，还没待第二波敌人上来，李来顺便听到有一阵激烈的枪声在树林子前面响起来，李来顺一听就听出是排长前来救他了。

遇到攻击的敌人又很快从前面退回来。尚切忠端着那挺7.62毫米加拿大机枪猛烈地向敌人扫射着，而任玉山则不停地朝敌群中扔手榴弹，因为离敌人太近了，以至于手榴弹在爆炸时那炸飞的岩石竟伤到了自己的脸上。

但沈树根这时仍没有见到李来顺，这使他感到万分的焦急，莫非李来顺遇到了不测，还是他躲在什么地方了？

这时退下去的李伪军士兵在看清当面之敌只有3个中国兵的时候，又嗥叫着围上来，沈树根感到不能再等了。于是，他做出了一个冒险的举动，从上衣口袋里摸出那只铜质小喇叭，排里的战士都知道他有这只小喇叭，他要吹响这只小喇叭，以此来告诉李来顺，他们来救他了。

于是沈树根躲到了一块岩石旁，拿起小喇叭，"嘟、嘟、嘟……"地吹起来，被吹蒙了的敌人当即报以一阵密集的子弹，将沈树根身旁的那块岩石打得石火迸溅，碎屑弥漫，然而还是没见到李来顺的人。

沈树根不死心，又爬到山岗一处树林边"嘟、嘟、嘟……"地吹了一通，被吹得云里雾里的敌人又转过枪口朝这边进行猛烈射击，但是依然没有李来顺。

正当沈树根感到绝望时，他听到旁边树林里有一个人在轻轻叫他："排长，排长，排……"沈树根清晰地听到了，不错，是李来顺，是李来顺在叫他，于是，他那一直紧闭着的嘴开始咧开来，他对身旁的任玉山说："听，李来顺在那边，这小子还活着！"

藏在树林间的李来顺在尚切忠的机枪把敌人逼退后，被沈树根和任玉山从树林子里接了出来，任玉山把李来顺肩上的炮筒抢过来扛到了自己的肩上，然后，4个人且战且退，很快回到了3排集结的一个林子里。

此时已是午后，沈树根点了一下人数，除了此前负伤送治的王国村和谭光世，现在全排还有 32 个人，包括负伤的高富顺。从目前情况看，敌人很可能会在鹫峰 989 高地的前沿设下重兵，以挡住沈树根他们与高地上的大部队会合。接着，后面的追兵会不顾一切向前进行挤压，以形成前后夹击之势，将他们吃掉。

形势的危急已摆在面前，沈树根把 4 位班长叫来，说："前面就是 989 高地，冲过去，就能与连长他们会合，冲不过去，我们只能与敌人同归于尽。现在我命令，按原作战方案实施攻击，9 班向前突击，7 班接应，8 班断后，有没有意见？"

"没有。"4 位班长压低着声音说。

"好，各班检查武器弹药，8 班长，伤员高富顺这次随 7 班行动，你就不要管了。"沈树根对吴定益说。

"可 7 班任务也不轻啊，还是由我们自己抬他吧。"吴定益说。

"不要再争了，这事就这么定了。"说话时，沈树根又把李来顺叫过来，说："来顺，你还有几发炮弹？"

"两发。"

"少了点儿。"沈树根吩咐李来顺："这次你就跟着我，不过，关键时刻你可得给我出大力啊。"说毕，从口袋里摸出一把炒黄豆，塞到李来顺手里，说："就这么多了，可能已被雨水泡胀了，将就点儿吧。"

李来顺不要，沈树根瞪了下眼睛说："嫌少还是怎么着？快吃。"

这时黄加能率领的突击组已经出发了，其他接应组和断后组也保持距离随后跟进。

沈树根估计得没有错，在黄加能他们快接近 989 高地时，听到前面传来一阵叽哩咕噜的说话声，黄加能连忙叫大家隐蔽到树丛中，拨开树枝一看，只见在前面的一个山岗上，聚集着一片黑压压的李伪军士兵，他们有的在挖工事，有的在架炮架和机枪，有的伏在地上做好了准备射击的姿势。

沈树根这时也上来了，黄加能把他引到一个隐蔽处，用手轻轻地拨开树枝说："排长，你看。"

沈树根观察了一下，说："敌人这次是下了血本了。"

"怎么办？"黄加能说："先干他一家伙！"

沈树根摇摇头："不能盲干，敌人太多了，万一冲不过去被挡回来，麻烦就大了。"

"那怎么办？"

沈树根说："得把敌人打乱、打散，这样我们才能冲过去，快把关纪才和吴定益叫过来。"

很快，7班长关纪才和8班长吴定益上来了，沈树根把情况向他们简单介绍了一下，说："现在要正面强攻已不可能，我们的兵力不够，我意分3路向敌人发起攻击，中间一路，仍以黄加能率领的突击组为主，右侧由关纪才率7班沿斜坡迂回上去实施攻击，左侧由吴定益率8班在小树林隐蔽埋伏，在黄加能突击组发起攻击后，向上实施攻击。记住，所有攻击小组要以最猛烈的火力压住敌人，要把敌人打乱、打散，不给敌人以喘息的机会。另外，各组突出去以后，绝不能恋战，要快速脱离战场。"

正说着，担任后卫的8班副班长曹光景匆匆跑来向沈树根报告："排长，后面的敌人摸上来了。"

"有多少人？"

"估计有一个连。"

"还有多少距离？"

"最多四五百米，不过他们行进得很慢。"

沈树根看了一下表，对4位班长说："各班回去抓紧准备，2分钟后发起攻击，这次我与突击组在一起。"

黄加能一听张了张嘴，沈树根知道他要说什么，便说："快去准备，有话等会儿再说。"

班长们回到班里，在攻击位置做好准备后不久，沈树根手中的卡宾枪响了。随着枪声，黄加能第一个从隐蔽的树林中冲出，随后，沈树根、任玉山及突击组全体战士如猛虎一般冲入敌群，十几支冲锋枪和卡宾枪平端着，喷吐着火舌，向面前的敌人进行扫射，连伤员高富顺在担架上也一连打死了好几个敌人。敌人一排排地倒下去，他们完全被打蒙了：有的东躲西藏，恨不得将头钻入地下；有的抱头鼠窜，豕突狼奔，还发出大声叫喊；有的举枪进行"还击"，但枪口却朝着天上或地下，甚至还对着自己的同伴扣动扳机；有的则呆若木鸡，既不逃走，也不反抗，任凭中国兵从自己的面前奔跑过去；而有些头脑灵活"久经沙场"的李伪军士兵，则一头"栽"在地上，混在同伴的尸体当中，用血泥涂抹脸孔，以装死逃过一劫。

但敌人毕竟人多势众，当最初的混乱过去之后，他们开始进行还击，但此时为时已晚，因为7班、8班也从左右两侧的斜坡上猛攻上来。他们以手榴弹或手雷开路，然后再用手中的自动武器予以猛烈扫射，其攻击对象主要是在黄加能突击组枪口下逃出来的李伪军士兵。

这时整个山岗上硝烟弥漫，火光闪烁，枪声、手榴弹的爆炸声、敌人的鬼哭狼嚎声和志愿军战士的厮杀声交织在一起，此起彼伏，震耳欲聋。

从沈树根他们发起攻击到冲出堵截，这场战斗大约持续了半个多小时。据战后3排战士的统计和李伪军自己承认的伤亡数字，在这场战斗中李伪军被打死的士兵约有百人左右。

半小时之后，3排大部分人已经突出敌人堵截，沈树根在清点人数时，9班长黄加能向他报告说：他们班副班长廖九在身受重伤后，为不拖累大家，主动要求留下来掩护大家撤退；最后，在敌人的围攻下，他拉响了身边的手榴弹，与敌人同归于尽。

这时任玉山向沈树根报告：炮班也有3人尚未归队。他的话音刚落，只听见从后面敌人的阵地传来两声炮弹的爆炸声。炮声还未完全消失，就看见李来顺扛着炮筒和另外两名战士朝他们跑了过来。

"怎么样？打中了吗？"沈树根迎上前去问。

"打中了，又炸死了好几个，都不敢追来了。"李来顺气喘吁吁地说。

原来这是沈树根向李来顺布置的特别任务，待3排冲出来之后，用李来顺手中最后的两发炮弹，轰击敌人，以阻止敌人继续追击，为3排安全脱敌争取时间。

当下沈树根便重整队伍，按3个班原定的攻击顺序，向989高地搜索前进。在出发之前，他们为牺牲的战友廖九举行了简单的安葬仪式，因为作战需要，部队在攻击途中无法带着烈士的遗体，战友们只好就地挖了一个墓穴，给烈士做了简单清洗，然后覆上泥土。7班长关纪才找来一根枯木，竖在烈士的墓前，留作记号，以便在战争结束后，再来寻找。安葬完毕，全排战士向烈士脱帽致哀，然后含泪告别。

正要出发，突然有一个在前方担任警戒的战士前来报告：在离此300米处，传来有人说话的声音。

"有多少人？"

"不知道。"

"继续侦察。"

"是！"

沈树根此时有点儿紧张起来，如果前方再有敌人进行阻击，3排的麻烦就大了。从1951年6月8日开始到现在，他们排已在鹫峰阻敌3个昼夜，全排战士的体力已降至极限，更严重的是弹药没有得到及时补充，因部队在攻击突围途中无法从敌尸上获取弹药，原本的一点儿弹药已所剩无几，万一再遇敌人，只能与敌人进行白刃格斗，但战士们的体力是否能行？

正在担忧，那位担任警戒的战士又跑来报告，说："排长，敌人不多，只有十几个人，他们带着很多食品，有一大堆。"

"食品？"

"对，罐头，香烟，还有面包。"

"奶奶的，"沈树根一听便亢奋起来，"给老子开洋荤来了。"

这时所有的人也都围了过来，黄加能说："排长，干它一家伙，也好给连长送点儿见面礼。"

李来顺咽了口口水说："排长，等会儿缴了面包后，我就先吃一个，你可别批评我犯纪律啊。"

沈树根听了李来顺的话，感到鼻子有点儿酸，说："我批准，不过别都吃光了，给连里的战友们也留一点儿，他们也一定饿坏了。"说毕，便命黄加能率9班从左边包抄过去，关纪才率7班从右边包抄过去，8班长吴定益继续监视后面的敌人。

"别让他们跑了，俘房也要，吃的也要。"

"要是他们反抗呢？"关纪才问。

"废话，你手里的武器是吃素的？"

"知道了！"

当下，两个班便悄悄地穿过树林，从敌人的后面摸了过去，不一会儿就听到有人说话的声音，黄加能靠近一看，只见十几个李伪军士兵和一个美国顾问模样的人正席地而坐，一边聊天一边吃着面包、抽着香烟，他们的身旁，堆着许多罐头食品和纸袋包装的食品。

突然，黄加能冲出树林，在敌人的背后大喝一声："缴枪不杀！"

"缴枪不杀！"关纪才率领的7班也从另一边大叫起来。

李伪军士兵一听，顿时吓得喷出了口中的食品，于是，便扔掉手中的罐头和羹匙，慢慢举起手来。但这时，那个美国顾问模样的人趁黄加能、关纪才不注意，突然拔出手枪，举枪便射，子弹擦着黄加能的耳边呼啸而过。旁边的几个李伪军士兵，见美国顾问动手了，也迅即弯腰，企图拿起地上的武器，进行顽抗。但还没待他们的手碰到枪支，沈树根手中的卡宾枪已经响了，十几个李伪军士兵和那个美国顾问瞬间一命呜呼。

"赶快打扫战场，"沈树根大声命令，"该拿的都拿走，子弹、枪、吃的、香烟，统统拿走。"

"罐头太多，没有袋子怎么办？"正往口袋里塞着罐头的任玉山着急得不知如何是好。

沈树根见状后乐了，拍了一下任玉山的脑瓜："你这个笨小子，这还不好办，快把裤子脱下来。"

战士们一听愣了下，沈树根说："快把你们的长裤脱下来，扎住裤管，不就可装东西了？"大家一听都笑了，连忙脱下长裤，解下绑带，扎住裤管后，把牛肉罐头、面包、香烟等食品尽数往裤管里面塞，塞满之后，两只裤脚往脖子上一套，站起来开步就走。

这时，阵地上的所有食品及武器弹药都已被战士们扛在肩上。沈树根站在一个土坡上，望着面前这些面黑肌瘦、胡子拉碴、眼窝深陷的部下，他张了张嘴，他想说些什么，是的，他们已出色地完成了上级交给的光荣任务，迟滞和阻击了敌人向朝鲜华川的进攻，现在又成功地突出了重围，他们胜利了。他原想说几句激励的话，但他最后却什么也没说，他认为已多此一举了，因为胜利已说明了一切。于是，他用力地向989高地方向挥了一下手，大喊一声："快走！"

第五节　归　建

大约1小时以后，这个在鹫峰阻击战中坚守了3天3夜的英雄排，回到了鹫峰989高地附近的连部所在地。此时已近傍晚，连部里面的电话铃声不时响起，接电话的是连长吴庆龙，他的嗓门沙哑而又焦虑："是，报告营长，沈树根排没有消息……是，有情况立即报告。"

数分钟后，电话铃再次响起，这次是团里打来的："是，我是吴庆龙，报告团长，沈树根排还没消息，电话线早断了，我已多次派人前去修理，电话还是不通……对，我已派人去山上寻找他们……是，有情况立即报告。"

刚放下电话，营长沈世元就匆匆赶来了，一进门，就神情严峻地对吴庆龙说："飞机上的广播你听了吗？"

吴庆龙说："没有，什么广播？"

沈世元说："刚才美机广播说，他们在922.4高地上，以阵亡300多人的代价，全歼志愿军1个营，922.4高地上只有沈树根的3排，他们把这个排当作1个营。这样看来，沈树根他们凶多吉少了。"

吴庆龙沉默了，忽然说："我还欠他1包烟。"

"什么烟？"沈世元问。

"我说鹫峰阻击胜利了，我得奖励他一包'骆驼牌'香烟。"

沈世元一听，眼圈红了起来，当下站起来说："再等等吧，沈树根这人头脑机灵，打过的大仗恶仗也不少，你说他的排伤亡严重我相信，你说他被敌人全歼，我怎么也不相信。这样吧，如果今晚他们还不归建，就按牺牲烈士登记上报，并做好烈士遗属的安抚工作。"

"是！"吴庆龙说毕，就要送营长出门，没想脚还没有跨出门槛，连部通信员小王匆匆跑了进来，结结巴巴对营长和连长说："首长，回来了，回来了……"

吴庆龙心里正不高兴，见通信员慌慌张张地说些不明不白的话，便训斥道："首长在这里，你慌什么？谁回来了？"

"是3排长他们，3排长回来了。"

吴庆龙瞪大眼睛问："你再说一遍，谁回来了？"

"是3排长他们，都回来了，他们……"通信员说不下去了，就干脆蹲在地上哭了起来。

这是1951年6月11日的下午，薄暮时分，在鹫峰989高地附近的一个阵地上，中国人民志愿军第20军60师179团3营8连的连部门前，连长吴庆龙正以最隆重的方式迎接他属下一个排的归建。现在，这个排全体干部战士正站在他的面前：他们衣衫破碎，浑身血污，穿着裤衩，肩扛武器弹药，脖子上套着装满罐头等食品的长裤，尽管军容很不规范，队形也并不齐整，但他们的腰板依然笔挺，目光更是炯炯有神，他们是一支英雄的团队。

此时此刻，吴庆龙的眼泪夺眶而出，这时，3排排长沈树根出列向他敬礼报告："报告连长，中国人民志愿军60师179团3营8连3排排长沈树根向你报告，3排已奉命完成鹫峰922.4高地的阻击任务。我排牺牲1人，受伤3人，现要求归建，报告完毕，请你指示。"

吴庆龙举手还礼，然后含着眼泪大喊一声："欢迎3排归建，祖国感谢你们。"喊毕冲上前去，与沈树根紧紧相拥。

营长沈世元这时也是热泪盈眶，嘴里连连说："我要为你们请功，我要为你们请功。"

第五章

凯　旋

第一节　立　功

尽管枪炮声还在鹫峰附近的山头不时地爆响着，但 3 排的战士们在这一晚终于睡了个好觉。

早晨起床时，任玉山问尚切忠："昨晚听到什么了？"

尚切忠打了个哈欠后嗡声嗡气地说："没有，梦见我娘了。"

"睡得真死。"

沈树根也睡了个好觉，但即便睡着了，他还是清晰地听到了从南朝鲜华川以东方向传来的激烈枪声。次日一早，一位从前沿受伤下来的兄弟连副连长告诉他，从 1951 年 6 月 11 日开始，敌人就向他们团据守的朝鲜上横川、于杜隐洞一线的阵地实施猛攻。坚守 565.5 高地的 1 营 2 连与敌激战 12 小时，敌在大量飞机、坦克的配合下，兵力由 1 个连增至 2 个营，连续冲击 10 余次，均被 2 连击退。在此次战斗中，2 连以伤亡 8 人的代价，歼敌 200 余人。尤其是配属该连的火箭筒射手朱友恒，在副射手沈玉书和弹药手李耀祥的配合下，虽身受重伤仍击毁敌多辆坦克及装甲车，最后在排长的命令下被强制抬上担架……在副连长受伤后下来时，激战还在进行中。

沈树根听到这里，浑身又禁不住躁动起来。于是，他找到了连长吴庆龙："连长，分配任务吧。"

吴庆龙当时正在接电话，接完电话后他反问沈树根："你刚才说什么？任务，什么任务？"

沈树根笑笑说："当然是战斗任务，昨晚上横川方向枪声响了一夜，而我们却在这里睡大觉，心里不踏实啊。"

吴庆龙用自己的茶缸为沈树根倒了半缸水，坐下后笑眯眯地说："你们排现在最大的任务有两条：一是休息；二是搞好这次鹫峰阻击战的战斗总结。噢，我正要通知你，刚才团首长打来电话，要好好总结你们这次鹫峰阻击的战斗经验，近日团里将派宣教股股长毛英同志前来你排进行采访，你要准备一下。"

毛英是沈树根在金萧支队的老战友，他是179团的笔杆子，便说："这有什么可总结的，无非是多杀了几个敌人而已。"

吴庆龙一听连连说："对，对，你就说说为什么能多杀敌人，这其中有什么经验。"

沈树根说："连长，你就饶了我吧，我一个大老粗，有什么经验可总结的。"

吴庆龙一听沈树根这么说，就板起了面孔："我说树根啊，不是我批评你，你不要老说自己是'大老粗''大老粗'的，你以为'大老粗'光荣吗？我知道你家里穷，从小没读过书，这不能怪你，但你得学习，一个带兵打仗的人，没文化是不行的，好啦，不说啦，回去好好准备吧。"

"是。"沈树根见连长这么重视这次总结，也就不说什么，正要离开，吴庆龙又把他叫住，转身从包里摸出一包香烟，笑着说："我说过，鹫峰阻击战打胜了，我要奖励你一包香烟，我得说话算数啊。"

"什么牌子的？"沈树根接过香烟问。

"万宝路，听说比'骆驼牌'要好。"

沈树根拿起香烟闻了闻，说了句："这是什么味？"说毕又把香烟还给吴庆龙。吴庆龙嗜烟，是全连全营甚至在全团都有名的，如果不打仗，有烟抽的时候，他能从早晨眼睛睁开抽到熄灯号吹响，没烟抽的时候他就抽干树叶子。有一次在朝鲜的五老里打阻击，战斗间隙他的烟瘾上来了，摸遍4只口袋，连烟末子也没找到，便叫通信员去找干树叶子，通信员转了一圈，弄了一些干树叶子回来，结果一抽，造成过敏，嘴唇都肿了，他戏称自己成了"猪八戒"，于是树叶子不敢再抽了，他就抽自己棉袄里的破棉絮，棉絮虽无毒，但棉絮的烟发黑，结果几支抽下来，把两只鼻孔抽成了黑烟囱。

吴庆龙见沈树根把香烟还给他，笑着说："我也不喜欢这香烟的味，但总比树叶子强吧，要不，你也抽树叶子试试。"

沈树根一听连忙把香烟收起来，笑着说："我可不想成为'猪八戒'"。

从连部回到排里，沈树根把香烟拆开，一人一支分给抽烟的战士，还没抽上两口，8班长吴定益便凑到沈树根跟前，笑眯眯地说："排长，没争到任务？"

"什么任务？"沈树根故意问。

"听说1营2连在上横川、于杜隐洞与敌人打得很激烈，我们得上啊。"

沈树根一本正经地说："上不上得由上级首长决定，我说了不算数，要不，你去问问连长？"大家一见排长这模样，知道他在调侃8班长，于是，便轰地一声大笑起来。

对于8班长问他有没有在连长那里领受任务的提问，沈树根心里是早就料到的。8班长不问，7班长、9班长和全排战士都会问。他了解这个排的战士，虽然鹫峰阻击打得十分的艰苦，但一觉睡好、一顿吃饱，他们很快就会精神抖擞，这时候如果把他们放到战场上，保证个个又像小老虎一样，能打得敌人嗷嗷叫。

但是他们现在另有任务。

当下，沈树根便把4个班召集起来开会，宣布了团、营、连首长要他们排总结鹫峰阻击战战斗经验的任务："过几天，团宣教股长毛英同志还要来采访大家呢。今天，我们先把杀伤敌人的战果统计一下。"沈树根这话一出，会上的气氛顿时就热烈起来，9班长黄加能首先发言，说："我们9班究竟杀伤了多少敌人，准确的数字还真说不清，因为当时冲得太快，也没仔细去数它，但我印象中二三十个应是有的，其中有一个美国顾问就是我打死的。"说毕，他对班里的其他战士说："你们也都回忆一下，最好不要漏掉。"于是大家又扳着手指统计起来，最后比较统一的数字是：9班在鹫峰阻击战中，共毙敌30人左右。

接下来由8班长吴定益发言，他说："8班杀敌最多的是副班长曹光景，老曹，你先说说。"

曹光景文化不高，平时也不善言词，现在班长要他发言，他有些支支吾吾，不知从哪里说起。大家见他这副模样，都笑了起来，沈树根说："老曹你这次在前哨阵地打得很好，立了大功，你得好好总结总结。"

曹光景说："那也不是我一个人干的，王国村、谭光世和陶必旦也杀敌不少。"

吴定益说："你先说说你自己杀了多少敌人？"

曹光景眨着眼睛算了一下，说："3天下来，打死六七十个敌人是有的，王国村和谭光世也打死了二十几个，再加上排长给我送子弹那次也打死了十几个，加起来，100个不止。对了，还有陶必旦，小陶，你打死了几个？"

旁边的陶必旦说："我打死了十几个。"

沈树根问吴定益："8班其他同志呢？"

吴定益说："大家统计了一下，也有二十几个。"

"好，7班说说。"

7班长关纪才说："7班和排长在一起，大家初步统计了一下，至少也有二三十个人。"

"不错。"这时沈树根把目光投向了坐在角落里的炮班班长李来顺，开玩笑说："来顺，你这个'炮筒子'，今天怎么不吭声了？"

李来顺说："有什么好说的，人家杀了那么多敌人，我们的炮隔得远，也没看清到底炸死了多少敌人，怎么统计啊？"

沈树根说："怎么没法统计？可以说，我们这次阻击打得好，炮班是有功劳的，没有你这门炮，我们的伤亡可能会大得多，还有机枪手，曾茂呢？"

"在，"机枪手曾茂站起来说，"我和副射手凑了一下，3天中消灭的敌人不会少于三四十个。"

"好。"沈树根说毕，便在人群中寻找他的通信员任玉山，见他坐在门口的门槛上，说："通信员任玉山同志这次表现也不错，传达命令，运送弹药，保护我的安全，都不错。'小山子'，你站起来说说，你这次杀了几个敌人？"

任玉山红着脸站起来说："五六个吧。"

"不错，虽然任玉山同志杀敌不多，但这是他第一次参加这么残酷的阻击战，他在完成本职工作的同时，还能见机杀敌，要表扬。另外，任玉山同志积极要求进步，他在922.4高地上向我提出了要求入党的申请，我同意做他的入党介绍人。"沈树根的话音一落，大家便报以热烈的掌声。

"当然啰，任玉山同志，还有其他同志，还是要谦虚谨慎，戒骄戒躁哦。"沈树根笑着说。

这时吴定益笑着说："排长，大家都报了，现在轮到你了。"

沈树根说:"准确的还真说不准,不过前后加起来,上百个是有的。主要在突围途中我打死的敌人比较多。"

任玉山说:"在突击两个小山包时,排长5个弹夹中的100多发子弹全打光了,敌人的死尸数也数不过来。"

沈树根说:"敌人自己也承认在鹫峰922.4高地上被打死的人数超过300人,这与大家统计的数字是基本吻合的,至于受伤的,大家都没有统计,但肯定比打死的更多。"

奉命从鹫峰阻击阵地撤下来的179团3营8连3排,在做短暂休整后,于3日后开赴华川鸡雄山阵地继续阻击敌人。在一天下午的战斗间隙,团宣教股长毛英奉上级之命,来8连了解沈树根在鹫峰阻击战中灵活指挥,英勇杀敌,以全排伤亡4人的代价,毙敌300余人的英雄事迹,然后,他要撰写3排及沈树根本人评功选模的事迹材料,向上级呈报。

因沈树根当时正在军部汇报鹫峰阻击战的战况,毛英找到了3排的几位班长,但班长们因为当时各据山头,全面的情况并不知情,说了半天,毛英仍不满意。最后毛英找到连长吴庆龙,吴庆龙搔搔头皮,突然说:"有了,你找我的通信员任玉山,他当时是沈树根的通信员,他了解情况。"

原来任玉山这时已调到连部,从鹫峰下来后,连长吴庆龙对沈树根说:"我看'小山子'这小鬼挺机灵的,打仗也勇敢,就叫他到连部来吧。"沈树根虽然有些不舍,但连长要人,他也只好服从。

因为当时任玉山正在朝鲜的鸡雄山前线执行任务,毛英就冒着炮火来到鸡雄山,他在一条战壕里找到了任玉山。于是,在一次敌人的进攻被打退的间隙,两个人席地而坐,一个问,一个答,采访一直从中午持续到天黑。

几天后,毛英日夜写就的《鹫峰阻击英雄沈树根》的评功选模报告呈到了团部、师部和军部。不久，志愿军总部根据沈树根在鹫峰阻击战中的英雄事迹，特授予沈树根"鹫峰阻击英雄"的光荣称号，授予其指挥的3排荣立特等功并获"鹫峰阻击英雄排"称号；在全军英模大会上，又授予沈树根中国人民志愿军"一级战斗英雄"的称号，立特等功；沈树根还获得朝鲜民主主义人民共和国颁发的三级国旗勋章一枚。与他同时获得光荣称号的还有3排8班副班长曹光景，他获得志愿军司令部政治部命名的"独胆英雄"的光荣称号，并立特等功；8连连长吴庆龙立一等功，8连指导员孙夫章获"二级模范工作者"光荣称号，8连荣立集体二等功。

　　沈树根所在8连在华川阻击战中荣立集体二等功，图为全连干部战士从战场撤下后在朝鲜一山坡前留影。

（沈树根亲属供图）

1951 年 8 月 5 日，在新华社朝鲜前线战地记者采写的一篇报道中，对 8 连及所属 3 排的立功受奖做过这样的报道："第 8 连在某高地的阻击战中，击溃敌人大小 10 余次攻击，毙伤李伪军 400 余名。该连奉命撤退时，其第 3 排被敌包围，但在排长沈树根的沉着指挥下，该排在突围作战中沿途又杀伤敌人百余名。"①

除了沈树根和曹光景之外，3 排的吴定益、李来顺等十多位战士也都立功获奖，这其中就有通信员任玉山。不过任玉山一开始并未评上，评功名单下来后，没有任玉山的名字，排里几位班长抱不平说："啊呀，怎么没有'小东北'的名字啊，他也应该立功啊。"正好沈树根从军部回来，听说这事后，对任玉山说："你也是个英雄，鹫峰打得这么残酷，我们胜利了，你功不可没。"于是，没多久，他也立了三等功。

1951 年 9 月，沈树根被推选为中国人民志愿军战斗英雄国庆观礼代表团成员，回国参加庆祝中华人民共和国成立两周年观礼。代表团一行 99 人，在志愿军政治部主任杜平率领下，乘列车于 26 日抵达北京。中国人民抗美援朝总会副主席陈叔通、中华全国民主总会主席廖承志、各民主党派、各人民团体、人民解放军战斗英雄到京参加国庆观礼的代表及各界人士 3000 多人到车站热烈欢迎志愿军战斗英雄国庆观礼代表团。是日，整个北京站可以说成了旗的海洋、花的海洋、人的海洋，那锣鼓声，鞭炮声，欢呼声响彻云霄……那天，沈树根一出车门，就被一群热情的青年学生抬了起来，其他的战斗英雄，也像他一样，被蜂拥而至的学生们抬着，拥着，有的还被学生们在阵阵的欢呼声中高高地抛起来。

在北京站广场上举行的盛大欢迎仪式上，中国人民抗美援朝总会副主席陈叔通致热情洋溢的欢迎词，他说："你们来庆祝祖国国庆佳节，

---

① 转引自中国人民抗美援朝总会宣传部编：《伟大的抗美援朝运动》，人民出版社 1954 年 4 月版，第 442 页。

国庆是你们的胜利果实，你们参加国庆就是你们看到了自己在毛主席、朱总司令英明领导之下的胜利果实……"①

陈叔通致毕欢迎词，中国人民志愿军政治部主任杜平团长致答谢词，他说："我们代表团代表着朝鲜前线志愿军的全体同志，来参加我们祖国的国庆大典，来祝贺我们祖国的日益繁荣与强大。正在朝鲜作战的每一个同志都十分关心着我们的祖国，每一个同志都深知，我们所执行着的抗美援朝的战斗任务，同时也就是保卫祖国的战斗任务。只有坚决打击侵略者，才能保卫祖国的安全与建设，因此，每一个同志都在坚定地执行着祖国人民给予我们的光荣任务……"②

杜平团长致词一结束，98 名志愿军代表顿时又被欢迎的人群围住了，许多人从口袋中掏出早已准备好的笔记本，要求志愿军代表签名题词。沈树根以前从未经历过这样的场面，一开始他不敢签，也不知道签什么，这时身旁有个女学生抓住他的手，把一支钢笔塞入他的手里，说："同志，签个名吧，就签您的名字。"沈树根这才提起笔，在女学生递给他的笔记本上签上自己的名字。接着，有更多的年轻人几乎用同样的方法请沈树根签名，一批又一批……10 月的北京已经是很凉爽了，可置身在这热情的海洋里，沈树根的衣服早已被汗水湿透了。

当晚，代表团全体人员入住乡村饭店，后来又搬到了畅观楼，畅观楼在北京城西，是当年慈禧太后去颐和园途中休息的行宫。晚上，睡在干净、舒适而又暖和的大床上，沈树根却失眠了，连日来发生在他身边的一切的一切，让他如做梦一般，他老是在心里问自己：这是真的吗，是真的吗？他，沈树根，一个以前目不识丁的人，一个放牛娃出身的苦孩子，一个入伍后身上每天几乎都沾满了泥土和血迹的普通战士，无非

---

① 杜平著：《在志愿军总部》，解放军出版社 1989 年版，第 303 页。

② 杜平著：《在志愿军总部》，解放军出版社 1989 年版，第 303 页。

在战场上多杀了几个敌人，党、国家和毛主席竟给了他这么高的荣誉，他真的是受之有愧啊，此时此刻，他想起了那些倒在他身边的烈士们，想起至今还在朝鲜前线与敌进行血战的战友们……现在，他的心中只有一个愿望，那就是回到朝鲜以后，一定要多杀敌人，早日把美国鬼子赶出朝鲜去，保家卫国，以实际行动报答党、国家和毛主席的恩情，告慰那些牺牲的英烈们。

之后的几天里，沈树根与其他代表团成员一起被安排在北京城里参观和游览，还参加了几个座谈会。所到之处，依然是欢迎的鲜花、热情的笑脸和一批又一批的向英雄们索要签名者。尤令沈树根感动的是他们在一个景点游览时，被景点中的游人发现了，于是，便呼啦一下围拢来许多人，有的人抓住他们的手紧紧不放，有的人找出纸片要他们签名，有的人要他们讲战斗故事……，因为围着的人实在太多了，一位小姑娘挤了几次都无法挤进人群，竟失望地蹲在一边哭了起来，最后沈树根挤出人群，与她握了握手，小姑娘才破涕为笑。

1951年9月30日上午，沈树根和其他代表团成员正在万寿山游览，下午的时候，有一个特大的喜讯传来，所有志愿军战斗英雄国庆观礼代表团成员，要参加当晚由毛泽东主席举行的国庆宴会，大家一听，都高兴得欢呼起来。时任志愿军政治部主任、志愿军归国观礼代表团团长杜平在其所著的《在志愿军总部》一书中，曾有详细的记述：

"那天上午，我们全体代表游览了万寿山。吃完午饭，接到中央办公厅的通知，晚上去怀仁堂参加毛泽东主席举行的国庆宴会。当我把这一喜讯告诉代表们时，整个饭店都沸腾了。九十多位男女代表兴奋得跳呀蹦呀，许多同志流下了激动的泪水。他们是在旧社会苦水中泡大的苦孩子，是共产党救他们出了火坑，是毛主席指引他们走上了革命的道路。现在，他们就要见到日夜想念的毛主席了，怎能不叫他们高兴和激动呢？"

　　下午的时间过得好像特别慢。好容易挨到 18 时 30 分，沈树根他们才乘车前往中南海。汽车穿过披上了节日盛装的长安大街，很快驶进中南海。在宴会厅门口，沈树根遇上了中国人民解放军的战斗英雄代表，因为 27 日，人民解放军和志愿军两个代表团曾在一起举行过座谈会，所以，沈树根与他们都认识了，大家边打招呼边往里面走。朱德总司令和宋庆龄副主席，李济深副主席，张澜副主席，周恩来总理，聂荣臻代总参谋长等首长在门口迎候大家。各位首长和大家亲切地握手。走进宴会厅，只见几百张桌子都已坐满了人，有党、政、群和工、农、商、学各方面的代表，还有各国驻华外交使节共约 2000 人。大家都在等候着毛泽东主席的到来。

　　晚 19 时多一点儿，军乐队奏起《东方红》，毛泽东主席健步走进了宴会厅。沈树根和大家都一齐起立向毛主席鼓掌，毛主席向应邀出席宴会的代表挥手致意。

　　国庆宴会于晚 19 时 30 分正式开始，毛主席举杯向来宾祝贺，代表们和外国来宾也都起立向毛主席敬贺节日。席间，工、农、兵、学、商、华侨等各方面的代表，纷纷起身去向毛主席敬酒。沈树根及另外 8 名志愿军战斗英雄被推举去向毛主席敬酒，他们在杜平主任的带领下，走到毛主席面前，代表全体志愿军，敬祝毛主席节日愉快、身体健康。毛主席也微笑着与杜平主任和志愿军战斗英雄们碰杯，他对杜平主任说："祝贺你们的胜利，为彭德怀同志，为在朝鲜前线浴血奋战的志愿军全体将士干杯！"

　　因为兴奋，沈树根在国宴上多喝了点儿酒，回到饭店后，怎么也睡不着，于是，他就到其他战斗英雄们的房间转了转，他们也都和沈树根一样，毫无睡意。王芝荣激动地对他说："毛主席进来时，大伙儿都站了起来，把我挡住了。我真恨自己个子太矮。后来一使劲，挤到张孝才前面去才看清楚了。"王有根更是激动得很，手舞足蹈地说："真想不到，我这个旧社会要饭的穷小子，今天不但见到毛主席，而且还和毛主席一块吃饭，这是我做梦也想不到的。社会变了，我们老百姓变得值钱了，和领袖平起平坐，我这辈子真是修下福了。"沈树根不擅辞令，只是傻笑着听大伙发言，没想睡到半夜里，他梦见毛主席向他们走来了，于是便大喊一声："毛主席来了，快起来!"使得同室的战友们信以为真。都从床上跳了起来。

10月1日是国庆节，这一天早饭后，沈树根与其他志愿军战斗英雄代表早早登上了天安门旁的观礼台，他们被安排在观礼台的第1排，十分引人注目。站在观礼台上，放眼向天安门广场望去，眼前是一片火焰似的红旗，一片起伏的人的海洋。天安门城楼上挂着毛泽东主席的巨像，城楼两旁成排的大红旗迎风飘扬。

上午10时许，毛泽东主席登临检阅台，在雷鸣般的掌声中，朱德、刘少奇、宋庆龄、李济深4位副主席，政务院总理周恩来等党和国家领导人也相继登上检阅台。中央人民政府秘书长林伯渠宣布庆祝典礼开始。最先开始的是阅兵式，由朱德总司令检阅受阅部队并宣读中国人民解放军总部给全国武装部队和民兵的命令，命令中特别提到了中国人民志愿军："中国人民的优秀儿女，志愿组织了中国人民志愿军，与朝鲜人民军并肩作战，保障了祖国的安全，打击了美帝国主义侵略者，取得了巨大的胜利……"[①]

站在观礼台上的沈树根专注地听着总司令的命令，生怕漏掉一个字似的，直至旁边的特等功臣陈三用手碰了他两下，他才回过神来，陈三问沈树根："树根，在想什么呢?"沈树根说："总司令的话真带劲。"陈

三说："是带劲，我现在就想回到朝鲜前线去，多杀几个美国佬。"沈树根笑着说："我们想到一块了。"

说话时，分列式检阅开始了，走在最前面的是由身经百战功勋卓著的解放军高级指挥员——中国人民解放军军事学院的学员组成的方队。紧接着，各兵种的部队——骑兵部队、防空部队、牵引炮兵部队、摩托化部队、装甲部队相继过来了，学员队伍过来了，民兵队伍过来了。紧接着，各种口径的大炮和各种轻重型坦克，像一股钢铁的洪流，在检阅台前隆隆驶过，在坦克过去之后，所有的人都抬头仰望，原来是人民空军的各式飞机过来了。望着矫健的雄鹰在头顶上飞过，沈树根对旁边的铁道兵部队的战斗英雄杨连第说："瞧，我们也有战斗飞机了，这下可以对付美国鬼子了。"杨连第说："早盼着这一天了。"

国庆观礼后，沈树根和20名解放军、志愿军的战斗英雄代表还应邀参加了中国人民政治协商会议第一届全国委员会第三次会议。那天会议开幕时，沈树根被安排在第4排通道旁边的一个坐位上，刚坐下，他就发现毛主席坐在第1排中间的位子上。沈树根的心顿时狂跳了起来，他真想一步跨到毛主席身边，给毛主席敬礼，向毛主席问好，同毛主席握手……但这些都是会议纪律明确规定所不允许的。于是，他想到了请毛主席签名，他心里想，大会禁令中并没有禁止请毛主席签名这一条，我为何不请毛主席给我签一个名呢。打定主意后，第二天一早，沈树根在起床后打绑腿时，悄悄把一本笔记本裹进了绑带。然后进入了会场。坐在位子上，准备找机会请毛主席签名。过了没多久，毛主席来了，他微笑着，不时地向代表们点头、招手，然后仍坐在昨天坐过的位子上，接着周总理也来了，他坐在毛主席身旁。就在这时候，沈树根一边按捺着自己狂跳的心，一边悄悄地从绑腿中抽出笔记本，翻开后捏在左手，然后一个箭步跨到毛主席身边，立正敬礼，喊了声"毛主席您好！"然后迅速用双手捧上笔记本，说道："请毛主席给我签个字。"毛主席正同周总理说话，他惊讶地转过头一看，马上站起来微笑着说："哦，是我们的志愿军英雄！"说罢迅速接过笔记本，拿着总理递过来的笔签上"毛泽东"三字。毛主席签名后并没有把笔记本交给沈树根，而是转身递给周总理，说"你也给咱们的志愿军英雄签个名吧"。周总理

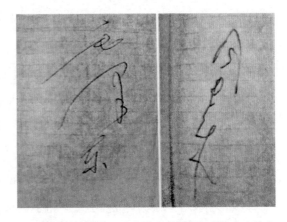

毛泽东主席和周恩来总理在沈树根笔记本上的亲笔签名。　　　　　　　　（金舒燕摄）

笑着接过笔记本并往后翻了一页，签上自己的姓名。沈树根的举动令在场的战斗英雄们既嫉妒，又羡慕，一位叫崔建国的战斗英雄后悔地说："这沈树根的头脑就是灵活，咱们怎么没想到呢。"

　　在政协会议期间，毛泽东主席，朱德总司令还在颐年堂单独接见了沈树根等 20 名中国人民志愿军和中国人民解放军的战斗英雄特邀代表，同代表们一起在颐年堂内合影留念。

　　国庆观礼及政协会议结束后，志愿军战斗英雄国庆观礼代表团结束了在北京为期一个多月的活动，满载着祖国人民对志愿军的亲切关怀和深情嘱托，重返朝鲜前线。沈树根因为要参加华东军区、第三野战军第一届英模代表大会，暂时留在国内。11 月 2 日，他乘火车抵达南京。

　　而此时，他所在的 179 团的战友们正奉命在朝鲜的大寺峰、雪峰山、猪头峰一线构筑工事，配合兄弟部队阻击并围歼敌人。

　　1951 年的严冬又来临了，不过与一年前入朝时相比，今年的冬天温暖多了，因为部队已经配发了冬装。11 月 12 日，179 团奉命返回朝鲜的益寿洞过冬，同时，一边训练，一边整编。

　　在抵达益寿洞不久后的一个下午，沈树根通知连部通信员任玉山：

"'小山子'，准备一下，下午开会。"原来这天在任玉山的一生中有一件最重大的喜事要发生，他的入党候补期到了，在连队召开的支部会上，全体支委一致同意任玉山由候补期转正，也就是说，从这一天起，他已是一名正式的中国共产党党员了。任玉山的入党介绍人是连长吴庆龙和沈树根，不过沈树根现在已不是3排的排长了，从祖国回到朝鲜前线后，他已被提升为8连的副连长，作为任玉山的入党介绍人之一，沈树根在支部会上对任玉山的要求是："谦虚谨慎，戒骄戒躁，继续努力，做更大贡献。"

1952年6月28日，沈树根参加了在朝鲜首都平壤举行的朝鲜民主主义人民共和国最高人民会议常任委员会授予中国人民志愿军英雄、模范、功臣勋章和奖章的大会，授勋典礼由朝鲜内阁重工业相郑一龙主持，他将勋章和奖章授予志愿军各部队的67位战斗英雄、工作模范和人民功臣的代表。参与这次典礼的有朝鲜人民军代表朴一禹将军、朝鲜祖国统一民主主义战线中央委员会书记局副局长李奎等和志愿军的首长及各部门代表300多人……在军乐齐奏、掌声雷动中，郑一龙向一等战斗英雄连长郭忠田、副连长沈树根、排长卜广德和一等工作模范政治教导员王兴记等6人颁发三级国旗勋章，向二级战斗英雄营长马如华等7人和特等人民功臣副政治教导员李延年等10人颁发一级战士荣誉勋章。向一等人民功臣连长马寿昌等38人颁发二级战士荣誉勋章。向司机班长张宗汉等7人颁发军功奖章。在颁奖典礼上，中国人民志愿军副司令员邓华讲了话，他说："中国人民志愿军在20个月来的反侵略战争中，各部队涌现出了成千成万个创造光辉战绩的英雄模范，朝鲜民主主义人民共和国最高人民会议常任委员会授予这些英雄模范以勋章和奖章，是我们中国人民志愿军全体指挥员和战斗员的光荣……"[①]

---

① 转引自中国人民抗美援朝总会宣传部编：《伟大的抗美援朝运动》，人民出版社1954年版，第557页。

1951 年 12 月，沈树根在朝鲜出席第 20 军英模大会时与军首长合影（后排右二为沈树根）。

（沈树根亲属供图）

　　沈树根从平壤参加完各种颁奖授勋活动回到部队时，已是 1952 年下半年了，当时部队正在朝鲜开展军事训练并在朝鲜大寺峰地区执行打坑道的任务。有一天下午，沈树根刚从坑道里出来，通信员任玉山告诉他，晚上有文工团来这里演出。吃过晚饭，部队集合来到坑道前面的一处空地上，演出开始，让他没想到的是，第一个节目竟是以他为原型的天津大鼓《英雄沈树根》，接下来是唱曹光景的鼓词《独胆英雄曹光景》，然后是舞蹈、唱歌和"拉洋片"①，所有演出的内容，都取材于部队中的

---

① "拉洋片"是中国的一种传统民间艺术。表演者通常为 1 人，使用的道具为四周安装有镜头的木箱，箱内装有多张图片，并使用灯具照明。表演时表演者在箱外拉动拉绳，操纵图片的卷动。观者可通过镜头观察到画面的变化。通常内置的图片是完整的故事或者相关的内容。表演者同时配以演唱，解释图片的内容。

真人真事，虽然艺术上有点儿粗糙、简单，但却深受部队干部战士的欢迎。演出结束，任玉山兴奋地对沈树根说："副连长，今天这节目真带劲，有一天，我也要像你一样当英雄！"

沈树根笑着拍了拍任玉山的肩膀说："好啊，'小山子'，你应该当英雄！"

就在这以后的一天下午，沈树根与任玉山一起在坑道里作业，在歇工的时候，他对任玉山说："'小山子'，连部经过研究，认为你不能总跟着我当通信员，下班去吧，到尖刀班去当班长。"

1952 年秋，在朝鲜大寺峰挖坑道时，沈树根（前排左一）与战友们在坑道口留影。

（沈树根亲属供图）

任玉山一听，有些突然，更有些不舍，红着眼睛说："副连长，让我再跟你一年吧，半年也行。"

沈树根笑起来，说："真没出息，当班长也是在 8 连，我们不是还在一起吗？以后形势发展了，你说不定还要远走高飞，去挑重担哩。"

第二节　回　国

1952 年 9 月下旬，中国人民志愿军 20 军奉 9 兵团转中央军委的命令，将防务移交给 23 军，回国改装，接受担负保卫祖国海防的新任务。10 月初，179 团交防完毕，部队随即回撤。

回国之前，各部队遵照军首长做的"每位官兵要为朝鲜人民做一件好事，将志愿军的好名誉永远留在朝鲜"的指示精神，纷纷行动起来，179 团 3 营 8 连在连长吴庆龙、指导员孙夫章、副连长沈树根的带领下，有的为驻地群众修桥铺路，有的给房东挑水扫地、储备柴草，有的把自己使用的物品如钢笔、鞋子等送给房东留作纪念。

沈树根送给房东阿妈妮的是一块崭新的白毛巾，毛巾上印着 7 个鲜艳的红字："赠给最可爱的人"。这条白毛巾是他在朝鲜出席授勋仪式时祖国来的慰问团送的，本来他要将这条白毛巾留作永久的纪念，现在，在他即将离开这块他和战友们曾为之血战了两年的土地时，他将这块白毛巾送给了朝鲜的阿妈妮，他想让这条白毛巾成为中朝两国人民生死情谊的见证。

像志愿军要离开朝鲜时的难舍难分一样，朝鲜人民对志愿军的回国更是依依不舍，8 连驻地的朝鲜阿爸吉和阿妈妮，听说志愿军要走，就连夜赶制慰问袋、手帕和锦旗，有的还从地窖中取出家里仅有的一点儿大米，磨成粉后赶制出朝鲜的点心。但送到连队驻地后，战士们却怎么也不肯收，急得送点心的朝鲜阿妈妮直掉眼泪，沈树根知道后，红着眼睛说："收下。"阿妈妮走后，沈树根马上把炊事班长叫过来，要他在明天部队离开时，悄悄留一些大米给阿妈妮。

第二天一早，部队准时开拔，闻讯而来的朝鲜群众早已等在路口，见志愿军过来了，纷纷拥上前来，哭着喊着紧拉着志愿军战士的手不放，一些年轻人则抢着要为志愿军战士扛枪、背背包，一些少先队员则集体站在路旁，举起小手，向志愿军叔叔行着队礼，其中有个小姑娘，从附近的山上采来了一大束鲜艳的金达莱，见志愿军叔叔走远了，便哭着喊着追上来，直至把金达莱送到志愿军叔叔手里时，才破涕为笑……

10 月 14 日，经过十几天的急行军，沈树根所在的 179 团进至朝鲜新安州附近集结。途中，时有敌机进行骚扰并进行扫射，8 连任玉山所在的尖刀班一名战士就是在敌机扫射时被击中不幸牺牲的，他牺牲的地点在朝鲜的杨德市，这里离鸭绿江边的新义州已经很近了。

15 日，179 团乘闷罐子军列从新安州车站出发，一路北行，8 连副连长沈树根与 3 排及任玉山的尖刀班同乘一节车厢，随着离祖国越来越近，大家的心情也越来越激动起来，以至于军列还在高速飞驰着，3 排炮班班长李来顺竟摇摇晃晃站了起来。

"李大个，你干嘛？到安东还早哩。" 8 班长吴定益提醒李来顺。

李来顺不停地用军帽朝自己的脸上扇着凉风说："啊，坐不住了，坐不住了。"

"咱们来顺想媳妇了。"有人开起了李来顺的玩笑："刚才做梦了吧？老实交待。"

"交待。"

"李大个交待。"

车厢里的人都跟着起哄起来。

李来顺是个老实人，一听大家这样"哄"他，他的脸便腾地涨红，结结巴巴说："你们别胡说，副连长在这里，我可没有做那种梦，俺连对象也没有，哪有什么媳妇？"说毕，也不敢再站着说话了，赶紧蹲下，低下头去。

大家一见他这副模样，笑得更厉害了。

这时车厢角落有位战士说："李大个，你不想？俺可想得很哩，俺听 180 团的老乡说，俺家里去年分了十几亩地，俺爹俺娘都老了，俺媳妇又有病，他们都盼俺回去呢。"

"哎，你这思想可不对头。"9 班长黄加能当即对这位战士的话提出了批评："大家回国后，都像你一样去过'30 亩地一头牛，老婆孩子热炕头'的生活，那台湾还要不要解放？美帝国主义还要不要消灭？新中国还要不要建设？"

那战士一听 9 班长这话，感到分量有点儿重了，连忙解释说："我不过是说说而已，我说错了还不行吗？"

坐在车厢一侧一直在听大家发言的沈树根这时笑起来说："马上就要回国了，大家心里高兴，随便聊聊，即便说错了也不要紧。不过说心里话，离开祖国快两年了，现在我们胜利了，要回国了，有的同志已到家门口了，要说不想那是假的，坦率说，我也几次梦到回家了，真的，离家七八年了，一天到晚打仗、打仗，连个音讯也不通，家里也不知道我这个儿子是否还活着。"

坐在车厢门口的尚切忠问沈树根："副连长，那这次回国后，你不就可以回家看看老父亲了？"

"想是这么想，但还是要看部队往哪里走，如果要去解放台湾岛，一时半会儿恐怕还走不了。"

说话间，一路疾驰的军列突然放慢了速度，沈树根说了句："快到家了。"说毕便站起来，走到车厢的门口，从不断晃动的门缝中望去，远处的原野、农舍、树木在不断地后掠。10 月本是收获的季节，但在朝鲜这块土地上，却是一片荒芜，无人耕作，被美机炸毁的村庄，依然是残垣断壁，一片萧瑟。

这时天已渐暗下来，沈树根两手扶着剧烈晃动的车门，脸色凝重。

突然，有一盏电灯从沈树根的眼前掠过，接着，原本黑漆漆的车门外变得光亮起来，再接着，军列发出了一阵剧烈的摇晃，车厢底下的刹车也发出"吱、吱、吱"的声响，随着一阵"隆隆、隆隆……"的轰鸣，军列驶入了一座铁路大桥。

"啊，鸭绿江到了，到家了。"东北籍的任玉山首先叫起来，作为东北人，任玉山对这条江的了解和情感要比南方人更加透彻和深厚，从某种意义上来说，他就是喝着这条江的江水长大的。

这时车厢内的许多干部战士也都拥到了门口，虽然因为门缝小，他们无法看清鸭绿江的模样，但从军列底下车轮和铁轨摩擦后所发出的"隆隆、隆隆……"的轰鸣声中，他们真真切切地感到：祖国到了，回家了。

于是，这些在血与火、生与死的锤炼和考验中从未流过眼泪的硬汉们，都哭了。

第三节　南　下

军列在安东站停下后，天已经全黑了。

安东（1958 年改名丹东）是鸭绿江边的一座小城市，它位于辽宁省的东南部，是中国大陆海岸线的北端起点。它北距沈阳 222 公里，南距朝鲜首都平壤 220 公里。人口虽然不多，但地理位置很重要，历来为兵家必争之地。安东的对面就是朝鲜平安北道首府新义州。朝鲜战争爆发时，彭德怀司令员等志愿军首长就是从安东秘密过江，直驱朝鲜境内，与金日成将军会合。首批秘密入朝的中国人民志愿军第 40 军 119 师、120 师，39 军 115 师、116 师及其后的 50 军、66 军、19 兵团、3 兵团、20 兵团、铁道兵、工程兵、炮兵等大批部队也是从安东过的江。

由日本人建造的连接中朝两国边境的鸭绿江大桥就在安东城旁。朝鲜战争爆发后，"联合国军"总司令道格拉斯·麦克阿瑟曾命令美精锐陆战 1 师向鸭绿江快速推进，以实现其"在圣诞节前结束朝鲜战争的总攻势"

的愿望。

现在，才经过了短短一年多时间，形势就发生了剧变——多列载着中国人民志愿军凯旋之师的军列通过临时抢修的鸭绿江大桥，回到了祖国的怀抱。

1952年10月16日，沈树根和他的战友们分乘几列闷罐子军列全部抵达安东做短暂休整。他们在安东待了两天，理发，洗澡，脱下污迹斑斑的破旧军装，换上刚刚发的新军装，抓紧时间给家人写信……

1952年10月18日，20军在鸭绿江畔烈士陵园举行了隆重的悼念大会，军长张翼翔和辽东省、安东市的领导以及军民代表纷纷向杨根思、毛杏表、胡乾秀、郝亮、李树人、洪定太、喻求清等烈士敬献花圈，向长眠于异国山河的英烈们致敬、告别。军政治部主任邱相田在讲话中悲壮宣告："我们要告诉敌人，血债迟早要用血偿还的！"[1]

期间，朝鲜民主主义人民共和国中央政府特派代表到20军赠旗。

张翼翔军长代表20军去平壤，向金日成首相和志愿军首长告别。

军政治部主任邱相田率文工团向朝鲜江原道、咸镜南道政府和人民告别并进行慰问演出。还派出代表会同当地军民，去长津湖畔向杨根思烈士陵园和战斗牺牲的烈士英灵祭奠。

而就在同一日，中国人民解放军第20军60师179团，这支在朝鲜战场上战功卓著令敌人闻风丧胆的劲旅，悄悄登上了南去的军列。

在军列驶出安东站不久，8连尖刀班班长任玉山悄悄挪到副连长沈树根的身旁，坐下后，轻声问："副连长，我们这是去哪儿啊？"

"大上海。"沈树根也不想隐瞒什么，就把部队的去向告诉了大家。

"大上海？大上海在哪儿啊？"任玉山愣头愣脑地问。

8班长吴定益老家在浙江，解放上海时他又随部队在上海郊区待过

---

[1] 百旅之杰编委会：《百旅之杰——二十军史话》（下），杭州出版社1999年版，第593页。

第五章 凯 旋 **173**

一阵子。有一次，他还与当时担任副排长的沈树根逛过一次南京路，因此，在任玉山面前，他算是一个上海通了，于是他撇撇嘴说："我说你土了吧，'小东北'，大上海可比你东北那旮旯强多了。"

吴定益话音未落，车厢内就引起一阵哄笑，任玉山倒也谦虚，说："吴班长，你说大上海有什么好玩的？"

吴定益正要回答，旁边有位上海籍的战士说："你说大上海？那好玩的多了，国际饭店，你听说过吗？没听说过吧，那个高啊，24层，一眼望不到顶，还有大世界，你也没听说过，那里面好玩的就更多了，光一面哈哈镜，就够把你逗的……"

上海籍战士正要说下去，列车突然发出一阵剧烈摇晃，然后就放慢了速度，沈树根问坐在车门口的机枪手曾茂："曾茂，到哪儿啦？"

曾茂探头往车门外看了看，说："到兖州站了，副连长。"

兖州到了，沈树根有点儿兴奋起来。1950年10月底，他和3排的战友们随20军的大部队就是从兖州登上闷罐子军列，然后一路向北，从辑安跨过鸭绿江，直奔朝鲜战场的。在随后的长津湖战役、黄草岭战斗及五次战役的鹫峰阻击战中，他和3排的战友们奋勇杀敌，生死与共。许多战友在他的身边倒下了：排长王洪法、"小山东"、8班副班长老孟、九班副班长廖九……在长津湖及黄草岭战斗中，3排48个人，最后仅存6个人，在五次战役中，3排又牺牲了15个人。短短两年中，3排先后有57位战友长眠在朝鲜战场上。

现在，他们回国了，可那些牺牲的战友却永远不能回来了，想到这里，沈树根的眼泪止不住流了下来。

闷罐子军列依然在快速地朝南疾驰着，也不知过了多少时候，列车突然放慢了速度，沈树根从车厢顶部马灯灯光的晃动中睁开眼睛，问了句："上海到了吗？"

上海到了，当机车喷吐着浓浓的蒸汽，在一个长长的月台前停下时，沈树根从打开的车门中看到月台牌上写着两个字："真如"。

这时候，车站的大喇叭突然放起了一首大家熟悉的歌曲："雄赳赳，气昂昂，跨过鸭绿江……"听到歌曲的战士们情绪顿时高昂起来。这时，播音员在喇叭中喊起了口号："热烈欢迎'最可爱的人'回国！""抗美援朝，保家卫国！""中国人民解放军万岁！"……

随着口号声，一大群少先队员捧着鲜花从月台的两侧拥了过来，纷纷向月台上的战士们献花。可能是领导有意的安排，也可能是高个子的沈树根英俊威武的模样很有英雄的气概，许多献花者都拥向了他这里，如果不是沈树根避得快，他很可能会被欢迎的人群抬起来，高高地抛向空中。

在欢迎活动结束后，沈树根率部随 179 团奔赴上海市宝山地区，24日又进至上海市的嘉定。此时部队的主要任务是，一边进行整训，一边担负保卫海防的任务。

1952 年 11 月 8 日，中共中央华东局暨上海市各界慰问团，在团长陈巳生（时任全国工商联副主任委员、华东军政委员会监察委员会副主任）、副团长李步新（时任中共中央华东局组织部副部长）、江岚（时任华东军区政治部所属文化部部长）、李干辉（时任上海市监察委员会副主任）等领导的率领下，代表中共中央华东局、华东军政委员会、华东军区和中共上海市委、上海市人民政府及各群众团体，到 20 军进行慰问，他们称 20 军是"华东人民培育的不可战胜的部队"。慰问团带来了 3 个文工团到各部队进行慰问，其中京剧团由金素琴、王金璐主演《宝莲灯》，王金璐饰演沉香，在演出高潮时，沉香一斧头劈开了大山，救出了三圣母。这时台下的战士们都大喊起来："沉香救母，志愿军卫国保家！"

连日来，沈树根所在部队的营地几乎可以说是记者云集，报社的、电台的，本地的、外地的，军内的、军外的……，除了周而复始地为英雄们拍照、录音，请英雄们讲述当时的战斗故事。再就是一些来自学校、医院、工厂、机关、家乡等等的邀请者，他们以让人无法推辞的理由，将毛张苗、沈树根、曹光景等英雄人物请去做报告；有些邀请者因为心情比较迫切，不乏采取一些比较"武断"的方式，如在一场报告结束后这位做报告的英雄人物还未返回营地，就被早已守候在门口的邀请者截去。弄得首长们束手无策、哭笑不得。

沈树根出席华东英模大会时和其他战斗英雄、工作模范代表一起与军首长合影（前右二为沈树根）。
（沈树根亲属供图）

这一天，有一个京剧团来沈树根所在部队进行慰问演出，演出结束，剧团全体演员向部队首长提出强烈要求，邀请沈树根去团里为演员们讲讲朝鲜战场上的战斗故事，沈树根虽说去学校、部队、工厂、医院做过报告，但为剧团的演员们讲战斗故事，他还是"大姑娘上轿——头一回"，因此心里有点儿怵，故跑到营部对教导员孙夫章说："教导员，你让我给工人们、战士们讲讲战斗故事还行，你让我给那些演员们讲战斗故事，我真有点儿怕，还是不去了吧。"

孙夫章听后一本正经地说："演员怎么啦？怕人家吃了你，这可是师、团首长交代的任务，你不去也得去，这是命令。"

"人家都是大知识分子、大演员，我一个大老粗，黑不溜秋的，说得不好，怕被人家笑话。"沈树根还是没信心。

孙夫章一听笑起来："你黑不溜秋怎么啦？你是战斗英雄，特等功臣，你就讲讲鹫峰阻击战的事，我保证演员们一定喜欢听。"

"我……"

"哎，我说你小子今天怎么啦？吞吞吐吐的，好像心里有鬼啊，你是不是看上哪个漂亮女演员了？"

孙夫章这么一说，把沈树根吓坏了，红着脸，嘴里连连说："不、不、不，教导员，这玩笑可开不得，我去，我去，我……"边说，边转身离开孙夫章，逃也似地离开了营部。

"你小子别给我们部队和首长们丢脸啊！"孙夫章在背后喊，然后笑着对旁边的营部书记做了个鬼脸，说："这小子，就得这样治他。"

不过沈树根的这次报告还真没有给部队和首长们丢脸，可以说是十分的成功，虽然一开始他也有点儿紧张，望着台下黑压压的听众，特别是坐在前排的那些女演员们，手里拿着笔记本，全都用专注的目光注视着他，脸上还洋溢着深情的微笑，他感到自己的心跳得快要喘不过气来了，背上湿答答的，脑门上也有汗流下来。

不过他很快就镇定下来，心里说，怕什么，鹫峰上几百上千个敌人围上来我都不怕，现在回家了给同志们讲讲战斗故事有什么可怕的？讲！

沈树根在上海为演员们做的这次报告究竟讲了些什么，由于年代久远，加上沈树根本人已去世，已经无从细考了，我们只有从沈树根当年的老部下任玉山老人的回忆中，约略了解到当时沈树根做报告的一些情况。据任玉山回忆，沈树根当时讲的就是鹫峰阻击的战斗故事，虽然他的一口浓浓的诸暨腔令人很难听得懂，加上他文化不高，所讲的故事也缺少必要的修饰和剪裁，显得有些粗糙和不完整，但正是他的这种原汁原味的故事令聆听者备受感动，许多人边听边流下了眼泪。报告结束，掌声雷动，演员们纷纷拥上前来，向沈树根献花，更多的人则把早已准备好的笔记本拿出来，要沈树根签名。沈树根原本是个文盲，参军后才学了点儿文化，但要他在众目睽睽之下为这些大演员、大知识分子签名，有的甚至要他题词留言，着实令他心惊肉跳，但这时他已没有退路，只好硬着头皮抖着手在演员们递上来的笔记本上签上自己的大名。

或许是因为对战斗英雄的崇敬在日益的升温，或许是沈树根做的报告的确很精彩。总之，这之后，"强烈"邀请战斗英雄沈树根去学校、剧团、工厂、机关、部队做报告的邀请函就像雪片一样飞到了沈树根所在的部队，以至于教导员孙夫章在面对办公桌上小山般堆着的邀请函时竟搔起了头皮，嘴里不断地嘟囔："这怎么办？这怎么办？"最后他只好打电话给团里，请示怎么办？团首长反问孙夫章："你说怎么办？报告当然得做啊，同志哥，你要知道，这也是战斗啊！"

如雪片一样寄给沈树根的除了做报告的邀请函，当然就是来自全国各地的书信了。据任玉山回忆，他的老排长每天收到的信件最多的时候可以用麻袋装，写信者除了工人、农民、部队干部战士和机关干部外，最多的是学生，他们用纯真的充满着火热情怀的语言，流露出对英雄的无限崇敬，洋溢着浓郁的时代气息，读来至今仍回味无穷和令人感慨。

一位叫唐志明的工人在信中说："亲爱的英雄——树根叔叔，我在嘻嘻哈哈的欢乐之中，就想起了这种幸福的由来，是由您与您的同志们流血流汗而来，祝您身体健康，功上加功。"

1955 年元旦沈树根在上海团路中学做报告后与师生合影。　　　（沈树根亲属供图）

沈树根在北京师范大学做报告时与同学们留影。 　　　　（沈树根亲属供图）

　　江苏安亭师范学校女同学吴永珍在信中对沈树根这样说："敬爱的沈树根叔叔您好，您的英雄事迹深深地鼓舞着我。您对困难的回答是：战斗；您对战斗的回答是：胜利；您对胜利的回答是：谦虚。您是我的榜样，是我努力学习的动力。我一定要向您学习，把个人学习的目的建筑在崇高的人民教育事业上，为培养新生一代而奋斗。"

　　上海女护士陆慰芳说："敬爱的叔叔，您的英雄事迹，永远浮在我的脑海中，我一定要向您学习，把您的英雄行为，作为我实际行动的指南……"

　　一位入伍不久的新战士写信给沈树根说："敬爱的英雄叔叔，愿您争取早日解放台湾，功上加功——共勉之。"

　　…………

　　今天的人们，尤其是年轻人，也许很难理解当年这些信件和日记书写者的理想追求，但这是真实的，因为那是个火红的年代，是奋发向上的年代，是充满激情和精神至上的年代。可以这么说，许多从那个年代过来的人，至今都在心灵深处的一角，保留着对那个年代的怀念和眷恋。

在这些雪片一样飞来的信件中，当然还有一些特殊的信件，就是给沈树根的求爱信，她们中有老师、有演员、有大学生，还有医生和干部……她们在信中用几乎相同的语言表达着对英雄的敬仰和崇拜，又用不同的表述方式倾诉着对沈树根的爱慕：有的灼热，有的恬静；有的直率，有的含蓄；有的浪漫而充满诗意，有的执着又脉脉含情……

一本由当年的江苏安亭师范学生珍藏了43年、内页写满了向英雄沈树根学习、致敬留言的日记本。

（金舒燕摄）

这真是一个热血沸腾的时代啊，作为这个时代的幸运儿，沈树根年轻英俊，战功卓著。在中国人民志愿军50位"一级战斗英雄"中，他的名字与邱少云、杨连第等英烈排列在一起，而他又是这些"一级战斗英雄"中的32位幸存者之一。更令人惊奇的是，自他入伍至抗美援朝回国，整整7年间，他虽身经百战，身上却几乎完好无损，甚至连一块明显的伤疤也没有。

沈树根在江苏安亭师范做报告时与师生们在一起。 （沈树根亲属供图）

但沈树根是清醒的，他没有因此而飘飘然，更没有为姑娘们那些火热滚烫的求爱信而想入非非，他始终认为自己是一位土里土气身上有汗味脚上有泥巴的基层指挥员，因此每次在外面做报告一回来，他就会迅即脱掉身上的那套新军装，摘下大红花，然后在那间由茅草搭建的营房里，与连部一班人，谋划连队的学习、生活、训练……当时连队的指导员姓杨，江苏南通人，原是团政治处的宣传干事，在老指导员孙夫章去营里担任教导员后，调到8连的。

有一天早上，沈树根从训练场回来，刚坐下，杨指导员就进来对他说："老沈，团部刚才来电话，有一个学开坦克的名额，今天就要报到，你看叫谁去？"原来60师在徐州孤山镇有一个坦克代训团，请苏联坦克专家当教官，为培养中国自己的坦克手，师里决定要从各团抽调一批优秀士兵去学习。因当时连长不在家，指导员又刚来，就请沈树根拿主意。

"有什么条件吗？"

"有，"杨指导员说，"团里决定各连抽调1名，要求有文化、是党员，还要求是班级干部。"

沈树根想了想，说："2班长怎么样？"

"'小山子'？"

"对。"

"同意。"

正带着全班战士在训练场上搞训练的任玉山很快被通信员叫到连部，见到副连长和指导员，任玉山上前敬过礼，然后便站着问沈树根："副连长，有任务？"

"有。"沈树根严肃地说。

"什么任务？"

"调走！"

"调走？"

"对，叫你去一个屁股底下冒烟的地方。"

任玉山一听明白了，当即便咧开嘴巴哭起来："我不去，副连长，我要跟你在一起。"

沈树根一见任玉山这模样，便板起面孔吼了句："没出息。"转而又放低嗓门说："你以为谁都能去开坦克啊，这是有条件的，是组织上在培养你，你倒好，不想去。"

指导员也在旁边说："部队要发展，就一定要走机械化道路，我们在朝鲜吃亏就吃在没有机械化部队，组织上派你去学开坦克，这是对你极大的信任啊！"

"那我以后还能见到你们吗？"任玉山的情绪这时已平复了下来，看得出，他愿意去学开坦克了。

沈树根一见他这模样就笑起来，说："徐州离这儿也不远，再说你又没有离开我们60师，以后见面的机会多得是。"

这么一说，任玉山便"扑哧"一声笑起来。这时午饭时间已到，任玉山转身要走，沈树根说："你不用回去吃了，中饭与我一起吃。"正说着，通信员已将饭菜端上来，是一盘炒鸡蛋，一盘茭白，一盘粉条炖猪肉，一盘炒青菜。

吃毕，任玉山就回班里打好背包，与战友们敬礼告别。到了连部，沈树根已叫通信员去月浦镇上雇了一辆自行车，驮上任玉山及他的背包行李。坐上车架时，任玉山的眼睛又红起来，说："副连长，你一定要来看我啊。"

沈树根朝他挥挥手说："放心，'小山子'，我们马上就会见面的。"

第四节　回　家

1952年12月，因战备形势需要，20军奉命从上海移驻浙江。其中178团于12月5日开始，由上海罗店移至浙江东海前线的椒江县海门港，以守备港口外侧的黄礁、琅玑、白沙等岛屿，全团于12月23日接守防务完毕。

沈树根所在的179团则移驻浙东沿海的温岭县松门及玉环县的楚门地区。

至此，部队的驻地算是比较稳定下来了。也就是从这时候起，有一个念头开始在沈树根的心里萌动起来：离家8年了，该请假回去看看了。

这是一个冬天的正午，刚刚吃过中饭的诸暨县同山乡沈宅村村妇沈兰花正在自家的后门口与人聊天。忽然间，她看到身后站着一个陌生的军人，此人身材高大，面目英俊，身穿一套崭新的军衣，外面又披着一件军大衣，看上去英姿勃发、威风凛凛。

抗美援朝回国后，沈树根在上海留影。　　（沈树根亲属供图）

这位军人的手里提着一只军用拎包，后面跟着一个挑夫，见到沈兰花，正在疑惑，这时沈兰花的父亲沈惠水从屋里走了出来，见到门口站着一位陌生军人，便问："客人你找谁啊？"

这军人当即上前一步，声音哽咽地喊了声："爹，我是树根啊……"

老人愣了一下，随即，两行浑浊的泪水顺着他那布满皱纹的脸颊流了下来，然后他哆哆嗦嗦地说："树根啊，你怎么才回来啊，我们都以为你……"

老人没有把后面的话说出来，但沈树根知道父亲这话的意思。是啊，从1944年5月的那个下午他与父亲不辞而别，跟随"小坚勇大队"走了以后，到今天突然回家，整整8年间，他与家里没有通过一封信，也没有托人捎过任何口信。父亲为了找他，曾多方托人打听，又去附近的乡村甚至"小坚勇大队"经常活动的深山冷坳独自寻找，但最后都杳无音信。日子久了，几乎所有的人，包括沈宅村的人，都认为他已不在人世了。沈惠水当然不愿接受这个残酷的事实，尽管这样的人和这样的事在附近的村落中并不鲜见，但沈惠水却坚信儿子一定会回来，于是他还是找啊、找啊，等啊、等啊……，每年过年的除夕阖家团聚时，他总会叮嘱儿子友根和女儿兰花在桌上放一副碗筷，在碗中斟满自酿的同山烧①，盼望儿子在这天晚上能回家。

但是，儿子却一直没回来。

现在，这个被大家认为已经不在人世的大儿子，竟突然回来了，而且已经是一位中国人民解放军的副连长，一位大大的战斗英雄，这在沈宅村，在整个同山乡乃至在整个诸暨县都引起了轰动。

这天晚上，当热闹已过，亲朋散去，父子俩睡在一张床上，开始攀谈。

对沈惠水来说，他的心中一直有一个解不开的谜，就是儿子为何要突然离开家？离开后又去了哪里？以及为何多年不与家里写信？

"家里虽然穷，可你也不该偷偷跑出去，再说你还那么小，又没出过远门，连个字也不识。"沈惠水在床的这头叹了口气说："有人看见你那天穿了小芬花的一双鞋，往苏溪方向去，这一走就是8年，不管怎么说，你也得与我说一声，让我们找得好苦啊。"

沈树根在床那头笑笑说："爹，我给你说了你就不会让我参军了。"

"这倒也是，"沈惠水承认说，"但家里穷归穷，一家人总是在一起好，你娘死得早，我得把你们养大啊。对了，'小坚勇'不是在浦江、义乌一带活动吗，你为什么不回家？"

沈树根在床那头说："好几次想回来，可又怕万一被日本人和伪军知道，家里就要遭殃了，义乌、浦江有些新四军家属，就是这样被杀害的。"

"这些畜生！"沈惠水愤愤地骂了句。"后来你不给家里写信，也是这原因？"

沈树根在黑暗中点点头，说："日本投降后，我们部队北撤到山东，可那时几乎天天行军打仗，又没固定的地址，为了保密，部队也不让写

---

① 同山烧是一种以沈树根老家同山镇冠名的烧酒。

信。后来全国解放，到了上海，也是不断调防。我本来想回家看看，可是部队训练紧张，要解放台湾，首长不准假，谁知没有多久，我们就参加抗美援朝，到了那里，就更没有时间写信了。"

沈惠水舒了口气说："现在你平安回来了，我心里的一块石头，也总算落地了。"

…………

这一晚，睡在一张床上的父子俩，亲亲热热地拉着家常，时而叹息，时而沉默，时而唏嘘，时而大笑，父子俩仿佛要把这 8 年间积累的话语一口气说完似的，直至晨鸡报晓，东方既白才迷迷糊糊地睡去。

这次探亲，为答谢亲友，沈树根在牌头镇上买了几匹藏青的卡其布，除父亲外，大伯沈乔水、弟弟友根、堂弟如金、妹妹兰花、大伯家养女小芬花等每人人均 1 丈 2 尺。其时部队还未实行薪金制，这买布的钱，是沈树根用部队补发给从朝鲜回国军人的津贴购买的。沈树根的通信员任玉山曾告诉笔者，他是一名新战士，在朝鲜时每月的津贴是 2 元，但当时天天打仗，津贴暂缓发放，直至回国后才一次性补发，任玉山当时补发了 40 元。自己用了 8 元，32 元寄回家里。沈树根当时已是副连长，补发的钱自然要比当战士的多。

沈树根在家待了几天后，眼看假期临近，这时大伯沈乔水对沈惠水说，侄女兰花已经出嫁，家里没有一个女人总是不行，不如趁树根这次回家，抓紧把他的婚事定了。沈惠水当然举双手赞成，于是便征求沈树根的意见，沈树根看到父亲渐已老迈，弟弟又有病在身，家里确实需要有个女人来操持家务，于是也就点头同意。

定下以后，家人便开始为沈树根物色姑娘，很快就有几个人选供沈树根挑选，但经过了解和考察，均不十分理想，不是成分不好，就是已有对象。这时有个叫寿美英的姑娘，进入了沈树根的视野，寿美英是沈宅村隔壁丽坞底村人，时年18岁。

这一天，寿美英的族里哥哥寿迪水找到她，悄悄对她说："沈宅村有一个解放军，叫沈树根，是个战斗英雄，愿不愿意与他见一面？"

寿美英当时还在村里的"祝诚小学"读6年级，觉得自己还是个学生，谈恋爱是否早了点儿。

哥哥说："学生又怎样？你已18岁了，可以谈恋爱了。"

寿美英红着脸说："我同意了，还不知人家同意不同意呢？"

哥哥说："我与树根从小就熟悉，昨天已与他见过面，把你的情况说过了，他很想与你见一面。"

"可是，我还没有见过这个人，你得让我想一想。"寿美英有些犹豫说。

哥哥开了句玩笑说："保证你满意。"

第二天，寿美英正在学校里上体育课，内容是向左向右看齐，然后是跑步，跑着跑着，突然看到操场边上站着一个解放军，剃着平头，威武英俊，寿美英当时就猜到这个人是谁了。顿时，她的心便禁不住狂跳起来，脸也发热。

晚上回到家里，哥哥说树根已来过学校，问她有否看到？寿美英点了点头，哥哥问她是否满意，寿美英又点了点头。这样哥哥心中便有底了，于是说："既然这样，明天正好是星期天，你们是否见个面？他的假期有限，在他回部队之前，把这事定了。"

寿美英这时也不怕难为情了，说："只要爹娘同意，我没意见。"

哥哥说："我已说过了，娘以前受过惊吓，听说要找个当兵的做女婿，开始有些顾虑，后来我给她做了解释，她也同意了。"

"那明天怎么见？"

寿迪水说："最好你去他家里看看，如果你有顾虑，我给你们找个地方。"

寿美英想了想说：
"不用，我就去他家。"

寿迪水问："要我
陪去吗？"

"不用了。"

次日一早，寿美
英吃过早饭，就往沈
宅村走去。沈宅村就
在丽坞底村的隔壁，
步行十几分钟也就到

沈树根回家探亲时与寿美英合影。　（沈树根亲属供图）

了。因沈树根的妹妹兰花这时已嫁到丽坞底，故寿美英与兰花也很熟。

得知寿美英要来家里，兰花这天也早早赶到了沈宅，并早已在门口
张望着，见寿美英远远地过来了，便对刚刚起床的沈树根喊起来："树
根、树根，美英来了。"

很快，寿美英来到沈树根的家门口，这时沈树根已经洗漱完毕，寿
美英还未跨进门槛，沈树根就迎了出来，脸上笑眯眯的，寿美英羞涩的
脸腾地一下红了起来，这是她第一次面对面地站在沈树根的面前，虽然
昨天她在操场上也见过他，但因为当时在跑步，加上同学们在旁边，她
没有也不敢去仔细打量这个人。而现在，这个曾令她心慌意乱血流加快
的人就站在自己的面前，而且站得是那么近，她甚至闻到了从对面这个
人身上散发出来的那种好闻的气息。

这时候，她看到沈树根向她伸出手来，她迟疑了一下，心里慌乱
而犹豫，这是她 18 年以来，不，确切地说，是她成为一个大姑娘之后，
第一次与一个完全陌生的小伙子握手，这一握，象征着什么、意味着什
么，或者预示着什么，她心里很清楚。于是，她的心再次狂跳起来。

她在晕眩中看到沈树根的手已伸到了她的面前，空气在这一刻似乎

已经凝固了，寿美英深吸了一口清凉的空气，以便使自己狂跳的心平缓一下，然后，她也伸出手来，握住了对面那双粗糙而又骨节分明的大手。

那天中午兰花就留寿美英在家里吃中饭，吃的是沈树根从小喜欢吃的榨粉条，兰花为两个人吃的粉条上盖了两只荷包蛋，寿美英见沈树根食量大，就将自己碗中的荷包蛋夹给了沈树根，后来又将大半碗粉条也夹到了沈树根碗中。

吃饭的时候，见旁边无人，沈树根便问寿美英："我们两个人找对象，你同意不同意？"

寿美英红着脸冲了他一句："不同意，我来你家干什么？"

沈树根一听便笑起来，说："你这么说，我就放心了。"最后他又问寿美英有没有要求，寿美英说："其他我没要求，只有一条，爹、娘只生了我一个独养女儿，他们老了以后，我要负责养老送终的。"

沈树根十分认真地说："你的爹娘，就是我的爹娘，你放心好了，我会像儿子一样对待你的爹娘的。"事实证明，沈树根实践了自己的诺言，数十年间，无论他工作多忙，地位多高，又身处何地，但始终未忘自己当年对妻子的承诺，以一片拳拳孝心，敬奉岳父母。1983年3月30日岳母去世后，沈树根就把岳父寿如锦接到上虞，长住在一起。2002年6月17日，寿如锦老人以102岁高寿在女婿家里无疾而逝，老人在世时对别人常说的一句话是："我这个女婿，真的比儿子还好啊。"

1953年的春节临近了，原打算过了春节再回部队的沈树根突然接到部队要他立即归队的电报，军令如山，沈树根当即整理行装，去向恋人寿美英告别。

这天一早，天还未亮，沈树根就告别家人，步行去牌头车站乘火车返回部队，寿美英向学校请了假，她要送沈树根去车站，8公里的路程，两个人说说笑笑，很快就到。

要上车了，这对相识还不到一星期的恋人就开始显得有些依依不舍，寿美英红着眼睛从口袋中拿出一支钢笔，塞在了沈树根手里，沈树根看了下，这是一支"关勒铭"钢笔，有点儿贵，于是便拉住寿美英的手，有点儿动情地说："我可没有什么东西送给你。"

寿美英腼腆地说："送什么？你把一颗心送给我就行了，记住哦，多给我写写信。"

"记住了。"沈树根边说边登上了列车，就在他从车窗中探出头朝寿美英挥手告别时，他看到寿美英已转过身，在抹眼泪了。

第六章

新的战斗

第一节　回国第一仗　血战积谷山

1953 年 2 月 11 日，刚刚返回部队才 5 天的沈树根率 3 营 12 连随已解除温岭地区防务任务的 179 团，移驻黄岩县路桥镇进行整编。此时他已被任命为 12 连连长。这天已是腊月二十八了，再过两天，就是除夕，在部队行进时，沈树根看到路边两侧的农家中，年节气氛已经很浓了，有的正在除尘洗刷，有的正在杀鸡宰鸭，而孩子们正在家门口快乐地玩耍……是啊，解放了，该让我们的老百姓过上安定生活了。

春节后部队的训练和学习依然是十分紧张的，一是认清形势，增加敌情观念，请附近海岛上的渔民来部队控诉蒋匪罪恶，从而激发对敌仇恨，克服松懈麻痹思想，全团干部战士纷纷表示"争取立功，打好回国第一仗"。二是举办速成识字班，掀起学习文化知识的新高潮，一开始全团有学员 1731 名，这其中也包括沈树根，经过 3 个月学习，到 5 月中旬，参加速成识字班的学员平均每人识字由原来的 526 个，增加到 1659 个。这期间，那支寿美英送给沈树根的"关勒铭"金笔，可以说是派上了大用场，它不仅能帮助沈树根写字，更使沈树根在学习遇到难题时增加攻克的信心，现在，他可以十分自豪地向寿美英报告，他可以给她写信了，而且可以写一封令她满意的长信了。

然而遗憾的是，沈树根这时已经没有时间更没有心情去用新学会的优美词语给远方的恋人书写浪漫情书了，因为一场新的战斗就要开始了。

1953年5月29日，解放浙江省玉环县坎门镇以东海面上的大鹿山岛、小鹿山岛及鸡冠山、羊屿岛的战斗打响。1950年，该4岛就已经解放，但因附近的披山岛仍为蒋军盘踞，上述4岛几次得而复失。其中最大的大鹿山岛为蒋军"反共剿匪第42纵队"司令何卓权盘踞，兵力200余人。

该战斗由179团1营担任主攻，再调集2、3营部分战斗骨干组成加强营，辖5个加强步兵连，1个无后座力炮连，1个机炮连，再加上该团6门82迫击炮和58师炮团120迫击炮1个连，由179团副团长胡铁峰指挥，于5月29日22时，在夜色的掩护下，向上述4岛同时发起攻击。沈树根率领的12连被编在第2梯队，准备随时增援攻岛部队，向岛上的蒋军发起攻击。

战斗发起后，在炮艇和隔海炮火的掩护下，仅进行了1个多小时，我方攻岛部队便占领了主峰，全歼蒋军"反共剿匪第42纵队"220余人，我方负伤96人，牺牲37人，其中一名随军记者也牺牲了。

但在清点敌方人员时，唯独不见了纵队少将司令何卓权。何卓权是诸暨人，抗战时期是诸暨牌头镇一带的顽军司令，不仅横行乡里，残害百姓，双手更沾满了我地下党员和新四军战士的鲜血，是我金萧支队的老对头、死对头。

匪首逃脱，怎么得了。这天早上，驻岛部队一炊事员在起来烧饭时，发现屋子里的豆腐干少了许多，他察看了一下，发现屋内并没有老鼠偷吃的痕迹，这事引起了他的怀疑。到了晚上，他就偷偷地躲在伙房旁边，进行观察。果然，到了半夜，他看到有两条"狗"窜进了伙房，咦，他们登岛以来，从未见到有狗在岛上出现，怎么这时候会突然出现两条狗呢？于是，他当即招来几个哨兵，将这两条"狗"堵在门内，用手电筒一照，原来是两个蓬头垢面的国民党兵，其中一个，面露凶相，极像逃脱的匪首何卓权。但在审问当中，两个人一口咬定自己只是普通士兵，至于匪首何卓权的下落，他们并不知情。正在为难之时，1营营长吴通江突然想起一个人来，说："有了，快把沈树根叫来。"

2001年10月，在浙江省玉环县大鹿山岛烈士陵园，沈树根向攻岛战斗中牺牲的烈士鞠躬。
（沈树根亲属供图）

原来，担任第2梯队的沈树根这时也已登上大鹿山岛，不过，此时战斗已基本结束了，心生懊恼的沈树根正要带着部队撤下来，吴通江把他叫去了。

"营长，还有'剩饭'吗？弄些给我们连吃吃。"沈树根一进门，就操着一口浓浓的诸暨官话说。

吴通江一听沈树根这牢骚话就笑起来，说："仗是有你打的，还有这么多岛屿没解放，还怕没仗打？"

"那今天?"沈树根一听营长这口气,心里又凉去了半截,在屋角找了条凳子坐下来。

"今天要叫你打另一个仗。"吴通江说:"我们抓到了一个人,叫何卓权,是你们诸暨人,你去会会他。"

沈树根一听抓住了何卓权,便兴奋地站起来:"何卓权我认得,以前常来乡下抢东西,被你们抓住了?"

"抓住了。"于是,吴营长就把部队登岛后,炊事班的豆腐干如何神秘丢失,炊事员为弄清真相,在夜里守候时如何抓住两个扮作"狗"的蒋军士兵,其中一个士兵又极像逃脱的匪首何卓权的事说了一遍。吴通江说:"那家伙不承认自己是何卓权,何卓权是诸暨人,你就用诸暨话与他交谈,一定会露出马脚。"

"是!"沈树根说着,就来到审讯室,一进门,就径直来到那个蒋军身旁,用诸暨话对他说:"'何司令'我是诸暨人,我认识你,你那年在诸暨牌头杀害新四军战士,我也在场,招了吧。"

何卓权的头这才低了下去,长叹一声道:"天意啊!"

大、小鹿山岛解放后,国民党残匪不甘心失败,6月19日,胡宗南亲自指挥17艘兵舰,约3个大队的兵力,向已被我攻克的大、小鹿山岛进行反扑,由于敌众我寡,我小鹿山岛主峰239.6高地被敌占领,在部队被敌分割,一无水喝、二无饭吃的情况下,我179团1营3连和1连两个排以及加强之机炮排,英勇抗击,与敌鏖战达36个小时。由于我伤亡过大,奉命撤回大鹿山岛,形成大、小鹿山岛对峙的局面。6月21日上午,1营又组织5个班向小鹿山岛发起反击,经激战,夺回了小鹿山岛。

在这次战斗中,我登岛部队大部分壮烈牺牲,牺牲者中有在朝鲜长津湖战斗中与沈树根并肩作战的老战友杨锡林,杨锡林当时是通信班班长,在长津湖乾磁开战斗中曾冒着风险向美国佬喊话,并最终迫使敌

"德赖斯代尔特遣队"向我缴械投降。

杨锡林回国时已是179团1营1连的排长，他是在获准回家探亲并赴杭州与女友见面时被紧急召唤归队的。他在临战前与营长吴通江有过一次小酌，当时桌上摆着他买来的1条鱼、1盘鸡蛋和1斤老酒，喝酒过程中杨锡林将自己的一张照片送给吴通江，说："营长，不管我牺牲还是没有牺牲，这张照片就是我的决心。"次日，杨锡林在带领全排从敌人侧后向山顶攻击时，腹部中弹，壮烈牺牲。

在玉环革命烈士陵园，沈树根含泪对长眠于此的烈士们说："老战友们，我来看望你们了。"

（沈树根亲属供图）

就在我军彻底解放了大鹿山岛、小鹿山岛、鸡冠山、羊屿岛等岛屿后，6月23日，我军再战积谷山岛的战斗也开始打响。

积谷山岛位于温岭县松门镇东北海面，小岛状如一堆下宽上窄的稻谷，故因形得名。全岛地形狭窄、陡峭，东面全为悬崖峭壁，崖岸上长满了海藻，溜滑难行。不论涨潮退潮，均无滩岸可登。在此前的一次战斗中，由于守岛的敌"军官战斗团"配有重兵武器，火力强，工事坚固，易守难攻，加上这些蒋匪大多是顽固透顶的兵精和亡命之徒，使我攻岛部队付出了伤亡214人的重大代价。

而这一次，则由179团团长魏九令亲自指挥，沈树根所在的3营担任主攻。

18时12分，沈树根率12连1个排率先发起登陆，即遭守敌"军官战斗团"1个加强中队的猛烈还击。在营长、教导员、营参谋长相继阵亡的危急关头，团长魏九令命令沈树根代理营长指挥部队。但在攻击过程中，沈树根的左肩胛骨被一炮弹片打断，顿时鲜血直流。此时沈树根已无暇顾及自己的伤痛，继续指挥部队向山顶发起攻击。

战至半夜，遭受重创的敌人开始做垂死挣扎，战斗越来越激烈，双方的伤亡亦在增加。为了尽快结束战斗，团首长决定投入预备队，给敌人以致命打击。

凌晨1时左右，岛上的枪声渐渐稀疏起来，战斗基本结束。这次战斗共毙敌尉官32人，俘校官3人、尉官41人、军士6人，无军衔的14人。共96人。我攻击部队伤167人，牺牲47人。

天亮了，潮也退了。原本淹在海水里的积谷山岛周围，突然显露出了许多神秘的洞穴来，有位战士好奇地踩着礁石往里面探望了一下，竟从里面射出一梭子子弹，原来退潮后，一些蒋匪竟躲进了这些天然的洞穴中，企图做最后的顽抗。沈树根见状，命一战士也往里面扫射了一梭子，但里面竟毫无动静。

"找几个船老大来，问问是什么情况。"沈树根对通信员说。很快，有两个驾船的船老大被叫了过来，沈树根指着那几个洞穴说："里面有几个"六壳"① 不肯投降，你们看有什么办法？"

一个船老大说："要么用火攻，要么用水攻。"沈树根说："我懂了。"

---

① "六壳"是温岭县、玉环县当地人对蒋匪的称谓。

于是当即派人去找柴草，但找了半天，柴草没找到，只找到一部柴油抽水机。沈树根说："有抽水机就行。"

这时团参谋长李鹏过来了，听了沈树根的汇报后，大声冲着洞穴说："好，用水龙头冲，看他出来不出来？"当下沈树根便命人将抽水机抬过来，发动以后，强大的水柱直冲洞内，没几分钟，几个浑身污泥、淋得像落汤鸡一样的蒋匪举着枪从洞内爬了出来，两个船老大高兴地喊起来："'六壳'出来了！'六壳'出来了！"

这时战士们对其他几个洞穴也采取了"水攻"，没多少时间，所有躲在洞穴内的蒋匪都被冲了出来。

战斗结束，部队开始下撤，这时通信员见连长沈树根受伤了，袖管和胸前全是鲜血，于是在回撤的船上，他从一蒋军的包里拿了一套衣服给沈树根换上。没成想沈树根穿着这身衣服登岸以后，在松门镇上竟差点儿挨了当地百姓的拳头。

原来积谷山岛战斗胜利以后，消息早已传到松门镇上，当地老百姓纷纷拥到道路两侧，夹道欢迎解放军凯旋归来，当他们看到在行进的队伍中，竟还夹着一位身着蒋匪军装的"六壳"。于是，便大喊一声："打啊，打'六壳'啊！"喊声未落，早呼地一下子拥上去，十几个举着拳头的人，见到沈树根，劈头盖脸就打。幸亏通信员机灵，在众人扑上来时，早将沈树根护住并大喊："他不是'六壳'。是我们连长，是自己人……"但尽管这样，沈树根的头上，还是挨了几下子。

回到营地，沈树根便被送进了医院，第二天，他刚做完手术，通信员向他报告，说松门区委有几位领导要来看他，沈树根说，区领导工作很忙，不要来看望他了。通信员说："我也这么说的，可他们非要看你不可，说今天不见到你，他们就不走。"

沈树根说："如果是工作上的事，请他们与营里或指导员去谈，如果是来慰问我，就说我们部队有纪律，不能收地方的东西。"

2001 年 10 月，沈树根与部下重返当年积谷山岛战场时，在浙江省温岭县烈士陵园前合影。

（沈树根亲属供图）

通信员说："他们也不是谈工作，也没有带东西，他们是来向你做检讨的。"

"做检讨？他们向我做什么检讨？"

通信员说："就为昨天你被几个村民打的事。"

沈树根一听便笑起来，说："原来是为这事啊，那快请他们进来啊。"

等在门外的几个松门区委的领导很快被请进了沈树根的病房，他们一跨进门槛，就连连朝沈树根拱手："啊，沈连长，对不起啊，对不起啊。"

沈树根笑着说："误会，误会。积谷山岛战斗胜利了，老百姓要在'六壳'身上出出气，这没有错啊，如果换成我，我也会冲上去，揍他几拳头，哈哈哈……"

"哈哈哈……"

肩胛骨受伤的沈树根在住院一个多月后又回到了部队，从此这个腰板笔挺的军人因为左肩伤残双肩失去了平衡，就如他在 60 师 178 团任团长时的老部下、后任浙江省军区副政委的范匡夫将军在一篇文章中描述的："过去在团里，老团长就常斜着个肩膀，和大家又说又笑的，这回一进门，他已泡好茶等着，依然是斜着肩膀，脸上漾动着微笑……"

沈树根在浙江省黄岩县籍老部下们的陪同下，重返当年的积谷山岛战场。

（沈树根亲属供图）

斜着肩膀的沈树根所失去的当然远不止肩部的平衡，它甚至影响了他作为一个军人的最重要的姿势：敬礼的姿势。因为，断裂的肩胛骨挫伤了他肩部的筋脉，以至于他在以后举手敬礼时，手指只能举到离帽沿 10 厘米左右处，再也无法上举了。

第二节　目标——一江山岛

1954年春末，在取得了大、小鹿山岛及积谷山岛等岛屿的胜利后，沈树根所在部队奉命移驻黄岩县路桥镇，进行改装。不久，部队就开始了大张旗鼓的总路线教育，此时的军营内外，真的可以用轰轰烈烈、热火朝天来形容。

时年25岁的沈树根此时也是春风拂面。因为经团党委批准，同意他回家与21岁的同乡姑娘寿美英结婚。几乎在取回结婚报告的当天，沈树根就向指导员交待好工作，踏上了回家的归程，真的是归心似箭啊。

婚后在家里待了没几天，沈树根对寿美英说："我带你去杭州玩玩吧。"原来沈树根曾在杭州越剧团做过报告，与剧团的演员们建立了很深的友谊，一些演员多次来信邀请沈树根去杭州做客。到了杭州，演员们见英俊的沈树根身旁还依着一位纯朴的姑娘，才知他们已经结婚，于是，便纷纷前来祝贺，并陪他们游玩西湖、虎跑泉、灵隐寺等景点。

但是，这种甜蜜惬意的新婚生活并没有持续多久就被一个乡邮递员匆匆送来的急电中止了，电报上只有4个硬邦邦的字："见电速归。"几乎没有任何犹豫，沈树根将电报收起，对茫然地看着自己的新婚妻子说："回家。"

赶回连队，沈树根手上的拎包还未放下，就问在连部门口迎接他的指导员："要打仗了？"

"嗯，打一江山岛。"指导员为他倒了一杯水后说。

一听有仗打，沈树根又兴奋起来，说："早该打了，这次不能再当第2梯队了。"

指导员笑笑，没说话，突然问："嫂子这次有意见了吧？"

沈树根说："有什么意见？给军人当老婆，就得有这种思想准备。哎，我刚才看你的笑有点儿不对头，怎么，这次突击队又没有我们的份？"

指导员说："你今天刚刚到，我本来想明天告诉你，我听说这次不仅突击队没有咱们连的份，就是咱们团，这次也可能上不去。"

"你说什么？连咱们团也没有份？"

"对，可能叫178团上，不过我也是听说的。"

"原来是这样。"沈树根的脸变得很难看，气呼呼地说："我明天去找营长，营长不行找团长，团长不行就找师长。"

但次日沈树根并没有去找营长和团长，他是个精明人，他知道营长团长这时候心里也正窝着火，弄不好，自己会成为他们的出气筒。干脆，要找就直接找师长。于是，次日一早，他便赶到师部的所在地临海镇。师长曾昭墟正伏在司令部作战室的桌上看地图，见沈树根进来了，笑着说："新郎官来啦，怎么样，把你从新婚蜜月中召回没意见吧？"

沈树根站着回答说："报告首长，没意见。"

见沈树根站着，曾昭墟朝他挥了下手说："坐下说，怎么，脸色不对啊，有什么问题吗？"

"有。"沈树根依然站着说。

曾昭墟愣了下，说："哦？什么问题？说说看。"

"首长，马上要打一江山岛了，听说我们这次又是做预备队，我有意见。"

曾昭墟一听，便笑了起来，用手点着沈树根的脑袋说："真是有什么样的团长营长就有什么样的兵，都是一个德性，预备队怎么啦？预备队是玩的吗？是可有可无的吗？"说到这里，曾昭墟为沈树根倒了一杯水，然后，站在沈树根的面前，面色严肃地说："你是个老兵，以前也打过许多大仗、恶仗，应该知道预备队在战场上的作用。不错，打突击很痛快，但作为一个指挥员，打仗光凭痛快不行啊，还要考虑战场的瞬息万变，敌我态势，而预备队，就是握在我们指挥员手里的一把利刃，在关键的时刻，它就能扭转战局，置敌于死地。"

听师长这么一说，沈树根便无话可说了，只是尴尬地站在那里："那、那……"嘴里不断地嗫嚅着。

"那什么？"曾昭墟笑着拍了一下沈树根的臂膀说："回去吧，把部队的训练抓好，尤其是水上训练，告诉你，仗以后有你打的。"

"那……，首长，下次打突击，你可别忘了我。"

"知道了，知道了。"曾昭墟边笑着边又伏到了地图上。

沈树根向曾昭墟敬了一个礼，正要转身离开作战室，曾昭墟突然朝门外喊了声："警卫员。"

"到，"一个警卫员迅即跑了进来，"首长？"

"去，告诉驾驶班，用我的车，把我们的英雄送回去。"

"是。"

第三节 备 战

前线的形势日趋紧张了，敌人这期间也变得愈发的疯狂，在我军接连取得解放浙江省玉环县的大鹿山岛、小鹿山岛、积谷山岛、头门岛、田岙岛等岛屿的胜利后，敌人开始做垂死的挣扎。他们不仅疯狂阻碍我海上交通线，更不断派遣小股匪特潜入大陆进行暗杀、破坏及收集情报等罪恶活动。为严惩蒋匪，保卫社会主义建设、保卫沿海人民的生产活动，解放浙江台州湾外的一江山岛，已迫在眉睫。

这点，嗅觉灵敏、经验丰富的老兵们其实早已预感到了。

那天，沈树根坐着师长的小吉普在连队的门口一下车，便有几个老兵围过来，挤眉弄眼地问沈树根："连长，拿到了吗？"

沈树根知道他们要说什么，便故意问："拿什么？什么拿到了？"

"突击队啊，俺媳妇来信了，叫我无论如何要立个功回去，否则，她连门也不让俺进去。"一位山东籍的老兵说。

沈树根一听便笑起来，开了句玩笑说："那你就把我的立功章拿去，你媳妇就会让你进门了。"

"那不行，"山东老兵晃了晃光光的脑袋说，"这次我无论如何得立个功回去。"

原来这几个老兵都是连里决定要复员的。自从大、小鹿山岛和积谷山岛等岛屿解放后，部队暂无战事，于是，部队的探亲、看病、恋爱、结婚以及老兵复员、干部转业等"个人问题"便提上了议事日程。沈树根所在的12连也有许多老兵，籍贯遍及浙江、江苏、上海、安徽、山东、四川、黑龙江等十几个省市，其中有的老兵还是"三八式"，参加过解放战争和抗美援朝的老兵在连队也多的是。这些人现在年龄都大了，有的从十几岁出来闹革命，到现在三十几岁了，还没有回过一次家，连家里人是否活着都不知道；有些出来时家里就有未婚妻或订了娃娃亲，后来因一直不通音讯，也不知道未婚妻是否另嫁他人……这些问题，在枪林弹雨的战争年代，大家都顾不上考虑，但现在中华人民共和国成立了，和平时期到来了，干部战士们"想家"的问题开始突显出来了。

组织上对干部战士的这些"个人问题"当然是极为重视和关心的，这个期间出台的一系列文件、政策及制度就充分说明了这个问题。这其中就包括战士复员的制度。沈树根所在12连的老兵复员就是在这时候开始的。在确定了人员并由指导员与他们逐个谈话后，这些老兵开始蓄起了长发，打理行装，准备回家。

谁也没想到，就在这时候，传来了要打一江山岛的消息。于是，这些老兵脉管里的热血，又开始奔腾起来，便纷纷拥到连部要求收回复员报告，还把蓄起的长发也都剃掉了。提出：不打完这"最后一仗"，绝不回家。

对老兵们的这种举动沈树根心里很是感动，他说："你们这样做很好，现在当务之急是要抓好部队的训练，你们都是老兵，有的还是班长，我不说你们也知道，海岛登陆不比在陆地上作战，首先你得识水吧？可我们许多战士连游泳也不会，这怎么行？即使上级把突击队的任务交给我们连，我们又怎么去完成？"

几个老兵一听，觉得连长说得在理，便说："连长，我们听你的，回去后我们一定抓好训练，争取立功受奖。"

12连的这几个即将复员的老兵因为没有直接参加一江山岛战役，最后还是回到了家乡。而隔壁炮兵营几个已决定复员的老兵就再也没回来，其中有两个老兵在参战前还叫驻地的房东大嫂织起了毛衣，说战斗结束后在回家时好孝敬父母亲，但战斗结束后这两件毛衣却一直没有人来领……

1954年8月20日，正在浙江台州地区黄岩县路桥镇进行两栖作战训练的179团奉命移居浙江温州地区乐清县大荆镇以东地区，其任务除了支援浙江台州地区温岭县松门、玉环县坎门地区作战任务外，继续进行陆海协同两栖作战、武装泅渡及抢滩登陆演练。

6天后，即8月26日，60师召开党委扩大会议。会上，20军副军长黄朝天传达了中央军委关于解放一江山岛"慎重初战，攻则必胜"等指示精神，以及由华东军区参谋长、浙东前线联合指挥部总指挥张爱萍主持的作战会议上做出的决定：此次战役由60师178团、180团担任主攻，海、空军直接协同，联合作战。179团的炮兵营、防化排配合180团参加战斗。

1954年11月下旬，完成了训练任务的179团为配合兄弟部队的作战行动，奉命回撤到台州地区黄岩县路桥镇。

1955 年 1 月，在一江山岛战役打响前，该团又奉命移驻玉环县东青村和乐清县虹桥镇一线驻防。

就在这一天，温岭县城来了一个人，她就是沈树根的妻子寿美英，寿美英是循着丈夫信上的地址找来的。虽说她也是有文化的青年人，但除了杭州外，她几乎从未出过远门，这次玉环县之行，算是她单独外出最远的地方了。

因为交通不便，途中又多次转车，寿美英到温岭时天已傍黑。于是，她便在温岭的军人招待所住了一晚，住的是集体宿舍，十几个人的大通铺，里面有一对母子也是来部队探亲的，一问，原来她的丈夫也是 179 团的，现在也在玉环岛。寿美英原本忐忑不安的心顿时就放了下来。次日一早，那女人的丈夫便从玉环岛乘船来接她，寿美英问他是否认识沈树根，那军人眼睛一亮说："谁？沈树根，谁不认识啊，大英雄，你是他什么人？"

"我是他老婆。"寿美英红着脸回答。

那军人开了句玩笑："这老沈五大三粗黑不溜秋的，还藏着这么一个娇娇啊，保密工作做得不错嘛，走，去玉环岛找他，今天怎么也得叫他贡献一瓶酒。"原来这军人是另一个连队的指导员，也是从浙东纵队北撤的，与沈树根很熟。当下他们便来到码头上，乘上一只木帆船，不一会儿船就到了玉环岛，上岸后指导员就给 12 连打电话，但接电话的是沈树根的通信员，他说，连长不在岛上，他带着小分队去温岭县城执行任务了。

"什么时候回来？"

"不知道，首长。"

"能联系上吗？"

"不确定，首长。"

这怎么办？指导员一边搔着头皮一边嘟囔着："这家伙，这家伙。"

嘟囔了一会儿，他对寿美英说："要不这样，我叫他们连里来接你过去，马上要打仗了，也不知道这家伙什么时候回来，你就在连里等他吧。"

寿美英想了想，说："他这么忙，我还是不等了，实在碰不着，我就回去了。"

"那怎么行？那怎么行？"指导员皱着眉头说。正这时，电话铃响了，是12连的通信员打来的，说连长找到了，他现正在温岭县城，叫寿美英过去，他还告诉了沈树根在温岭县城的地址。

当下，指导员就派连部通信员把寿美英送到码头上，因为当时正退潮，那只回温岭县的木帆船就停在一处离码头较远的浅滩上，寿美英到了后，由船老大把她扶到了船上。直至等了几个小时后，待潮水上涨了，才驶回温岭去。

到了温岭县城，天又傍黑，寿美英拿着12连通讯员提供的沈树根的地址，急切地找到了他和小分队住的老乡家。然而，当她兴冲冲地推开老乡家的门，老乡说："你是寿同志吧？沈连长又去葭沚镇执行任务了，他叫你去那里找他。"

寿美英这时差点儿要哭了，奔波了两天，晕车晕船且不说，连饭也有好几餐没吃，本指望今天能见到他，没想又是一场空。现在又叫她去葭沚镇，葭沚镇在哪里啊，等她赶到那里，说不定又见不着。

老乡是个热心人，见寿美英这模样，赶快叫她坐下来，为她打来热水洗了脸，又烧了粉条和带鱼给她吃。

次日一早，寿美英吃毕早饭，正要上路，沈树根打来电话，说等会儿有个参谋要去葭沚镇，他会过来带她同往，同时叮嘱寿美英把被子带上。一会儿，那个参谋果然开着大卡车来了，寿美英就坐在驾驶室内，也不知开了多少时间，车子停在一个镇上，参谋说："到了。"

从新婚3天分别后到现在，这是寿美英第二次见到沈树根，半年前那个英气勃发的小伙子这时变得又黑又瘦，见面时，本来要发的埋怨和牢骚竟转成了心疼的泪水。

夜深人静时，夫妻俩说起了悄悄话，沈树根说："这次我们团虽是预备队，有可能上，也有可能不上，上去了，能不能下来就很难说了。你要有这个思想准备。"

寿美英一听，连忙捂住沈树根的嘴，说："你不要说这种不吉利的话，都怪我不好。"

沈树根说："我可没怪你不好。"

寿美英说："怪我的肚皮不争气。"

沈树根这人喜欢说调皮话，听寿美英这么说，他便忍不住开起了玩笑："是啊，你就是给我生个癫痢头也好啊，万一我真的'光荣'了，将来也好有个儿子给我上上坟。"

没料这句玩笑话，竟戳到了寿美英的伤心处，还没待沈树根解释，寿美英便伏在被子上，呜呜地哭起来……

哭声是会传染的，虽然沈树根是英雄有泪不轻弹，但在妻子伤心的哭声中，他的眼圈也红起来。

第七章

十年老团长

第一节 金华岁月

从严格意义上来说，沈树根这一生中，与金华这个名字有着密切的关联。1944 年 5 月，他参加的金萧支队，就是活跃在这个地区的新四军部队。1969 年，他被上级任命为中国人民解放军 20 军 60 师 178 团的团长，也是在金华。巧的是，沈树根在北撤途中的救命恩人，也工作居住在金华。

作为一个经历过南征北战的老军人，沈树根几十年的军旅生涯几乎都是在不断的奔波和频繁的调动中度过的：从浙东到山东，从山东到上海，从上海到朝鲜，从朝鲜回上海，又从上海到浙江。这些都是他跑过的大地方，如果要说小地方，那真是数不胜数。就拿浙江来说，从 1952 年 12 月 21 日开始，为加强防务和解放沿海岛屿，他率部驻扎过温岭县、玉环县和黄岩县；一江山岛解放后，他率部驻扎在椒江县海门镇；大陈岛解放后，又移驻至乐清县黄华镇；不久，为攻占南鹿岛及支援南北龙山之任务，他率部驻扎于乐清县；1956 年在椒江县下陈乡参加团党代会后，赴宁波地区象山县高塘乡参加穿山半岛三军合练；之后由高塘乡移驻湖州地区，参加营建任务；1962 年初，率部由湖州进驻金华市营房，担任战备值班任务。1966 年 4 月，他率部赴余杭县临平镇担任国防施工；1967 年 8 月，赴温州地区执行"三支两军"任务……

在此过程中，沈树根曾历任营参谋长、副营长、营长、师司令部作训参谋、团副参谋长、参谋长、副团长、团长等职。

自 1962 年移驻金华，至 1975 年调防至河南省信阳县明港镇，金华可以说是沈树根从军生涯中驻扎最长的地方，也是在他的人生中留下深刻印记的地方。

1965 年沈树根与全家人摄于金华市，中坐者为沈树根父亲。　　（沈树根亲属供图）

13 年间，虽没有炮声隆隆、枪林弹雨，但也是风雨如磐、惊涛骇浪。作为 178 团的军事主官，沈树根既要在"文化大革命"的政治旋涡中站住脚跟，又要把这支英雄的部队带好，其困苦曲折、艰难险峻，唯他自知。

1970 年是沈树根担任 178 团团长的第二年，这年他干了两件大事情：一是在师炮团的配合下，组织一个加强步兵营在浙江省金华市的保卫寺对防御之"敌"进行实弹射击演习；二是在年底奉命率全团赴杭州市萧山县执行联合围垦海涂的任务。当时的萧山海涂，可以说是一片荒芜，没有水，没有电，也没有房子，沈树根与部队一起，步行百余里，以野营拉练的方式赶到萧山县蓬头乡的海边，在凛冽的寒风中，自己动手，安营扎寨，用帐篷、油布或毛竹、稻草等材料建成简易营房。然后放下背包，脱掉鞋子，就干起活来。

一位由沈树根在 1968 年从浙江黄岩县带的兵、后任 178 团副团长的施再定回忆说：当时正好是冬天，滩涂上已结着"蟹壳冰"，冰看起来很薄，但却十分的锋利，许多战士的脚都被割破了。我看到老团长也赤着脚，和大家一起在挑土，他的一只肩胛受过伤，走路时身子一歪一歪的，很吃力的样子，但还不时地给战士们鼓劲："小伙子们，加油啊！"

我们一共在海涂突击了 8 天，因为没有淡水，我们在 8 天中只刷过 1 次牙，由于喝的是咸水，许多战士腹泻得厉害，甚至还拉出了脓血，但没有一个人下去休息的。有一次中午开饭时，我看到老团长走过来，问大家："你们连长、排长呢？"这时连长、排长过来了，他问："伙食怎么样？"连长、排长报告说："还可以。"老团长说："要尽量弄得好一点儿。"说毕就和战士们一起坐在滩涂上吃起饭来，没想刚端上饭，刮过来一阵风，把泥沙吹进了他的饭盒里，吃的时候，发出了"咯咯"的沙子声。老团长开玩笑说："不错，比起朝鲜战场上吃的一把炒面一把雪，强多了。"

步兵第178团（含兄弟团队）部分老战士赴金华军营合影留念

沈树根（中坐者）与 178 团及其他兄弟部队老战士重返金华市军营。（沈树根亲属供图）

经过全团干部战士的连续苦战，不仅减轻和解除了萧山滩涂大规模坍塌的灾害，部队自己也围起了一大片土地，之后部队自身的肉类和蔬菜基本上达到了自给，不仅减轻了国家的负担，也大大改善了部队的生活条件。

围垦结束，部队重返金华。作为 178 团的军事主官，训练和打仗是沈树根脑海中一根永远紧绷着的弦，为此，他抓部队训练的严格是军里闻名的。178 团共有二十几个连级单位，每月团里要举行一次会操，会操时各营派 1 个连参加，由团军务股长进行检查，然后向团长报告，最后由团长进行点评。有一次会操时，9 连步伐不齐，结束时，遭沈树根严厉批评，他绷着脸站在操场上，对参加会操的 1000 余名干部战士说："有人说'步伐不齐也能打胜仗'，这是什么 × 话？松松垮垮你能打胜仗？稀稀拉拉你能打胜仗？《三大纪律八项注意》中有句话是怎么说的？

'步调一致才能得胜利'，你瞧瞧你这个 9 连，你的步调怎么样？丢人不丢人？……"

会操结束，被团长训得面红耳赤的 9 连连长、指导员当天就向团党委做出深刻检查，表示要在下次会操中争当先进，9 连果然没有食言，在下个月举行的全团会操中，全连一百多号人步伐整齐，精神昂扬，受到了沈树根的当场表扬。

在 60 师的干部战士中，有一句口号很流行，就是："各项工作要争先，'三根一毛'要学好。"这"三根一毛"说的其实是 4 个人，"三根"是：王来根、沈树根、顾林根，"一毛"是毛张苗。这三个"根"中，王来根曾是 180 师 1 营 2 连的连长，不仅作战勇敢，且屡立战功。沈树根是特等功获得者、"一级战斗英雄"、现任 178 团团长。顾林根是现任 178 团参谋长，也是战功卓著。"一毛"毛张苗曾是 178 团 2 营尖刀 5 连的连长，"一级战斗英雄"，在朝鲜长津湖战役中威震敌胆，后在解放一江山岛战役中又立战功，是现任 60 师的师长。这"三根一毛"是这个师的骄傲，更是这个师一代又一代干部战士学习的榜样。

因此，无论在战时还是平时，向英雄学习，是这支部队永远不变的课题。而向英雄学习的具体行动，就是练好本领，准备打仗。

1971 年，部队开始进行野营拉练，178 团的目的地在 90 公里外的安徽广德，途中还要进行反空降等科目的演习。全团广大指战员发

1960 年 6 月 25 日，在全国开展的"反对美帝侵略、坚决解放台湾、保卫世界和平"宣传周期间，沈树根在南京广播电台讲话。

（沈树根亲属供图）

扬连续作战不怕牺牲的精神，晓行夜宿，靠着一双铁脚板，进行长途奔袭。沈树根和政委叶万里既不骑马，也不坐车，只带着一个警卫员，与战士们同步行军。途中休息的时候，部队开始生火做饭，没料还未吃上一口，空袭的命令来了，部队马上就走。晚上到了一个地方，部队开始宿营，谁知刚刚睡下，又传来向前方"敌人"发起攻击的命令，于是，部队又跑步向"敌人"冲去。所有这些战斗行动，作为团长的沈树根并未因自己年纪大了身体又有伤残只在旁观战，而是自始至终全程参加，令全团干部战士深受鼓舞，从而极大地提高了部队能打、能吃、能藏、能走的实战能力。

1974 年前后，178 团根据军委和军区训练工作的指示精神，举办了多期反坦克集训及射击、刺杀、投弹、爆破、土工作业等步兵五大技术演练。并根据未来战争的特点，普及了打飞机、打空降、打坦克、防原子、防化学、防细菌的"三打三防"训练。作为团长，沈树根不仅仅是一个指挥员，更是一个战斗员，他常常深入到班排、深入到训练场，与战士们一起摸、爬、滚、打，并用自己的实战经验，启发大家。

施再定回忆说：我当排长时，有一次正在训练场搞班进攻练习，正好老团长下连来，当时正是夏天，训练场上热浪逼人，连我们这些年轻人都吃不消。谁知老团长过来后，一下子伏倒在地上，爬来爬去，为我们做示范动作，我们一遍不懂，他就再来第二遍，直到我们懂了为止。当时老团长身上的军装都湿透了。后来，我根据老团长在训练场上的言传身教，编写了一本教材，发到各班，收到了很好的效果。

就在沈树根带着部队外出进行紧张训练时，他的家里出了一件大事情，他的老父亲去世了。团留守处中午接到电话后，马上告诉了在军人服务社上班的寿美英，因一时无法等到在外军训的沈树根，寿美英决定自己先去老家处理公公的丧事，当时她的大女儿沈武红和二女儿沈萍萍都在金华市区的"反帝"中学读初中，一下子没法通知到，大儿子沈武斌在老家读小学，身旁只有小儿子沈武忠在团部所在地罗店读小学。于是，她便带着小儿子，从柜子里找出衣服和一点儿黄豆，由留守处的战士用马车把他们送到火车站，到诸暨安华火车站时天已傍黑，当时也没有公共汽车和出租车，娘儿俩就背着行李，摸黑步行8公里路才到家。次日中午，得到消息的沈树根才乘火车赶回了家，在丧事处理完毕后，他又匆匆赶回到部队的训练场。

1971年，时任178团团长的沈树根在野营拉练途中。

（沈树根亲属供图）

1968年入伍的黄岩籍老兵、曾任178团2营4连连长的金荣尧则回忆说：老团长带兵极严，尤其是在训练场上，总是板着面孔，谁也不敢稀稀拉拉和应付训练，要是被他抓住"把柄"，准会遭到他的严厉批评，甚至把你批得流下眼泪。但训练结束，老团长又变得和蔼可亲，尤其是到了周末，团里定要打一场篮球比赛，老团长只要没外出，肯定是其中的一员，老团长右肩胛负过伤，举手不方便，但他个子高，因此每次总是打后卫，这时候，战士们已不怕他，照样与他抢球，有时，还要批评他没打好，老团长也会谦虚地说："这球怪我，这球怪我。"每次打球结束回营房的途中，是老团长与干部战士们聊家常的时候："小鬼，家里情况怎么样？"或者："听说你老父亲病了，去医院看了吗？有什么困难告诉我。"这时候，我们的心里真是既感动，又温暖，好像老团长就是我们的兄长、我们的父亲。

2018 年 10 月，本书作者（右七）在台州市黄岩区采访沈树根当年的老部下。（徐国权摄）

曾任黄岩区人大常委会副主任的卢然林是沈树根从黄岩带去的兵。因卢然林有文艺方面的特长，入伍后不久，就从 178 团调入了师部宣传队，他除了写剧本，还演小品、小话剧，后来又在京剧《沙家浜》中饰演县委书记，可以说是宣传队中的骨干。但即便如此，卢然林入伍

4 年，还是入不了党。虽然这期间他也填过一次入党志愿书，但报上去后，上面没批，6 个月预备期过后，只好作废。这事被沈树根知道了，问师有关部门的同志："卢然林这个人我了解过，他家里没有问题，怎么还没有入党？"谁知过了一段时间后，卢然林的入党问题还是没有解决，按照部队常规，要提干就首先要入党，入党不解决，提干就不可能，提不了干，就意味着马上要退伍。这事又传到沈树根耳朵里，他有一次去师部开会时遇到卢然林，说："既然这样，他们不要，我要，回来。"就这样，卢然林又回到了沈树根当团长的 178 团，不仅很快入了党，还提升为 6 连副指导员。对于自己的这段经历，现已退休的卢然林深有感触，他说："我这一生中有幸碰到了老团长，如果没有他，我不仅去不了部队，更不可能在部队入党和提干，所以说，老团长就是我的恩人。同样，老团长从黄岩带去的 1968 年的兵中，后来有 33 人被提升为排以上干部，曾担任总参陆军航空兵部政委的冯寿淼将军就是其中的一员，这都离不开老团长对我们的教育和培养，现在老团长已经去世了，但我和战友们都非常怀念他。"

第二节　调防明港

1975 年 6 月，沈树根所在的 20 军根据毛主席的指示和中央军委的命令，于 6 月 1 日至 25 日，从浙江省金华市调防河南省信阳县明港镇。

到了河南省信阳县明港镇，部队虽然安顿下来了，但对长期生活在南方的干部战士来说，因语言不通、生活不惯、环境陌生等一系列问题引起的思想波动时有发生。就在部队有针对性地对干部战士展开教育时，1975 年 8 月初，一场历史上特大的洪水袭击了离明港 80 公里远的河南省驻马店地区。河水是由河南省中南部的洪汝河、沙颍河、唐白河流域遭遇百年罕见的特大暴雨引起的，几天之内，河南省驻马店等地区 1 万多平方公里的土地上，共计 60 多个水库相继发生垮坝溃决，近 60 亿立方米的洪水肆意横流，9 县 1 镇东西 150 公里，南北 75 公里范围内一片汪洋；1015 万人受灾，倒塌房屋 524 万间，冲走耕畜 30 万头，洪水直接致 10 多万群众死亡，随后又有 14 万余灾民因次生灾害而丧生；纵贯中国南北的京广线被冲毁 102 公里，中断行车 16 天，影响运输 46 天，直接经济损失近百亿元，成为世界上最大最惨烈的水库垮坝惨剧。

1975 年，调防河南省信阳县明港镇前沈树根与家人在浙江省金华市合影。

（沈树根亲属供图）

在板桥、石漫滩诸水库失事当日，60 师 178 团在团长沈树根的率领下，与其他兄弟部队一起奉命赶赴驻马店地区进行抗洪救灾，全团官兵顾不上休息、顾不上吃饭、顾不上喝水，24 小时连轴转，为灾区修复道路、保护堤坝、转移群众、抢救伤员、寻找失踪人员及装运救灾物资等。

1979 年 6 月，沈树根转业前与家人在河南省信阳县明港镇留影。　（沈树根亲属供图）

由于熬夜和极度疲劳，原本身体就不好的沈树根这时痔疮再次发作，以至于每走一步，就会产生钻心的剧痛。到最后，流下的血竟染红了他的两只裤脚，整张脸变得蜡黄蜡黄。政委强制他回驻地休息，他却对政委说："你看看灾区这副样子，我怎么休息得下啊。"说毕，又带上一名警卫员，咬着牙，一拐一拐地到正在抗灾一线奋战的部队中去了。

由于 178 团在这次抗洪救灾中做出了突出的贡献，从而受到了地方政府和人民群众的一致好评。部队本身也涌现出了一批勇敢顽强、团结奋斗、舍己救人的先进个人和集体，其中 1 连副班长徐建昌、特务连战士杨武臣荣立二等功，1 连、6 连荣立集体三等功，另有 57 人荣立个人三等功。

英雄的团长必定会带出英雄的团队和英雄的战士，在部队驻扎明港期间，无论是在教育训练中，还是在国防施工中，或者是在战备值勤中，178 团在团长沈树根的带领下，模范辈出，英雄不断。其中有被武汉军区评为"硬骨头六连"式连队和被军党委记集体二等功的 1 营 2 连；有参加武汉军区第五届党代会，又被军区授予"雷锋式干部"的 2 营 5 连副连长陈永双等。在之后开展的临战训练中，沈树根率领全团官兵以高昂的斗志，不畏严寒，顶风冒雨，开展严格训练，做好一切准备，随时开赴前线。有不少在家休假的干部战士接到电报后，星夜兼程返回部队投入训练，不少干部战士推迟婚期、放弃假期……从而圆满完成了扩编备战、生产施工等各项任务，涌现出了一大批先进个人和集体，如：2 连、7 连因成绩显著分别荣记集体三等功，17 个班排荣记集体三等功，32 名干部战士荣记三等功，3 连指导员韩忠立、7 连 2 排长吴关仁被评为"干部排头兵"，4 连指导员杨小青被评为"训练中政治思想工作标兵"，2 连 6 班副班长王春喜被评为"党员模范"，等等。

第八章

英雄本色

第一节　从军人到老百姓

1979 年 11 月某日，上虞县财贸办的办公室里，来了一个操诸暨腔、斜着一只肩膀走路的老头子，他就是沈树根。

从中国人民解放军的团长到一个县的财办副主任，这种角色的大跨度转换，对扛了大半辈子枪的沈树根来说，真的是"大姑娘上轿——头一回"。但无论头一回也好，"乱点鸳鸯谱"也罢，对于年已 50 岁，并且有着 35 年军龄和 32 年党龄的沈树根来说，是没有二话可说的，那就是：组织决定，坚决服从。

脱下了尚留存着硝烟味的军装，穿上妻子给他买的那件青灰色便装，看似成了一个老百姓，但笔挺的腰板，标准的步履，尤其是那从骨子里透出的英武之气，依然是一个军人的模样。

作为县财办的副主任，沈树根转业后指挥大家打的第一"仗"是负责一个展销会，展销会怎么搞？沈树根又是"大姑娘上轿——头一回"，为了避免瞎指挥、打乱仗，他真心实意地沉下去，虚心听取行家们的意见和建议，做到从宏观上把握，从微观上放手，结果几天下来，成绩喜人，打了一个漂亮仗。

上任伊始，旗开得胜。接下来又打第二"仗"：参加县里组织的大围涂。对于围涂，沈树根已有作战经验了，当年在 178 团当团长时，他就指挥部队在萧山县头蓬乡的滩涂上安营扎寨，与当地政府一起围涂数千亩，取得了决定性胜利。而这一次，沈树根是作为上虞县财办的领导去海涂的，其职责是搞好后勤，保障"粮草"供给。这就要求领导必须亲临围涂的第一线，这样才能掌握实情，为围涂指挥部的决策提供依据。为此，沈树根骑了一辆自行车，带上铺盖和洗漱用具，行程 20 余公里，到了海涂，住在附近一农户家里。白天，他去围涂前线，与民工同吃同劳动，并了解围涂中的物资供应情况，晚上回到驻地，与民工们一起睡地铺，用霉干菜和霉豆腐下饭。

脱下军装的沈树根（右）在乡下调研。　　　　　　　　　　（沈树根亲属供图）

　　有一次，沈树根在现场了解到围涂机械必需的柴油没有了，万一断油，围涂进程就要受到严重影响，但柴油在当时属紧缺物品，很难搞到。沈树根就主动向县委书记王焕森提出，由他去省里向有关部门进行争取，王书记当然求之不得。结果沈树根去了后，很快就弄来了一批柴油，解了围涂机械断油的燃眉之急。王书记高兴地对他说："老沈啊，你这次可是立了大功了，我要奖励你一只老母鸡，给你补一补身体。"沈树根则笑着对书记说："老母鸡留着吧，等围涂工程竣工了，大家一起吃。"

顶着烈日，沈树根在浙江省上虞县围涂一线调研。　　　　　　　（沈树根亲属供图）

从 1979 年沈树根转业到浙江省绍兴市上虞县工作，大家只知道他是一个诸暨人，一个转业军人，一个上虞县财贸办公室副主任，却不知道他背后还有一个大大的秘密：中国人民志愿军"一级战斗英雄"、特等功获得者，他曾和毛泽东主席、周恩来总理等党和国家领导人一起吃过饭，毛主席和周总理还在他的笔记本上签过名。这个秘密，直至1997 年 8 月上虞市一位企业家去朝鲜访问时，才偶然被揭开。

在浙江省上虞县革命烈士纪念碑落成仪式上，沈树根（2排右三）与当年浙东游击纵队的首长、战友在一起。前排右三为浙江省第五、六届人大常委会副主任邢子陶、前排右二为时任浙江省政协副主席的朱之光、前排左二为时任浙江省外贸局局长的袁啸吟。（沈树根亲属供图）

第二节　意外发现的铜像

上虞市联丰玻璃钢厂厂长蒋梦兰怎么也不会想到，在中国企业家代表团赴朝鲜考察就要结束的时候，他竟发现了一个重大的秘密。

1997年8月的一天上午，朝方安排中国的企业家在平壤参观朝鲜军事博物馆，博物馆很大、很庄严，里面陈列着朝鲜战争期间大量珍贵的实物和文献。

在参观快结束时，蒋梦兰看到旁边的展厅里还陈列着一长列志愿军战斗英雄的半身铜像，于是，他便走过去，从头至尾，一个个看过去：黄继光、罗盛教、杨根思、邱少云、沈如根……突然，他的眼睛在"沈如根"的铜像前停住了，他觉得这个人的面孔十分像上虞市的转业军人沈树根。在黑色的大理石基座上，有一段介绍铜像主人的文字，但他的名字却叫沈如根，难道……蒋梦兰厂长在疑惑中从手提包里掏出了傻瓜照相机，把这个叫"沈如根"的铜像拍了下来，然后在领队的催促声中，离开了展览馆。

朝鲜军事博物馆为战斗英雄沈树根塑立的铜像。　　（沈树根亲属供图）

回到上虞市的第二天，蒋梦兰专门来到了沈树根的办公室，把一张照片交给了他。沈树根眯起眼睛一看，问："你在哪里照的？"

"朝鲜。"蒋梦兰说。接着，他就把在朝鲜参观军事博物馆的事给沈树根说了一下。

沈树根笑着说："这就是我啊，我原来的名字就叫沈树根，可能由于朝鲜人发音的问题，我的名字就被翻译成了沈如根。"

蒋梦兰这才恍然大悟："可是他们已经把你的铜像与许多烈士的铜像排列在一起啊。"

沈树根笑起来："是啊，因为获'一级战斗英雄'称号的有不少是牺牲的烈士，他们可能认为我也牺牲了。"

蒋厂长是个热心人，从县委大院出来后，他就找到《上虞日报》的总编车广荫，车总编是个老新闻工作者，敏感性很强，当时就觉得这是个好新闻，马上安排记者郑志勋对蒋厂长进行采访，次日就在报纸显著位置发表《活着的铜像》的通讯稿，沈树根的事迹迅即在上虞市引起了轰动。平时见过沈树根的人这才知道：这个穿着朴素、脸上似乎永远挂着微笑的老头，竟是个大英雄。

沈树根（右）与浙江省上虞市联丰玻璃钢厂厂长蒋梦兰（中）、上虞市百官镇委书记马尧夫（左）在外出考察时留影。

（沈树根亲属供图）

2000 年 7 月 27 日，这个被人称为是活着的"铜像"的战斗英雄，在纪念中国人民志愿军抗美援朝 50 周年之际，应北京电视台及有关方面的邀请，与毛泽东主席的儿媳妇刘思齐等一起，跨过鸭绿江大桥，到朝鲜进行参观旅游。

历史有时会有惊人的巧合。1952 年 10 月 16 日傍晚，当沈树根和他的战友们乘着闷罐子军列凯旋回国的时候，也是从这座大桥上经过的。那时候，饱受战火蹂躏的朝鲜真是满目疮痍，朝鲜人民正在经受着人间地狱般的苦难。那天，当军列驶过鸭绿江大桥的一瞬间，沈树根曾从车门中探出头去，遥望升腾着滚滚浓烟的朝鲜大地，心情无比沉重。

谁也没有想到，今天，作为一位志愿军老战士，沈树根竟会再次踏上这个他曾浴血奋战梦牵魂绕的地方，此时的他真是百感交集、心潮难平。在列车驶过鸭绿江大桥的时候，沈树根禁不住在一张便笺上写下这样一段话："2000 年 7 月 27 日上午 10 时，跨过鸭绿江大桥。"

2000 年 7 月，沈树根与夫人寿美英在鸭绿江断桥上留影。 （沈树根亲属供图）

有关方面的安排是这样的，他们先是参观毛岸英烈士的陵墓，之后参观朝鲜"祖国战争胜利纪念馆"，在纪念馆的"英雄厅"里面，沈树根看到了挂有50幅志愿军"一级战斗英雄"的画像，其中一幅画像的下面写着这样一行字：沈如根，中国浙江省诸暨县人，1927年生……

74岁的沈树根在妻子寿美英的搀扶下，久久地凝视着自己的画像，面色凝重，不发一言。

2000年7月28日，在朝鲜"祖国战争胜利纪念馆"与该馆讲解员在一起，该馆占地52000平方米，是朝鲜同类纪念馆中面积最大的。　　　　　　　　　（车列铮摄）

这时，陪同参观的中方人员指着沈树根，对正在讲解的该馆副馆长说："这个就是老英雄沈如根，他真正的名字叫沈树根。"

副馆长愕然一愣："沈如根？他就是沈如根？老英雄，他还活着？"

"对，他没有牺牲。"

副馆长的泪水涌出来了，她一步跨到沈树根的跟前，紧紧地握住了他的手，嘴里不停地用生硬的中文重复着一句话："沈如根好，沈如根好!"

这时正在旁边参观的一群朝鲜年轻人也呼啦一下围了过来,大家紧紧地簇拥着沈树根,有的握住他的手,有的挽住他的臂膀,有的抚摸他的衣服。有一位年仅11岁的小学生,找来一张宣纸及毛笔和墨水,用娴熟的中文写上"朝中友谊"4个大字,送给沈树根,落款是万景台青少年宫书法组周俊浩……

尽管他们身为异国,语言不通;尽管他们并不相识,或许从此以后再难相见。但是,岁月不会冲

朝鲜少年周俊浩送给沈树根的4个中文大字。
(沈树根亲属供图)

淡由鲜血凝成的友谊,更不会抹去生命与烈火刻下的记忆,对于年轻的朝鲜人来说,数十年前中国人民志愿军前辈们在朝鲜土地上洒下的鲜血、汗水和付出的生命,已经生成为一种无可替代的营养物质,正在春雨润物般一点一点地渗入他们年轻的脉管里和正在发育的骨骼里,最后成为永恒。

接下来参观的是板门店,这是此次朝鲜之行的重头戏。一位陪同参观的朝鲜人民军中校被朝方人员告知:他旁边的这位中国老人是志愿军"一级战斗英雄"、特等功获得者。这位中校当即转身,向沈树根敬了一个军礼,然后紧紧握住沈树根的手,通过翻译转告沈树根:"像您这样活着的英雄已经不多了,我代表朝鲜人民请求您好好保重自己的身体。"这时,正在旁边站岗的朝鲜人民军几个战士也都轮流跑过来,和沈树根合影留念。

2000 年 7 月，沈树根在朝鲜板门店与朝鲜人民军军官在一起。　　　　（沈树根亲属供图）

　　快要离开的时候，沈树根来到一个高处，转身眺望远方的连绵群山，禁不住往事云涌。不错，他在寻找一个地方，那就是鹫峰 922.4 高地，这是一个令他终生难忘的地方。然而遗憾的是，鹫峰在韩方的一侧，离三八线虽只有数十里之遥，但一条细细的三八线，却阻隔了他重游的愿望，这是他心中永远的遗憾。

　　此时，在板门店分界线的两侧，朝韩两国士兵正在换岗。一批又一批的游客，正在导游的引领下，秩序井然地在规定的路线和场景内参观、拍照。时而有孩子们童稚的笑声传入人的耳膜，使整个板门店上空，充满着平和、宁静的气氛。

　　沈树根在登上大巴离开板门店的时候，下意识地朝板门店方向挥了挥手，脸上露出了慈祥而又真诚的笑容。

第三节　战友重逢

"报告排长，中国人民志愿军第 20 军 60 师 179 团 3 营 8 连 3 排通信员任玉山向您报到。"

"'小山子'啊。"

"排长啊，我可找到您了，我想您啊。"

"我也想你啊，'小山子'。"

这是 2003 年 10 月 28 日的上午，在上虞市区沈树根家的门口，那个在 1952 年被沈树根送到"屁股底下冒烟"的坦克学校学习的任玉山，在分别多年之后，立正敬礼，向他的老排长报到。于是，一位 77 岁和一位 72 岁的白发老人在众目睽睽之下，紧紧拥抱，老泪纵横。

其实，任玉山自调到徐州坦克学校后，一直在寻找他的老排长。但是，部队频繁的调动、归属的不断变更及其他等原因，使他在到达徐州后不久，就与老排长失去了联系。之后，两个人又分别转业到地方，使原本通过部队系统了解老排长下落的愿望成了泡影。

但是，任玉山并未因此而放弃寻找老排长，而且随着年岁的增大，变得更加的迫切。尤其在 1992 年退休后，他每年都要给 20 集团军、济南军区、浙江省军区等部队写信，但最后的答复只有一句话："查无此人。"

怎么会"查无此人"呢？他可是堂堂的"一级战斗英雄"、特等功获得者、"鹫峰阻击英雄"啊！在整个朝鲜战争期间志愿军百万参战部队中，获此殊荣者只有 50 个人，他就是其中的一个。除去牺牲者，活着的"一级战斗英雄"就像是凤毛麟角一样，怎么会找不到这人呢？

凭着这样的信念，任玉山不断地向他认为有可能找到老排长下落的单位和地方写信，2003 年 10 月初他还给浙江电视台台长写了信。因为任玉山知道老排长是浙江人，他猜想老排长转业的地方很可能在浙江，所以他想通过浙江电视台寻找老排长。他在给浙江电视台台长的信中还附了一首诗，以抒发自己寻找老排长的急切心情：

> 回忆五十二年前，
> 鹫峰阻击生死战，
> 革命军队结友谊，
> 卸甲归田常思念，
> 抗美援朝幸回还，
> 磨砺新兵通信员，
> 良师益友记心间，
> 梦想今生再相见。

平实的诗作中透露出的是深深的战友之情和生死之谊，电视台台长被打动了。于是，在2003年10月9日晚21点，浙江电视台教育科技频道"走进今天"小强热线中，主持人小强播出了一位名叫任玉山的志愿军老战士，寻找分别50年的老排长沈树根的新闻，同时，主持人还在电视上展示了老排长的照片。

这天晚上，沈树根家里的电话几乎被打爆，兴奋不已的沈树根也几乎一夜无眠。不错，这就是他的通信员任玉山，是那个在鹫峰阻击战中立了战功的"小山子"。整整50年过去了，不仅"小山子"在寻找他，他也在寻找"小山子"啊。2000年8月初他从朝鲜参观回国时，曾托沈阳、本溪等人大的同志代为寻找他这个通信员，但由于沈树根只知道任玉山是东北人，忘记了他是哪个省、市、县的人，因此，最后也没有着落。现在，这个他朝思暮想的老战友、老部下，竟然找上门来了。

10月30日，对沈树根来说是难忘的。这一天他起得特别早，夫人寿美英劝他："我看你昨晚翻来覆去的没睡好，再眯一会儿吧。"

"睡不着了，我得去门口等他们。"

"可他们这时候还没出发呢。"寿美英边说话，边为老伴换上一套崭新的夹克装，顺便还开了句玩笑："很精神，等会儿'小山子'怕会认不出你呢。"

沈树根感慨说："都老了，我记得我比'小山子'大5岁，今年他也该72了吧，哎，不知道他们出发了没有？"

原来，这时候任玉山夫妇已被浙江电视台派采访车从连云港装甲兵农场接到了杭州，因为次日就要见到老排长，他也兴奋得一夜没睡好。妻子李凤琴说："你已几天几夜没睡好觉了，别把身体累垮了。"

任玉山说："我睡不着啊，眼睛一闭，全是老排长的面孔。"

次日一早，他就去花店买了一束鲜花，然后，在电视台记者们的陪同下，向老排长所在的上虞市进发。中午时分，车到沈树根家的门口，打开车门，任玉山第一个走下车子，还未站定，一眼就看到门口站着的那个老人，高个，威武，浓眉，腰板笔挺，尽管黑发已变成了白发，尽管皱纹布满了脸庞，但任玉山一眼就认出，这就是老排长。

既然是曾经的军人，既然是情深的首长和战友，任玉山在伸开双臂大步奔到老排长面前时站住了，他本想先拥抱老排长，但是他临时增加了一个见面的程序，一个军人条例上规定的下级见上级的程序：立正，敬礼，然后报告自己的姓名和职务。

据沈树根的老朋友、当时曾在现场的朱列军同志告诉笔者，当时任玉山在向他的老排长立正报告时就已泣不成声了。之后，两个老人几乎以同样的姿势伸开双臂，然后紧紧拥抱，泪流满面，在场的人，亦都热泪盈眶。

情感平静下来后，便是两位战友不停地提问，仿佛几十年积累的问题，都想在顷刻间弄清楚似的。首先提问的是沈树根："'小山子'，你去徐州坦克学校后的情况怎么样？"

2003年10月，老排长沈树根与当年的通信员"小山子"任玉山，50年后重相逢。

（沈树根亲属供图）

任玉山说："报告首长，我没有辜负您的期望，到了徐州坦克学校后，先是当学员班班长，一年后被学校评为模范班，我又立了个三等功。后来，苏联教员撤走后，学校叫我当教员，又之后，我被提拔为团、师司令部参谋，坦克营营长，团参谋长。1976年转业，任齐齐哈尔市五金机械工业公司党委副书记、汽车制造厂党委副书记，并在市经委包装管理办公室任职。报告完毕。"

沈树根笑着说："我记得当时我叫你去'屁股底下冒烟'的坦克学校学习时，你还哭鼻子，我'骂'你没出息，现在看来，你真是有出息了。"

任玉山说："我'小山子'有今天，离不开您老排长。"沈树根说："话不能这么说，这是党培养的结果，也是你努力的结果，哎，'小山子'，你后来为什么没给我写信呢?"

任玉山说:"写信了呀,我到了徐州,就写了一封信给您,地址就是连部的所在地月浦镇,没想信很快就被退了回来,说是'查无此人',我猜测,估计你们是调防了。"

"对,调到浙江了,后来又打了几个海岛,我还负了伤,就这里。"沈树根指了指自己的右肩胛。

任玉山说:"我看出来了。"

"我们都是幸存者啊,"沈树根感慨地说,"我现在经常会梦到当年牺牲的那些战友们,还梦到过鹫峰,醒来的时候,发现自己的眼睛是湿的。唉!老啦,老啦。"

这时,任玉山问沈树根:"老排长,我们3排从鹫峰下来后,那些战友们都去哪儿了?"

沈树根叹了口气说:"有些还是在朝鲜牺牲了,有些调到了其他的部队,比如曹光景,后来调到4连当班长,有些回国后就复员了,我所知道的,现在除了你和我,还有曹光景和吴定益,他们也早转业了,曹光景听说转业在安徽省芜湖市,吴定益在金华义乌。我与吴定益还是常有联系的,现在也都是七八十岁的老人了。"

任玉山一听吴定益与老排长有联系,便兴奋起来,要与吴定益通电话,沈树根便拨通了吴定益的电话:"老吴吗?我沈树根啊,有个人在我旁边,是你的老战友。对,一起打过鹫峰的,对,东北人……"

沈树根一说东北人,吴定益就猜到是谁了,因此,当任玉山喊了一声:"老班长,您好啊。"电话那头的吴定益就哽咽着喊了起来:"'小山子',是你吗?"

这一通电话,足足打了十几分钟,搁下电话,任玉山抹去眼角边的泪水,对沈树根说:"老班长告诉了我曹光景的电话,我想与他联系一下。"

"好啊，我也正想与他说说话。"

但是很遗憾，任玉山打过去的电话，曹光景家里没人接，沈树根说："我前些年曾托人打听过曹光景的情况，他回地方后，情况不是很好，子女也多，比较困难。"

中午吃饭的时候，沈树根与任玉山所聊的话题就显得轻松得多了。这不，两杯诸暨同山烧下肚，沈树根就将嘴巴凑到任玉山的耳根旁，眼睛看着任玉山的夫人李凤琴，悄声问："是原配吗？"

任玉山点点头："原配，原配。"

"好，说明你'小山子'没有变。"

不过，在老排长面前，任玉山也说了老实话："当时提干时，也确有很多大学生写信给我，但我要向老排长学习，当年那么多大学生写信给您，您都没有动心。"

2003 年 10 月，沈树根陪任玉山夫妇游玩绍兴市上虞区当地的公园。　（沈树根亲属供图）

次日早饭以后，沈树根和任玉山继续再聊，那话语就像是扯不断的线，没完没了，正在这时，有一个老者被人领进了客厅，此人儒雅清秀，像个文人。坐下以后，那人问任玉山："你不认识我了？"

任玉山细瞧之后，摇了摇头，看旁边的老排长，老排长却笑而不答。

那人笑着又说："在朝鲜鸡雄山战壕里采访你的那个人，忘了？"

"毛股长？你是毛股长？"任玉山当下就站了起来。

"是啊，我是毛英啊。"

原来昨天晚上，沈树根把任玉山来上虞的消息告诉了毛英，毛英是原179团的笔杆子，当年沈树根立功评模的材料，就是由他负责整理的。听说当年的通信员"小山子"来了，他当然要来见见他。

中午的时候，沈树根又拿出他珍藏多年的60度诸暨同山烧招待两位老战友，3杯酒下肚，3个人说话的嗓门就渐渐高了起来，而谈得最多的，依然是当年在朝鲜战场上的事。

沈树根说："这曹光景真能打，一个人守着前哨阵地，敌人就是上不来，还在他面前死了一大片，真是个英雄啊！"

毛英说："关键还是你这个排长指挥得好，团里营里连里都认为你这个排完了，没想你竟把这个排完整带了回来，真是奇迹啊。当时张季伦团长得知这个消息后，高兴地大声喊：'要给沈树根记功，记大功！'"

"吴定益、黄加能他们几个班长打得也不错，他们也是英雄啊。"沈树根说。

任玉山说："老排长可是我们全军的大英雄啊，除了您，现在健在的已经不多了，您一定要保重啊！"

沈树根开玩笑说："同山烧还有1斤多好喝，死不了！"

任玉山说："今天两位首长都在，我有个提议，我们找个时间，回老部队看看好不好？"

"好啊，我也正有这个想法。"毛英说。

沈树根说："我同意，具体由'小山子'安排。"

任玉山说："我想在我入伍55周年之际，回老8连探亲，两位首长以为如何？"

"好！"

"好！"

"那就一言为定！"

"斟满，干杯！"沈树根站起来，毛英和任玉山也跟着站起来，三位老战友碰了一下杯，然后脖子一仰，将酒一饮而尽。

"老头子，我也敬你一杯，祝你健康长寿。"沈树根的夫人在给他敬酒。 （沈树根亲属供图）

任玉山于7天后与老排长泪别，在上车的时候，任玉山握着沈树根的手说："老排长，那下次我们就在老部队再见！"

"好，一言为定!"

"一言为定!"

当天任玉山夫妇就踏上了回家的旅程，他在离开浙江时给浙江电视台送了一面锦旗，以表示自己的感谢之意，同时又附上了两句即兴写就的诗：

> 龙江浙江情义长，
>
> 战友重逢愿已偿。

第四节　不忘初心

沈树根每天起床后，有个老习惯，就是喜欢干点儿活。以前在部队带兵时，每天战士们还未起床，他就早早起来了，东看看，西瞧瞧，待战士们起床，他对这一天部队的工作早已心中有数了。

到了地方后，这习惯依然没有改，也改不了。即便是离休后，已经可以休息了，他也没改掉这习惯，总想千方百计干点儿事。公家的事自然是不需要他管了，他就干家里的，每天一起床，他先到"龙王塘"挑水，几只塑料壶，一根小扁担，晃晃悠悠的，架在一只未受过伤的肩胛上。水挑回家里后，再帮夫人干家务。

但是，终生的信仰追求是不会因为角色的转换而淡化甚至忘却的。基于此，当沈树根用自己那双骨节粗大握惯了枪支的大手在干着家务细活时，常常会生出这样的念头："这样不行啊，我总得再为党和人民干点儿事情啊。"

去学校、机关、企业、社区及部队做报告，宣扬爱国主义、集体主义、革命英雄主义精神，是沈树根几十年来从未间断的工作，当年在部队是这样，现在转业到地方，他并没有忘记和放弃。为此，沈树根的双脚走遍了上虞的城镇和乡村、山头和海头，他讲理想，讲传统，讲先烈的革命故事和自己的战斗经历，每次听讲的人多的达数百人，少的也有几十人。从转业到去世，他讲了整整数百场，听讲的人超过5万人。

沈树根（右五）与浙东游击纵队的老战友们在一起。　　　　　　（沈树根亲属供图）

除了动"口"外，沈树根还把更多的精力花在动"手"上。有一次，沈树根与老同志谢绍耆、刘国昌及老干部局局长陈爱丽等一起去陈溪山区调研山区农业发展的情况，偶然听说白龙潭村有一位中华人民共和国成立前入党的老党员，就和大家一起去看望他，但一进这位老党员的家，沈树根的心情就变得沉重起来，原来这位老党员的家里十分困难，不仅住房破旧矮小，老党员本人也长年生病卧床，连看病的钱也没有。那天，沈树根当场摸出200元钱给那位老党员。回城以后，又马上向上虞市新四军研究会的领导做了汇报，上虞市新四军研究会很快对这位老党员予以补助。不过这件事引起了沈树根的深思，现在人民的生活水平虽然有了普遍提高，但一些生活在贫困山区和农村的老党员生活仍比较困难，尤其是那些在中华人民共和国成立前入党的老党员，因年老体弱，又无固定的经济来源，晚年的生活更是困难，如能帮助他们渡过难关，不仅能使这些老党员幸福地有尊严地安度晚年，提高他们的社会地位和政治地位，更能进一步扩大党在农村的凝聚力和影响力。

被老英雄的精神所感动，浙江富润控股集团董事局主席赵林中专程看望沈树根。

（沈树根亲属供图）

于是，一个要为老党员设立一个困难救助基金的想法在沈树根大脑中产生了。不过要把一个想法变成现实，并不是一件容易的事，尽管这个想法受到了市委领导和组织部门的高度重视，尽管沈树根在上虞人民心中德高望重，但要人家真金白银拿出钱来，而且拿出的是大钱而不是小钱，还是要做很多工作。于是，年近 7 旬的沈树根便放下身段，一遍又一遍地往有关部门和企业跑，苦口婆心地向他们宣传成立"老党员困难救助基金"的意义。或许是感动于沈树根的一片拳拳之心，或许是本身就具有"财富来自社会，更要回报社会"的公益理念，浙江联丰集团董事长蒋梦兰、浙江芳华集团董事长叶明星和浙江五洋建设集团董事长陈祝洲 3 位企业家成为最早响应筹建该项基金的人。1995 年 3 月，在他们的鼎力支持下，上虞市"老党员困难救助基金"正式成立，3 家企业共同出资 300 万元，以每年产生的 30 万元利息，帮助失去劳动能力、家庭生活特别困难的老党员渡过生活的难关。

1998 年，"老党员困难救助基金"发起人之一的五洋建设集团公司原董事长陈祝洲病故，他在弥留之际仍不忘"老党员困难救助基金"的发展，他对担任董事长的儿子说："老党员困难救助基金"是沈老呕心沥血建立起来的，不管企业有多大的困难，也一定要支持。

同样，浙江联丰集团公司和浙江芳华集团公司在经营中也有过困难的时候，但他们给"老党员困难救助基金"的资助款却一次未曾拖过。年过 7 旬的浙江联丰集团公司董事长蒋梦兰，每次都亲自把资助款送到组织部，他说：办好"老党员困难救助基金"，使更多的老党员感受到组织的关怀和温暖，这也是我们向老英雄学习的具体行动，以后我卸职了，也一定要把这个任务传下去。

开了一个好头，便产生了连锁的效应，全市后来陆续成立了各类基金二十几个，基金本金总额近亿元。尤其是"老党员困难救助基金"设立以来，曾发放定期补助和慰问金 200 余万元，从而为 300 多名失去劳动能力、家庭生活特别困难的老党员送去了温暖。

"老党员困难救助基金"设立所产生的影响和发挥的作用使沈树根认识到：要真心实意地为老百姓做点儿事，以前在位时能做，离休了也能做，关键的问题是你愿不愿意做，是不是真心实意做。

地处上虞南部山区的岭南乡许岙村曾是当年浙东游击纵队发起许岙战斗的地方，该村是个经济欠发达村，沈树根了解情况后，亲自到该村进行调研，与村委一班人共谋脱贫致富的办法。同时，他又多方奔走，联系一些经济效益较好，又有社会担当的企业和村，与该村结成扶贫对子。上虞市小越镇的新宅村是当时全县经济比较发达的村，沈树根就利用在绍兴市参加人代会之际，把同是人大代表的两个村的支部书记叫拢来，共商扶贫结对事宜，在他的撮合下，两个村很快就签订了结对帮扶奔小康的协议。

沈树根（中）在扶贫结对会议上发言。　　　　　　　　　　　（沈树根亲属供图）

为了实实在在帮扶许岙村，沈树根曾带着该村党支部书记梁建祥四处奔波，先后集资 40 余万元，硬化了村里的主要道路、修建了"许岙战斗纪念馆"，为许岙村的脱贫致富打下了良好的基础。现在的许岙村，在村委一班人"打好红色牌，下好绿色棋"的发展理念下，不仅早已脱了贫，而且已是省级文明村、文化示范村和五星 3A 达标村。2019 年，绍兴市上虞区委、区政府为了更好地继承革命先辈的遗志，进一步挖掘和开辟红色文化旅游资源，又在该村原"许岙战斗纪念馆"的基础上，投资 200 余万元，加以扩建和提升，把"许岙战斗纪念馆"打造成了一处不忘初心、牢记使命，进行革命传统教育的红色基地。

沈树根（中）在"许岙战斗纪念馆"与久别的老战友、战斗英雄杜月中重逢。（李金海摄）

据上虞区老干部局及新四军历史研究会提供的数据表明，由沈树根为主牵头并倡导发起的，为上虞老年事业的发展及加快老区、山区建设的落实资金达 900 多万元。

有人说沈树根离休后干了那么多的事，主要是他说的话有人听，人家都买他的账。这话听起来似乎有一点儿道理，但细想一下，又值得反问，即：他说的话为什么有人听？人家为什么会买他的账？答案其实很简单，那就是：因为他所说的话、他所干的事，都是为大家、为百姓。就如曾担任过老干部局局长的车列铮和陈爱丽所说，她们在职时，凡是与沈老商量公益上的事，军人出身的沈老每次的回答都很干脆"行""好""对""就这么定"。然后便会向两位局长请示"我的任务是什么？"

时任市委组织部副部长兼老干部局局长的张柏大说，80年代初，市老龄委成立时，城区的老年人没有活动场所，而市里一时又无法调剂出理想的房子，张柏大就去找沈树根，沈树根问张柏大："需要我做什么？"张柏大说："我们想自筹资金建一个老年活动中心，要请您大力支持。"

沈树根说："好，我尽力而为。"说是"尽力而为"，实际是全力而为，从张柏大找他商量建老年活动中心到老年活动中心建成，沈树根共筹得资金200余万元。几乎占了整个老年活动中心全部建设资金的一大半。老年活动中心建成后，大家赞誉沈树根在建设老年活动中心的过程中是最辛苦的一人，也是贡献最大的一人。

陈爱丽说，老干部局的工作听起来很有局限性，但涉及的面其实很广，除了一些日常性工作，大量的是局部性的、临时性的甚至是应急性的工作。有一次，有两个老干部因误会而发生了矛盾，老干部局做了多次工作都没有效果，陈爱丽只好上门请担任老干部局顾问的沈树根出面，那天正好下大雪，沈树根的脚又痛风发作，陈爱丽进门时，见沈树根的一只脚正搁在桌子上，痛得呲牙咧嘴的，听陈爱丽一说，沈树根当即把脚从桌上移下来，戴上帽子，拉过一条凳子做支撑，一只脚落地，一只脚腾空，说："走。"陈爱丽有点儿不忍心，说："要么改日再去。"沈树根说："什么改日再去？既然你来了，现在就去。"这样，陈爱丽只好叫来一辆三轮车，把沈树根慢慢扶上车，到了对方的居住地，又把他慢慢扶到社区的办公室，两个老干部见沈树根患着痛风冒着风雪还来做他们的工作，都惭愧地低下了头。

在张柏大、车列铮、陈爱丽等几位老干部局局长的记忆中，这种临时性、应急性的工作在沈树根身上还发生过许多次：

1944 年 7 月 31 日在浙江省宁波市慈溪县东埠头村与日伪军作战中牺牲的浙东游击纵队 5 支队 7 中队长观杰，其率领的中队因战功卓著被上级授予"观杰中队"的荣誉称号。沈树根与观杰是战友，后来又当过"观杰中队"所在的 178 团的团长。沈树根转业到上虞后，曾专门去上虞县章镇区大勤乡任叶村看望观杰的家人，发现观杰烈士墓建在老家的一处山脚下，因当年建墓时条件有限，又很仓促，加上长年失修，去他的墓地扫墓，不仅道路高低不平，如果遇上下雨天，更是泥泞难行。沈树根回城后，便当即与上虞县民政局、党史办公室、新四军历史研究会等部门取得联系，然后多次邀请有关部门和当地镇、村的领导，一起到观杰烈士的墓地进行实地踏看，最后由他牵头，向有关部门和企业筹措资金 16 万元，建了一条长 500 余米、宽 8 米的水泥路，虽然在建路时占用了一些农户的土地，但农户们没有一个人提出反对，大家说：沈老是在为革命烈士墓修路，是件好事情，我们当然要支持他。

有一个佛教场所，收留了十几名被父母遗弃的孤儿，后来孤儿们渐渐长大了，要报户口、要读书，以后还要就业找工作，可是他们找不到父母，户口没法报。沈树根听了住持的诉说后，对住持说，那就报在我家里吧，我就是他们的家长。之后，沈树根经常去看望这些孩子们，给他们买去吃的、玩的及学习的用品，孩子们只要一听他去了，都会一下子拥过来，亲昵地抱着他的腿，一声一声地喊："爷爷，爷爷。"

为关心老干部的体育健身活动，区老干部局要建一个门球场，但在建造过程中还缺一点儿资金，大家又找到了沈树根，沈树根说："我试试吧。"于是他找到一家企业的老总，把情况一说，老总说："这是好事啊，沈老您说吧，要多少？"

…………

有的事情可以向单位和企业拉赞助，有的事情沈树根就自己掏腰包。许岙村开始建"许岙战斗纪念馆"时资金有点儿紧张，沈树根就从袋里摸出 3000 元钱给村领导，说："纪念馆一定要建好，钱不够我再想办法。"

沈树根在浙江省上虞县岭南乡许岙革命烈士墓前。　　　　（沈树根亲属供图）

上虞有 5 名学生因家庭困难产生了辍学的念头，沈树根知道后，与老伴寿美英商量，想从自己的积蓄中拿出点儿钱给他们，寿美英当即表态说："好啊，我同意。"于是，夫妻俩就拿出 2 万元，分别寄给这些学生们。沈树根去世的那天，他的遗体停放在殡仪馆，在告别仪式结束后，突然有两个姑娘冲进来，一下跪在沈老遗体的前面，放声大哭，嘴里喊着："爷爷、爷爷……"这两个姑娘就是沈老曾经资助读书的学生，现在不仅已经大学毕业，还找到了稳定的工作。

据了解，沈树根到上虞后，为贫困山区、革命老区、困难学生、孤寡老人和慈善机构的捐款超过 15 万。2018 年 8 月的一天，笔者在采访沈老夫人寿美英阿姨时，老人走进房间，从里面拿出一只信封，信封里是一叠发票和汇款单，说："这些发票和汇款单，都是老沈在世时资助人家的，我也刚发现。"

沈树根在浙江省上虞县最早成立的"康乐基金会"成立会上讲话。 （沈树根亲属供图）

看着这些发黄的皱巴巴的发票和汇款单，笔者的心里涌起阵阵热流。也许有人会问，沈树根这样做究竟为什么？其实他家的经济也并不很宽裕，范匡夫将军回忆说，当年沈树根在部队当团长时，他经常看到老团长的夫人寿美英在营房旁边养鸡种蔬菜，平时也是掰着指头花钱，日子过得很节俭。他的小儿子沈武忠告诉笔者：他父亲在家里洗面、洗手、洗衣服的水从来不倒掉，而是将这些水积起来，用于拖地板、浇花和冲马桶。

有人见了后开沈树根的玩笑，说："老沈，你这样做，自来水厂要关掉了。"

沈树根说："这你就不懂了，现在我们国家的水其实很紧张，能节省一滴就是一滴，这也是在为国家做贡献啊。"

沈树根离休后的离休金虽然比较高，可他上有老，下有小，再加上又要不时地资助他人，以至于他银行卡中的钱一直没法多起来。他诸暨老家沈宅村的房子已经摇摇欲坠，里面更是破败不堪，家里人几次提出要去修一下，可沈树根说："房子修好了又不去住，倒不如把钱用在更需要的地方。"有一次，他在电视上看到遂昌县石廉镇有一名中学生因家庭贫困面临失学，便当即与该生家庭取得联系，先后两次匿名给他汇去了 4000 元，资助他完成了学业。

对此，有人曾劝过沈树根：不要再捐钱给他人了，留一点儿给子女和家里用。沈树根却说："共产党是为人民的，我是一个老党员，当年群众救了我的命，现在我给群众捐点儿钱算什么？"

在岁月的长河中，敢与苍穹比阔的，唯有精神。沈树根在战争年代是英雄，在和平年代是先进、是模范，他以自己一生的行动，诠释了一个共产党人不忘初心、牢记使命的家国情怀和信仰追求。

人民不会忘记他，祖国不会忘记他，在共和国光辉灿烂的荣誉长廊里，沈树根的荣誉，无疑是最光彩夺目者之一。

2010 年 12 月 26 日晚，沈树根为华维中学的 200 多名师生做了一次"历史不能忘记"的演讲，两天后，他在家中溘然长逝。　　　　　（庄莉摄）

沈树根战争年代获得的荣誉：

1947 年 2 月——在华东野战军第 1 纵队兵工厂工作期间，因生产积极、主动站岗放哨荣立三等功 1 次。

1947 年 2 月——在华东野战军第 1 纵队兵工厂工作期间，因遇水灾抢救物资（钞票）荣立二等功 1 次。

1948 年 7 月——在华东野战军第 1 纵队兵工厂工作期间，因向前线运送弹药积极荣立四等功 1 次。

1948 年 7 月——在睢杞战役中，因及时将团部命令送达前沿阵地，荣立四等功 1 次。

1948 年 11 月——在淮海战役中因作战勇敢，荣立四等功 1 次。

1949 年 5 月——上海战役结束后，因在龙华路看管物资成绩突出荣立四等功 1 次。

1950 年 11 月——在抗美援朝二次战役长津湖战役中，因作战勇敢，荣立四等功 1 次。

1951 年 4 月——在抗

解放军总政治部关于沈树根享受全国劳模待遇给地方政府的函。　　　　（金舒燕摄）

美援朝五次战役开始时，因行军中全排无一人掉队并在战斗中捉到几个俘虏，荣立四等功1次。

1951年10月——在抗美援朝五次战役中，因率领全排沉着应战，坚守鹫峰阵地3昼夜，以伤亡4人的代价，毙敌300余名，被中国人民志愿军总部授予"一级战斗英雄""鹫峰阻击英雄"荣誉称号，并立特等功1次。

1952年6月28日——在抗美援朝五次战役中，因战功卓著，荣获朝鲜民主主义人民共和国颁发的三级国旗勋章1枚。

沈树根离休之后获得的荣誉：

1987年——当选为浙江省上虞县第八次党代会代表。

1995年——被评为绍兴市老有所为先进个人并获全国老有所为贡献奖。

1996年——被评为浙江省老干部优秀党员。

1997年——被授予浙江省老有所为贡献奖。

1997、2002年——连续当选浙江省第九、十届人民代表大会代表。

1999年——作为全国百名老英雄、老模范代表进京参加"五一"国际劳动节庆典。

2004年——被评为全国老干部先进个人和浙江省上虞市五好老干部。

2009年——被授予浙江省慈善工作荣誉证书、浙江省"离退休干部先进个人"荣誉称号并获绍兴市"我心目中最有影响的劳动模范"称号。

2010年——被评为浙江省上虞市首届十佳慈善功臣。

…………

沈树根（前排右五）参加纪念抗美援朝 60 周年老战士代表座谈会。　　　　　（谭寿焕摄）

第五节　英雄远去

2010 年 12 月 28 日，早上。

上虞城区胜利路上一幢普通的民居中，82 岁的沈树根像往常一样早早起来，然后开始他从部队转业回地方后不变的生活序曲：空腹喝一大杯浓茶、散步、吃早饭，读《人民日报》《浙江日报》《新华每日电讯》《上虞日报》及《大江南北》等时事新闻类报纸、杂志，然后，用他那浓浓的诸暨官话回电话，与前来串门的街坊邻居讨论国家大事，特别是与军事打仗有关的话题，每每滔滔不绝，声若洪钟，并不时会爆出一些粗口或发出爽朗的笑声……

不过这天早上，与沈树根相伴了几十年的寿美英发觉老伴似乎有一点儿不对头，什么不对头呢？对，老伴今天怎么突然变得沉默无言了，连每天雷打不动的晨咳也没有了。她知道老伴这几天有点儿累，前些天去上海为市里办事情，回来后又回诸暨老家送一个远房外甥去参军，从诸暨回来后又去医院镶牙齿。前天正在举行文化艺术节的华维中学又邀请他给学生们讲一讲革命的传统……他似乎总是忙、忙、忙，他忘了自己已是82岁的老人了，不是当年在鹭峰打阻击时带领全排战士3天3夜不吃不喝歼敌300余名的棒小伙子了。

9时15分左右，听到在厕所间解完手的老伴出来了，正在打扫卫生的寿美英从房间里走出来，她似乎想问老伴一件什么事，但还没容她开口，她的整个身子就僵住了。她看到，在离她两米远的厕所门口，老伴正呆呆地站立着，他的双手款款地提着裤子，眼皮下垂，面无表情，寿美英心里猛地一震，连忙上去大声问老伴："老沈，怎么回事？老沈、老沈……"沈树根没有应答，寿美英赶紧搀住老伴的臂膀，想把他扶到床上去，但老伴的身子太沉了，这个身高一米八零的大个子，着实把他身旁的这位老妻累坏了。从厕所门口到房间门口也就三四步距离，要是在平常，沈树根两个正步就跨到了，但是这一次，沈树根却怎么也跨不到那里了，尽管他在挣扎着向前，尽管他挺直了腰板，一个军人的腰板，但是……，就当他在老伴寿美英的搀扶下快要挪到房间门口时，他的身子终于倒下了，像一个在战场上冲锋陷阵的战士那样，倒下了，他倒得干脆利落、倒得悲壮而又充满着英雄的气概。

这是2010年12月28日上午9时58分，一代英雄沈树根在妻子寿美英的怀里，慢慢合上了眼睛。在他去世之前，他曾想极力地睁开眼睛，他似乎想再看一看这个五彩缤纷而又风云变幻的世界，看一看这个熟悉而又温暖的家，看一看面前这位曾陪伴他走过了55年风雨历程的老妻——然而他再也看不见了。

据寿美英后来回忆说，老伴沈树根在最后合上眼睛前的眼神是柔和的、安详的，尤其是那张雕塑般棱角分明的脸，始终保持着大家所熟悉的微笑，他似乎在告诉大家，他走得无憾无悔，走得坦坦荡荡，走得高高兴兴……

是啊，革命胜利了，人民幸福了，祖国强大了，作为一位身经百战的老战士，他现在迫切地想与那些先他而去的战友们团聚了。在风雨如磐的浙东革命根据地，在泰安战役的城墙下，在莱芜战役的战壕里，在孟良崮战役的山岗前，在豫东、淮海、渡江、京沪杭及抗美援朝的长津湖、黄草岭、马道寺战役战斗和鹫峰阻击战当中，沈树根曾怀着无比悲痛的心情与那些牺牲的战友们泪别，虽然时光已经过去了数十年，但他们的音容笑貌，他们与自己的战友之情、生死之谊，至今仍历历在目，永难忘怀。而现在，该是他与老战友们团聚，并举手敬礼向他们汇报祖国复兴伟业的时候了。

尾 章

2011 年 10 月的一天，驻河南省信阳市明港镇的 20 集团军 60 旅摩托化步兵第 3 营①，迎来了一位满头白发的老战士，他就是任玉山。今天，他代表他的老排长沈树根，回老连队"省亲"来了。按当年他与老排长约定的日子，这次"省亲"的时间应该是在 2015 年，但是，现在他必须得提前来了，因为老排长已经不在了。

任玉山是在 2011 年初才听到老排长去世的消息。那次他刚从北京领奖回来，在返家的火车上，一位坐在他对面的小伙子看到他的一只手袋上印着"《跨过鸭绿江》全国征文大赛组委会"几个字，便用十分敬重的口气问任玉山："老爷爷，您参加过抗美援朝吗？"

任玉山说："参加过，瞧，我写的一篇文章还获得一等奖呢。"说着任玉山热情地将那篇文章拿出来，文章的题目是《朝鲜战场生死情，五十载后终相逢》，是写他与老排长沈树根在战场上的生死情谊的。该文在 2010 年 10 月 19 日纪念抗美援朝出国作战 60 周年前夕、在《跨过鸭绿江》全国征文大赛组委会发起的征文比赛中获得一等奖，任玉山这次正是去北京领奖的。

---

① 1998 年 10 月，根据中央军委命令，步兵第 60 师改编为摩托化步兵第 60 旅，179 团整编为摩托化步兵第 3 营。

在沈树根的老连队，任玉山与干部战士们在回忆当年硝烟弥漫的战斗岁月。

（中国人民解放军 83 集团军某旅旅史馆供图）

小伙子说："我能看看这篇文章吗？"

"当然可以。"任玉山说："如果你喜欢，就送给你。"

小伙子接过文章后，高兴得不得了，连声道谢，同时打开随身带着的电脑，搜索起相关的信息。突然，小伙子的脸凝重起来，问任玉山："老爷爷，您知道沈树根老英雄的情况吗？"

"知道啊，"任玉山说，"去年我还写信问过他，他说还能喝 1 斤高粱酒，八十几岁的人了，还能一人顶仨……"任玉山说着说着，感到小伙子的脸色有点儿不对头，忙问："你说什么？"

小伙子的眼睛红起来，说："老爷爷，老英雄走了……"

任玉山怔了一下，戴起老花镜，一遍又一遍看着小伙子电脑上那篇《英雄远去》的文章，突然，老人呜咽一声，伏在桌上，像一个孩子一样，呜呜地哭了起来。

沈树根全家福。

（田家乐摄）

8 个月之后，肩负着老排长重托的任玉山专程来到了英雄的老部队，在连队干部战士的簇拥下，任玉山参观了龙腾虎跃的营区，参观了威震敌胆的现代化装备，又参观了刚刚布置一新的连史馆，站在那一张张略显模糊的老照片前，任玉山脑海中往事云涌、思绪万千，透过岁月的晨雾晚霭，眺望历史的崇山峻岭，任玉山仿佛看到了老排长率部在鹫峰上浴血奋战英勇杀敌的战斗场景，看到了烈士在冲锋途中洒下的斑斑鲜血，看到了漫山遍野的敌尸，看到了那面插在鹫峰上迎风飘扬的胜利旗帜……

此时此刻，他的眼睛模糊了，须臾，他慢慢地举起手来，立正，向照片中的老排长敬了一个军礼，说："老排长，您放心吧，我们的 8 连后继有人，倘若再打一个鹫峰阻击战，一定会涌现出更多的英雄、更多的沈树根！"

参考文献

百杰之旅编委会编:《百杰之旅——二十军史话》,杭州出版社 1999 年版。

[美] 布鲁斯·卡明斯著:《朝鲜战争》,生活·读书·新知三联书店 2017 年版。

曹学德、陶方桂主编:《中国人民解放军陆军第二十集团军军史》,黄河出版社 1996 年版。

陈宏著:《跨过鸭绿江》,蓝天出版社 2003 年版。

陈沂著:《我们从朝鲜回来》,中国青年出版社 1984 年版。

陈忠龙主编:《中国人民志愿军人物志》,江苏人民出版社 2009 年版。

成亚平著:《兵妈妈》,上海人民出版社 2017 年版。

杜平著:《在志愿军总部》,解放军出版社 1989 年版。

东阳市委党史研究室编:《诸义东抗日根据地的建立与巩固》,《东阳日报》2015 年 7 月 18 日。

何楚舞、凤鸣、陆宏宇著:《血战长津湖》,重庆出版集团、重庆出版社 2014 年版。

韩龙文主编:《中国人民志愿军抗美援朝战争史》,军事译文出版社 1992 年版。

洪学智著:《抗美援朝战争回忆》,解放军文艺出版社 1991 年版。

李奇微著:《朝鲜战争》,军事科学出版社 1983 年版。

林积昌主编:《刀尖》,同济大学出版社 2017 年版。

陆州著：《铁血争锋——中国人民解放军第二十军征战纪实》，解放军文艺出版社 2009 年版。

齐德学著：《抗美援朝纪实》，华夏出版社、广东人民出版社 1997 年版。

任鸿魁著：《丹东史迹》，辽宁民族出版社 2005 年版。

石礼文出品：《朝鲜战争》，中国人民解放军影像出版社 2001 年版。

沈志华著：《毛泽东、斯大林与朝鲜战争》，广东人民出版社 2003 年版。

王树增编著：《中美战争——朝鲜决战》，解放军文艺出版社 2006 年版。

王筠著：《长津湖》，湖南文艺出版社 2011 年版。

解力夫著：《朝鲜战争实录》，世界知识出版社 1993 年版。

徐一朋著：《错觉——180 师朝鲜受挫记》，江苏人民出版社 1997 年版。

［美］约翰·托兰著，孟庆龙等译：《漫长的战斗——美国人眼中的朝鲜战争》，中国社会科学出版社 1993 年版。

张永枚著：《美军败于我手》，解放军出版社 1995 年版。

中国军事博物馆编著：《抗美援朝战争纪事》，解放军出版社 2008 年版。

中国人民抗美援朝总会宣传部编：《伟大的抗美援朝运动》，人民出版社 1954 年版。

中国人民志愿军第二十军政治部编：《中国人民志愿军第二十军抗美援朝英模纪念集》，1953 年版。

诸暨市新四军历史研究会编：《劲旅英杰——人民军队中诸暨籍名人选编》，2018 年 10 月第 1 次印刷。

跋

　　每个时代有每个时代的英雄，志愿军"一级战斗英雄"、特等功排排长沈树根，他既是战争年代的英雄，又是和平年代的模范。

　　沈树根1944年5月参加新四军浙东游击纵队金萧支队，浙东游击纵队北撤后，他先后参加过山东泰安、莱芜、孟良崮，豫东、淮海、渡江、京沪杭和浙江大小鹿山岛、积谷山岛等战役战斗。身经百战，屡立战功。1950年10月他参加了抗美援朝，先后任中国人民志愿军20军60师179团3营8连3排副排长、排长，8连副连长。他还参加了著名的朝鲜长津湖、黄草岭、马道寺、华川阻击等战役战斗。

　　1951年6月，在抗美援朝第五次战役结束不久后的朝鲜华川阻击战中，时任179团3营8连3排排长的沈树根奉命率全排坚守南朝鲜一侧的鹫峰，以保证大部队安全回撤。敌人以两个营的兵力，向驻守鹫峰922.4高地的3排发起猛烈进攻，在敌我兵力悬殊的情况下，沈树根率全排33名战士沉着应战，奋勇杀敌，与敌激战3昼夜，打退了敌人13次进攻，以仅1人牺牲、3人重伤的代价，歼敌300余人，其中沈树根一人就歼敌100余人。

　　战后，沈树根被授予抗美援朝和"鹫峰阻击英雄""一级战斗英雄"光荣称号，他所在的3排荣立特等功。在朝鲜国家军事博物馆雕塑的志愿军"一级战斗英雄"、特等功臣的铜像中，沈树根的铜像与黄继光、邱少云等英烈的铜像并列在一起。

1951 年 10 月，沈树根作为志愿军战斗英雄代表之一回国参加国庆观礼并列席全国政协一届三次会议，在会议期间，受到了毛泽东主席、朱德总司令等党和国家领导人的亲切接见，毛泽东主席和周恩来总理还在他的笔记本上为他签名留念。

回国以后，沈树根历任连长、营长、团参谋长、副团长、团长等职，1979 年，他从中国人民解放军 20 军 60 师 178 团团长任上转业，1983 年离休。

沈树根是一位全军闻名的老英雄。在抗美援朝中，他是中国人民志愿军 20 军 60 师 3 位"一级战斗英雄"之一，又是全师唯一的特等功排的排长。他在鹫峰阻击战中以少胜多、智勇克敌的战斗经历，成为中国人民解放军的经典战例和生动教材。

在转业到浙江省上虞县后，沈树根不忘初心、牢记使命，在自己的工作岗位上，谦虚谨慎，不骄不躁，勤勤恳恳，兢兢业业，为上虞县的财贸、慈善、党史、体育及革命老区扶贫等事业做出了突出的贡献。尤其令人敬佩的是，沈树根转业以后，从不向他人谈及自己获得的荣誉和功绩，直至多年后，一位赴朝访问的上虞市的企业家在朝鲜军事博物馆看到为他塑的那尊半身铜像后，才知道自己家乡的这位在工作中一直默默奉献，多次被评为市、省及全国先进的沈树根还是一位在抗美援朝战争中功勋卓著的战斗英雄。

沈树根不仅在战争年代是英雄，而且在和平时期也是楷模。1997 年和 2002 年，他连续当选为浙江省第九届、第十届人民代表大会代表。1995 年获全国老有所为贡献奖，1996 年被评为浙江省老干部优秀党员，1997 年被授予浙江省老有所为奉献奖，1999 年作为全国百名老英雄老模范代表进京参加"五一"国际劳动节庆祝活动，2004 年被评为全国老干部先进个人和上虞市五好老干部，2009 年被授予浙江省慈善工作荣誉证书、浙江省离退休干部先进个人荣誉及绍兴市"我心目中最有影响的劳动模范"称号，2010 年 12 月被评选为上虞市首届"十佳慈善功臣"等。

2010 年 12 月 28 日，沈树根在家中安然去世，享年 82 岁。他在去世前两天，还在华维中学给师生们进行革命传统教育……

习近平总书记 2015 年 9 月 2 日在颁发"中国人民抗日战争胜利 70 周年"纪念章仪式上指出："一个有希望的民族不能没有英雄，一个有前途的国家不能没有先锋。""我们要铭记一切为中华民族和中国人民做出贡献的英雄们，崇尚英雄，捍卫英雄，学习英雄，关爱英雄。"

2020 年是中国人民志愿军抗美援朝入朝作战 70 周年，也是老英雄沈树根和他所在的老部队 20 军抗美援朝入朝作战 70 周年。为了纪念中国人民志愿军在抗美援朝战争中的光辉历史，讴歌志愿军将士在抗美援朝战争中的丰功伟绩，缅怀在抗美援朝战争中牺牲的无数英烈，我们特组织撰写了《阻击英雄沈树根》这部传记。在该书即将出版之际，十分感谢绍兴市上虞区委、区政府对撰写这部书的关心和支持，感谢上虞区委宣传部、区委老干部局、区委党史研究室、区退役军人事务局、区文联等单位在本书筹划、出版过程中给予的帮助和支持，感谢在本书写作、出版过程中接受过采访并提供过帮助的所有单位和同志。尤其要感谢浙江亚厦装饰股份有限公司丁欣欣董事长对本书写作给予的鼎力相助。同时，还要特别感谢国家一级作家顾志坤同志历时两年、行程万里、6 易其稿，创作完成了这部 20 余万字的长篇人物传记《阻击英雄沈树根》，这既是对英雄沈树根和在抗美援朝战争中牺牲的志愿军将士的最好缅怀和告慰，更是为我们纪念学习老英雄提供了一部鲜活的充满正能量的好教材。作为这部作品的组织者，我们相信，该书出版发行后，一定会受到广大读者尤其是年轻读者的欢迎。

浙江省绍兴市上虞区新四军历史研究会

2020 年 6 月

寻访英雄的足迹

（代后记）

2020 年 10 月 19 日，是中国人民志愿军入朝作战、保家卫国 70 周年的日子。为了纪念这个伟大日子的到来，2018 年 8 月 11 日，我们《阻击英雄沈树根》一书采访组一行 4 人：沈武忠、徐国权、周德潮和笔者，在浙江省绍兴市上虞区新四军历史研究会等单位的组织下，曾历时半个月，驱车穿越了江苏、安徽、河南、陕西、山西、内蒙、河北、吉林、辽宁、黑龙江等 13 个省市，行程 8000 余公里，循着当年沈树根战斗工作过的足迹，进行寻找和走访。受访者中既有当年与沈树根在抗美援朝"鹫峰阻击战"中生死与共的通信员，也有他任团长时才入伍后来官居要职的将军；既有他老部队的现任首长和战士，也有抗美援朝纪念馆的领导。通过这些走访，我们掌握了大量的第一手资料。

一、在英雄的老部队

第一站，我们在沈树根的老部下、后曾任总参谋部陆军航空兵部政治委员冯寿淼将军的陪同下，来到沈树根的老部队——位于西安临潼的中国人民解放军83集团军某旅，该旅的前身就是赫赫有名威震敌胆的浙东游击纵队。

冯寿淼将军就是沈树根在178团当团长时从浙江应征入伍的，从当兵的第一天起，他就在老英雄战斗故事的熏陶下成长起来，最后从士兵成长为将军。这次冯将军原本是去昆明疗养的，但听说我们要去他的老部队采访沈老事迹，就把去昆明疗养的计划改成了去临潼的陆军疗养院。在我们到达之前，他已早我们几天在临潼等着我们。并在我们到达临潼的当晚，与夫人一起专程来宾馆看望我们。

沈树根的老部队对我们这次采访十分重视，次日一早在我们从宾馆出发去部队时，该旅蒋副政委和政治部马干事专程前来宾馆迎接我们；我们到达营区时，专门从数千公里外的训练场赶来迎接我们的该旅政治部王主任等领导早已等候在门口。之后，我们在几位旅首长的陪同下，参观了该旅的旅史馆，在上下两层的展馆中，我们看到了多处与浙江省上虞、诸暨的革命斗争史有关的内容：金萧支队成立、观杰中队的故事、许岙围困战、浙东游击纵队北撤会议、张俊升起义以及"鹫峰阻击英雄"沈树根等，在这里，我们看到了许多珍贵的未曾见到过的军史资料、实物和图片。

离开沈树根的老部队，我们继续北上，向齐齐哈尔进发，1400多公里的路程，我们计划花两天时间赶到那里，因为，参加过鹫峰阻击战的唯一健在者、沈树根当年的通信员任玉山老人，正在急切地等候着我们过去。

途中的时候，我收到冯将军发来的短信："志坤同志，很高兴能在老部队与你相识，也很感谢你对传承浙东纵队精神的执着与奉献。"没过多久，那天到宾馆迎接我们的蒋副政委也发来微信："顾老师，我对您写英雄沈树根的这部作品充满了期待。"

二、英雄的部下也是英雄

经过两天的长途行驶，我们抵达了抗美援朝老战士、曾参加过鹫峰阻击战的任玉山老人的所在地：齐齐哈尔市。

按约定的时间，我们来到了位于联通大道 78 号新世纪老年公寓的大门口，在进进出出的人群中，我们看到有一位腰板笔挺、身着校官军服、脚穿三节包头皮鞋的老人在不断朝外张望，不用问，我们就猜到这是任玉山老人。果然，还没待我们的车停下，老人就快步向我们奔过来。"欢迎，欢迎，早盼着你们来啊。"在热烈的握手后，我们来到了老人的家：一套朝南的养老公寓房。公寓房不大，但设施齐全，看起来很舒适。坐下后，老人就从里间拎出几只包，然后从包里拿出一叠抗美援朝的资料和书籍，我拿起看了下，发现有不少是我从未见过的资料，很珍贵。

正式的采访是在楼下的会议室里进行的，负责摄影的徐国权将他带来的全副"武装"——摄像机、照相机、录音机等都拿出来，沈武忠（沈树根的儿子）和周德潮（沈树根的外甥）在旁边给他打下手。老人毕竟是久经沙场的老将，不仅思维清晰，且记忆力极好。他清晰地回忆起 1950 年底他入朝后第一次见到排长沈树根时的情景，他说："当时长津湖战役刚结束不久，3 排伤亡很大，全排只剩下 6 个人，我们 42 个兵，被补充到 3 排，其中有老兵，也有新兵。那天排长把我们带到了排里，这是我第一次见到排长，只见他个子很高，十分精神。说一口浓浓的诸暨话，有些能听懂，有些听不懂。"从排里老兵的口中，任玉山才知道沈树根排长在此前的长津湖战役和黄草岭战斗中，曾多次立功受奖，因此，他对排长十分的敬佩。心想：自己有一天，也要像排长一样，当个战斗英雄。不久，部队便有了新的作战任务，任玉山跟随排长，一路追击敌人，但战场形势瞬息万变，正当他们在五次战役中胜利回撤时，上级来了命令，要他们停止回撤，在一个叫鹫峰的地方，阻击敌人，为保证大部队的后撤赢得时间。就这样，3排33名战士在排长沈树根的率领下，面对数十倍于己的敌人的轮番进攻，沉着应战，坚守阵地3个昼夜，打退敌人13次冲锋，全排以伤亡4人的代价，毙敌300余名。战后，3排荣立特等功，排长沈树根被授予志愿军"一级战斗英雄"及"鹫峰阻击英雄"的荣誉称号，并受到党和国家领导人的亲切接见，毛泽东主席和周恩来总理还在沈树根的笔记本上签了名。"在这次鹫峰阻击战斗中，我也立了3等功。"任玉山老人笑着说，"我是个农民的儿子，以前只听老人们说过英雄，可英雄究竟是啥样，没见过，自从跟了排长后，我觉得他就是个英雄，是个了不起的英雄！"

采访任玉山，是我们这次"寻访英雄的足迹"活动的重头戏，整整3天，我们就窝在老年公寓的会客室里，听任老讲述68年前发生在鹫峰922.4高地上的那悲壮激烈的战斗故事……

三、寻找英雄踩过的足迹

从丹东到集安，有200多公里的路程，因为路况不太好，开车需要五六个小时，那天雨又大，要不要去呢？大家说：去，一定要去！

集安在1965年1月20日前叫辑安，是鸭绿江边的一个小集镇，镇上有一条铁路，直达通化。当年沈树根所在的20军60师179团就是从辑安跨过鸭绿江。当时部队过江时正好是冬天，鸭绿江上已经封冻了，数万人的大部队就是在铺着稻草和砻糠的冰面上过去的，这一点也得到为我们开车的一位当地出租车司机的印证，他说他的父亲当年就是赶着装满军用物资的大车，跟着大部队，从冰面上过江的。

沿中朝国境线疾行，可看到集安段的鸭绿江江面最宽处约有上百米，最窄处也就几十米，当地老乡说这里还有一条"一步跨"，意即只要一步就能跨到对岸的朝鲜，我们曾停车去看了一下所谓的"一步跨"，的确只有十几米，但这地方地形陡峭，不宜于大部队渡江。

因为雨很大，江面上飘着浓重的雨雾，将江上的鸭绿江铁路大桥包裹起来，若隐若现。大桥现在已经弃用了，但弹痕累累长满着青苔的桥墩依然挺立着，可以想象当年有无数趟装满物资的军列，在敌机的扫射下从桥上飞驰而过的情景。

从上游图们江下来的江水使鸭绿江的江面渐渐变宽，我和徐国权来到桥墩下，拨开脚下的草丛，发现河滩上全是大小不一的鹅卵石，我捡起了一块，心想，在 20 军数万将士从这里集结过江时，这里的每一块鹅卵石一定会被沈树根和他的战友们的脚踩过。数十年来，这些被岁月打磨成各种形状的鹅卵石就一直守候在这里，1 年、2 年、10 年、50 年……它们似乎在等待着出征将士的回来？然而，有的人回来了，有的则再也没有回来。想起这些，我的心里顿生无限感慨。

离开集安，我们就踏上了归程。这次寻访，我们采访了很多单位和个人，可谓收获满满，但遗憾的是，随着岁月的流逝，加上老英雄沈树根已经去世，当年授勋时挂在他胸前的那些军功章和战争年代的一些珍贵老照片多已散失，而目前收入到书中的一些勋章及老照片，只是其中的一部分。此外，也许还有更多沈树根在战斗岁月中的感人事迹我们没有采访到，有待我们继续去寻找、去挖掘。

四、英雄就在我们的心中

从 2018 年 8 月 11 日到今天，两年时间过去了，这两年中，除了采访外，我的大部分时间都在进行《阻击英雄沈树根》一书的写作。为了使老英雄的形象更真实、更丰满、更有时代感和震撼力，我总是在不断地修改、补充、完善着这部书稿，两年来几乎从未间断过，原因很简单：因为我书写的是一位共和国功勋卓著的老英雄。这就使我常有一种负重前行不敢懈怠的感觉，思绪也常沉浸在一种战争年代血雨腥风、悲壮卓绝的历史时空里，久久挥之不去。

《阻击英雄沈树根》共9章31节，20余万字。笔者试图全景式地写出沈树根从一个目不识丁的放牛娃，到在战争年代血与火的淬炼下，成长为一名共和国英雄的光荣历程；又力争在有限的纸墨间，展示沈树根在党的培养教育下，不忘初心、牢记使命，在战争年代是英雄，和平时期是模范的奋斗足迹。从某种意义上来说，这不仅仅是对沈树根英雄事迹的回顾和追忆，更是一种对英雄精神的呼唤和寻访。

如今，硝烟已经散去，革命已取得了胜利，但当年英雄们在战场上克敌制胜的爱国主义和革命英雄主义精神，依然有着强大的生命力，是我们建设现代化强国，实现中华民族伟大复兴的一笔宝贵的精神财富。诚如在沈树根逝世时一副挽联中所写的："岁月吹散了硝烟，勇士功绩与江河同在。白雪覆盖了碧血，英雄浩气和日月同辉。"

本书的采写、出版过程自始至终得到很多部门、单位和热心人士的帮助和支持，对此，浙江省绍兴市上虞区新四军历史研究会已在《跋》中向他们表示了衷心感谢。作为本书的作者，在本书即将付梓之际，我也要向一些单位和个人表示诚挚的感谢，他们是：江河建设集团有限公司的袁伟忠老总、浙江理想同济工程机械有限公司的朱杰老总和上虞农村商业银行的领导，他们对这部英雄传记给予了热心的帮助和支持。

绍兴市上虞区收藏家协会的曹松境老师是撰写沈树根这部传记的发起人，同时他又是推荐由笔者撰写这部传记的牵线人。在本书长达两年时间的写作过程中，曹松境老师始终关注着本书写作的进程，并给予了许多宝贵的帮助与支持，在此表示深深的谢意。

除此之外，我还要诚挚地感谢中国人民解放军83集团军某旅的首长、感谢浙江省绍兴市新四军历史研究会的领导、绍兴市上虞区新四军历史研究会的领导、绍兴市诸暨市新四军历史研究会的领导和上虞红色收藏馆对本书的关心和支持。感谢《上虞日报》、《诸暨日报》、齐齐哈尔《鹤城晚报》、《绍兴晚报》、上虞电视台等新闻媒体对本书的关注与报道。另外，我还要感谢赵林中、邬楚龙、毛一江、马建华、何家炜、石洪坤、李炬辉、陈娟红、颜晓军、王建生等同志为本书写作所提供的各种帮助和支持。

因年代久远及各种原因，本书中选用翻拍的部分照片，由于不知摄影者的名字，故未署名，也在此深表谢意。

而对于许多关心帮助过本书的撰写而没有在这里一一列名的单位和个人，笔者亦在此表示衷心的感谢！

顾志坤

2020 年 6 月 24 日

责任编辑：周果钧

封面设计：徐　晖

版式设计：汪　莹

图书在版编目（CIP）数据

阻击英雄沈树根／顾志坤　著．—北京：人民出版社，
　2020.10（2020.11 重印）

ISBN 978－7－01－022281－3

I. ①阻⋯　II. ①顾⋯　III. ①纪实文学－中国－当代　IV. ① I25

中国版本图书馆 CIP 数据核字（2020）第 118385 号

阻击英雄沈树根

ZUJI YINGXIONG SHEN SHUGEN

顾志坤　著

人民出版社 出版发行

（100706　北京市东城区隆福寺街 99 号）

北京华联印刷有限公司印刷　新华书店经销

2020 年 10 月第 1 版　2020 年 11 月北京第 2 次印刷

开本：710 毫米 ×1000 毫米 1/16　印张：17.75

字数：220 千字　印数：5,001－10,000 册　插页：2

ISBN 978－7－01－022281－3　定价：79.00 元

邮购地址 100706　北京市东城区隆福寺街 99 号

人民东方图书销售中心　电话（010）65250042　65289539